Ngaio Marsh
SCALES OF JUSTICE
うろこ
裁きの鱗
ナイオ・マーシュ　松本真一 訳

JN124242

SCALES OF JUSTICE

1955

by Ngaio Marsh

目次

『裁きの鱗(うろこ)』(原題 “SCALES OF JUSTICE”)

【主要登場人物】

サー・ハロルド・ラックランダー……スエブニングス村の住人。ナンスパードン邸に住んでいる。准男爵
レディー・ラックランダー……………………………………………ハロルドの妻
ジョージ・ラックランダー……………………………………ハロルド卿の息子
マーク・ラックランダー…………………………………ジョージの息子。医師
オクタウィウス・ダンベリーフィン……スエブニングス村の住人。ジャコブ荘に住んでいる
ルードビック・ダンベリーフィン………………………オクタウィウスの息子
モーリス・カータレット大佐……スエブニングス村の住人。ハンマー農場に住んでいる
キティ・カータレット…………………………カータレット大佐の二番目の妻
ローズ・カータレット…………カータレット大佐と最初の妻とのあいだの娘
サイス中佐………………………スエブニングス村の住人。高台に住んでいる
ケトル看護師……………………………………………………………看護師
アレン警部…………………………………………………ロンドン警視庁の警部
フォックス警部補……………………………………ロンドン警視庁の警部補
オリファント巡査部長………………………………チャイニング村の巡査部長

第一章　スエブニングス村

　ケトル看護師はワッツヒルの頂上まで自転車を押し上げると、そこで一息ついた。少し汗をかいていた。そして、スエブニングス村を見下ろした。一つ二つの煙突から、煙がたなびいている。屋根は周囲の木々に溶け込んでいた。チェーン川にはマスが生息しているが、牧草地と雑木林のなかを蛇行しながら進み、橋を二つくぐり抜けて、落ち着いた景色を生み出していた。人の手が加わっていないにもかかわらず、一帯は景観も品格も失ってはいない。

「なんて素晴らしい眺めなの」ケトル看護師は息をのんだ。「まるで絵のようだわ」そして、看護師はレディー・ラックランダーが水彩絵の具で描いた美しい絵を思い出していた。いくつかの水彩画は、この場所から描いたものだ。それらの絵は、家や木々やそこで暮らす人々が描き込まれた図解入りの地図のようにも思えた。こうしてワッツヒルの頂上から見下ろすと、スエブニングス村はまさに地図のようだった。ケトル看護師は整然と並んだ田畑や生け垣や小川や土地を見下ろして、好きに名前を付け、人々に思いを馳せた。

　ワッツヒルからは、ワッツレーンが斜めに急勾配で谷へと下っている。ワッツレーンとチェーン川のあいだの丘の中腹は三つに分かれていて、それぞれに木々や庭や年代物の家が点在していた。そして、スエブニングス村の三人の地主――ミスター・ダンベリーフィン、サイス中佐、カータレット大佐――が、これらの土地を所有していた。

ケトル看護師の地図には、ネコに囲まれたジャコブ荘のミスター・ダンベリーフィンや、高台で弓矢を放っているサイス中佐がいた。隣のハンマー農場――今ではすっかり変わってしまって、もはや農場としての面影はないけれど――では、ミセス・カータレットがカクテル・シェーカーを持ってガーデン・チェアに座っている。そして、継娘のローズ・カータレットが優雅に草むしりをしていた。現実の風景では、ボトム橋の東に伸びるチェーン川に沿って、豆粒ほどにしか見えないカータレット大佐が歩いていた。そして、大佐からかなり離れて、スパニエル犬のスキップがあとをついてきている。大佐はびくを肩に担ぎ、釣りざおを手にしていた。日が暮れてきた。大佐は〝伝説の大物〟を追いかけているのだろうと、ケトル看護師は思った。そして、ボトム橋の近くに潜んでいる巨大なマスを想像して地図に描き加えた。

谷の向こう側にはナンスパードン邸があり、ゴルフコースを私有している。よく一人でゴルフコースを回っているミスター・ジョージ・ラッククランダー――彼はゴシップ好きだと、ケトル看護師は思っている――が描かれていた。彼はゴルフコースを回りながら、谷の向こう側からミセス・カータレットをちらちらと見ている。ジョージ・ラッククランダーの息子のドクター・マークは、手に黒い鞄を持って描かれ、コウノトリが頭上を飛んでいる。いわば上流階級の人たちの仕上げとして、スケッチ用のスツールに座っている、大きなお尻のレディー・ラッククランダーと、大きな部屋で病床に就いている夫のハロルド卿を描いた。そして、彼の姿が見えるように、家の屋根は取り除かれていた。

ケトル看護師の地図では、ワッツレーンは左右に蛇行しながら、ケトル看護師が〝普通の人々〟と呼んでいる人たちと、いわば上流階級の人たちをきっちりと分けていた。ワッツレーンより西のほうに、ダンベリーフィン家、サイス家、カータレット家があり、そして、彼らのさらに上のほうにラッククランダー家の領地があった。ワッツレーンの東側には、藁(わら)ぶき屋根の小屋や村の売店があり、そして、〝修道士の橋〟を渡ると、教会と教区司祭館とパブ（古くは酒の提供だけでなく、簡易宿泊所の機能も備えていた）の〈ボーイ・アンド・ドンキー〉があった。

それらがすべてだった。ドライブインもなければ、スエブニングス村の美観を損なうようなおかしな建物もなかった。ケトル看護師は息を切らした友だちをワッツヒルの頂上まで連れてきたとき、小さな指で谷を指し、満足そうに景色を眺めたものだ。「どこもかしこも、素晴らしい眺めだわ」さらに、スエブニングス村で暮らす人々のなかにも、悪人はいなかった。

目を輝かせ、顔をほころばせて、ケトル看護師は自転車に乗ると、ワッツレーンを下り始めた。生け垣や木々が飛ぶように過ぎ去っていく。道が舗装された道路に変わり、左手にジャコブ荘の生け垣が見えてきた。すると、遠くのほうから、ミスター・オクタウィウス・ダンベリーフィンの声が聞こえてきた。「素晴らしい！　やっと捕まえたぞ！」

ケトル看護師は小道へ入ってくると、器用にペダルを逆に漕(こ)ぎながら速度を落として、ミスター・ダンベリーフィンの門の前に止まった。

「こんばんは」そう言って、ケトル看護師は自転車に乗ったまま門に近づいた。そして、入り口から、濃い生け垣を覗(のぞ)き込んだ。ミスター・ダンベリーフィンはエリザベス朝様式の庭にいて、ネコの世話をしていた。ミスター・ダンベリーフィンは少し風変わりな人物と思われていたが、ケトル看護師は彼に慣れていて、まごつくことはなかった。彼は飾り房の付いた、ビーズの刺繍（ししゅう）の帽子をかぶっていた。かけていた老眼鏡をはずすと、ケトル看護師へ向かって振った。

「あなたはイニゴー・ジョーンズ（十七世紀のイングランドの建築家。イタリア遊学時にイタリア・ルネサンス建築の影響を受け、これをイングランドに伝えた）が考案した乗り物に乗っている、異国情緒あふれる女神のようだ。こんばんは、ケトル看護師。自転車がどうかしましたか？」

「自転車はきちんと手入れをしていますが、少し修理しました」

ミスター・ダンベリーフィンは、看護師のものおじしない言い方にたじろいだ。けれど、ケトル看護師は彼の反応に気づいておらず、相変わらず熱心に話し続けた。「そして、あなたは何をしていたのですか？　ああ、ネコに餌をあげていたのですね」

「家族の一員ですから」ミスター・ダンベリーフィンはしぶしぶ同意しながら、太ったお尻を据えた。「私のネコたちは、コダラの一匹くらいはぺろりと食べます」いろいろな種類の八匹のネコが、コダラの入った八つのお皿にそれぞれ群がっていた。九匹目は母ネコだが、すでにコダラを平らげて、トイレの場所にいた。母ネコはミスター・ダンベリーフィンにまばたきすると、手足を伸ばしてから優しい顔つきになって、三匹の太った子ネコたちのほうへ向かった。

「母ネコの名前はトマシーナ・ツイチェットです。オスの子ネコの名前は、プトレミーとアレクシス。母ネコにまとわりついているメスの子ネコがエディです」

「エディですって？」ケトル看護師が疑わしそうに繰り返した。

「エディ・プス（プスにはネコちゃんという意味がある）です」ミスター・ダンベリーフィンはそう返事をすると、看護師をじっと見据えた。ケトル看護師はくだらない駄じゃれには抗議しなければと思っていたので、声をあげた。「よくもまあ！　なんてことでしょう！」

ミスター・ダンベリーフィンは笑いながら話題を変えた。「精神的な癒（いや）しを求めて、あなたは自転車に乗るのですか？　苦しみや怒りから逃（のが）れるために？」

「一つ、二つ訪れるところがあるんです。手短に言えば、大きなお屋敷へ行く途中です。年配の紳士の方々（かたがた）と一緒にいると癒されますから」

ケトル看護師は、谷の向こう側のナンスパードン邸を見た。

「なるほど」と、ミスター・ダンベリーフィンは優しく答えた。「ハロルド卿ですか？」

「彼は七五歳です」と、ケトル看護師はきびきびと答えた。「それに、とても弱っていて、強心剤をお使いだそうです」

「本当ですか？」

「本当です。昼間は看護師を手配しています。ですが、夜間の看護師の手配がつかないので、わたしがお伺（うかが）いすることになったんです。ドクター・マークのお手伝いをするために」

「ドクター・マークはおじいさんの面倒をみているのですか？」

「そうです。ドクター・マークには、別の意見、いわゆるセカンドオピニオンがあります。ですが、どちらかといえば、自分を満足させるためです。まあ、こんなことをぺらぺらしゃべるなんて。自分が恥ずかしいわ」

「口外しませんから」と、ミスター・ダンベリーフィンが言った。

「ですから、ナンスパードン邸へ急がなくては」

ケトル看護師は自転車にまたがるとペダルを漕ぎ、ミスター・ダンベリーフィンの庭の門へ向かい始めた。彼は母ネコから子ネコを離すと、無精髭をはやした頬に子ネコをこすりつけた。

「ハロルド卿は、意識はあるのですか?」

「あるときもあれば、ないときもあります。意識が少し混濁しています。まあ、なんてことでしょう! また、よけいなことをぺらぺらと! そういえば、カータレット大佐が夕方、外出されました」

すぐさま、ミスター・ダンベリーフィンの顔色が変わった。紫色がかった顔色をして目は血走り、歯をむき出して笑った。

「また、悪い癖が出ましたね」と、ミスター・ダンベリーフィンが言った。「彼はどこにいるんですか?」

「橋の下にいます」

「しかるべきところへ通報しなければ。ところで、彼はどんな毛針を使っていますか? 何か捕まえましたか?」

「わかりませんでした。見たのは、ワッツヒルのてっぺんからですので」ケトル看護師は、会話を続けるのがおっくうになってきた。

ミスター・ダンベリーフィンは、子ネコを元に戻した。「他人のことをとやかく言うのは慎まなくてはなりません。ですが、よく考えたうえで、あえて言わせてもらうなら、カータレット大佐は不適切な行いにうつつを抜かしているような気がします」

　ケトル看護師が顔を赤らめた。

「何をおっしゃりたいのかわかりませんけれど……おそらく、あなたは誤解しています」と、看護師が言った。

「人を悪く言うつもりはありません、ミス・ケトル。見る勇気があるなら、カータレット大佐の友人をご覧なさい。そして、サイス中佐の仲間を」

「まあ！　サイス中佐が何かしたのですか？」

「あの男は」ミスター・ダンベリーフィンは顔色を蒼白にすると、片手で母ネコを、もう一方の手で谷のほうを指して言った。「あのろくでなしはアルコールとばかげたアーチェリーで憂さ晴らしをしていますが、トマシーナ・ツイチェットの母ネコを殺したんです」

「殺そうと思って、殺したんじゃないでしょう？」

「どうしてわかるんですか？」

　ミスター・ダンベリーフィンは庭の門から身を乗り出すと、ケトル看護師の自転車のハンドルをつかんだ。そのとき、帽子の飾り房が顔にかかったので、いらいらしたように振り払った。彼の声が次第に熱を帯びてきた。

「トマシーナ・ツイチェットの母ネコの名前はソーンですが、寒い晩に牧草地を歩いていました。どこかはっきりとした目的の場所があるようでした。サイス中佐は、おそらくワインを飲んでほろ酔い気分だったのでしょう。そして、アーチェリー用の芝地の上に、自慢げに立っていたでしょう。弓を力いっぱい引き、矢を空中へ放ちました。矢がどこへ落ちるのか、彼は知っていたはずです。彼は私のかわいいネコを狙ったんです。そして、矢がソーンに刺さったんです」

トマシーナ・ツイチェットはミスター・ダンベリーフィンにまばたきしてから、ケトル看護師にまばたきした。

「サイス中佐は頭が少しおかしいんです」と、ケトル看護師は言った。そして、彼をいくらか気の毒に思った。

「あなたはネコとだけ暮らしていて、退屈しませんか?」

ケトル看護師は心からの笑みを浮かべて、ミスター・ダンベリーフィンに別れを告げた。

「それでは……」ケトル看護師は自転車を押しながら言った。「ごきげんよう。あまり無茶をなさらないでください」

「気をつけましょう」ミスター・ダンベリーフィンの目には、不摂生(ふせっせい)の色がにじんでいた。「ですが、ネコを殺されたことは忘れません。おやすみなさい、ケトル看護師」

ミスター・ダンベリーフィンは、妻を亡くしていた。そして、サイス中佐は独り身だ。サイス中佐はミスター・ダンベリーフィンの隣の、高台と呼ばれているジョージ王朝風の建物に住んでいる。さほど大きな家ではないが、それでも独り身のサイス中佐には大きすぎる。彼はこの家をおじから相続した。そして、元海軍の下士官とその妻の厄介になっていた。土地の大部分は雑草が生えるに任せていたけれど、元海軍の下士官とその妻が家庭菜園を営んだ。そして、アーチェリー用の芝地は、サイス中佐が自ら手入れをした。アーチェリー用の芝地からは、チェーン川の谷が見渡せた。そして、それがサイス中佐の唯一の楽しみだった。天気のよい日に、サイス中佐が画架に向かって何かを描いているのを、また、夏の夜には、弓矢を引くポーズをとっている姿を、ナンスパードン邸から見ることができる。サイス中佐は優れた射手と言われている。足取りはぐらついたりして危なっかしいものの、構え方は胸を開いて弓を引き、岩のようにどっしりとしていた。独り身の彼は、これといった目標のない人生を送っていた。もし彼が同情を受け入れるような態度を示せば、人々は彼を気の毒に思っただろう。だが、彼は少しも友好的な態度を示さなかった。サイス中佐はパブのお得意さまだった。ケトル看護師がサイス中佐の家へと続く雑草が伸び放題の小道を進んでいるとき、彼の家から、若者が空になったボトル・キャリア（ワインなどの瓶を運ぶバスケット）を自転車に積んで下ってくるのに出くわした。

　看護師自身、サイス中佐のために瓶を運んでいた。ただし、こちらは薬剤師が調合した薬だった。彼の家に近づくにつれて、砂利を踏む足音が聞こえてきた。そして、サイス中佐が足を引きずりながら歩いているのを目にした。手に弓を持ち、腰には矢筒をぶら下げている。ケトル看護師は自転車を漕いで、彼のあとを追った。

「こんばんは！」看護師は陽気に声をかけた。「ご無沙汰しています、中佐」

　ケトル看護師は自転車を止めると、降りた。

　サイス中佐は向きを変えると少し戸惑っていたが、看護師のほうを向いた。

サイス中佐は衰えが見え始めていたが、今なお日焼けしていた。相変わらず海軍の匂いがするようだ。さらに、彼が近づいてきたとき、ウイスキーの匂いがすることに、ケトル看護師は気づいた。酔っぱらった青い目が、看護師の目を覗き込んだ。

「すまない」すぐさま、彼は謝罪した。「こんばんは。何のご用かな?」

「近くまで来たときにこちらへ立ち寄って、あなたの処方薬を届けるように、ドクター・マークに言われたものですから。こちらです」

サイス中佐は素早く手を動かして、ケトル看護師の手から薬瓶を受け取った。「わざわざありがとう。急がなくてもよかったのに」

「いいえ、お気になさらずに」そう言いながら、ケトル看護師は彼の手が震えているのに気がついた。「これから、弓矢を射るんですね」

「そうだ」彼は陽気に答えると、看護師から少し退いた。「届けてくれて、どうもありがとう」

「このあとハンマー農場へ寄りたいのですが、敷地のなかを通ってもかまいませんか? 確か、ハンマー農場へ通じる小道があったと思うのですが」

「かまわんよ」

サイス中佐は薬をコートのポケットに突っ込むと、ケトル看護師の自転車をつかみ、ハンドルとサドルのあいだに弓を横たえた。

「何かお気に障りましたか?」と、ケトル看護師は明るく尋ねた。「あなたの弓をお預かりしてもいいですか?」

サイス中佐はケトル看護師から離れると、看護師の自転車を彼の家の端のほうへ押していった。ケトル看護師は、彼の弓を持ったままあとを追った。そして、気難しい患者と話すときのような心地よい声で話した。二人はアーチェリー用の芝地へやって来た。そこからのチェーン川の谷の景色は、息をのむほど素晴らしかった。マスのいる小川は、夜の明かりに照らされたピューター（スズに、銅、アンチモン、ビスマス、鉛を加えて作る、食器や装飾品を作るための合金）のように輝いていた。片側には、牧草地がビロードのように広がり、木々が裁縫用具の針刺しのように見え、柔らかな光で、すべての景色が一枚の絵のように見えた。ボトム橋の下で、釣り糸を垂れるカータレット大佐がいた。丘の上のナンスパードン邸のゴルフコースには、レディー・ラッ

クランダーがいる。そして、食後の散歩をしている息子のジョージもいた。

「気持ちのいい夜ですね」ケトル看護師が嬉しそうな声で言った。「それに、すべてがとても近く見えます」看護師のはしゃいだような声にサイス中佐がたじろいだことに気づいたものの、ケトル看護師は続けた。「ところで、中佐。あなたの弓矢をレディー・ラックランダーのところまで射ることができますか？」

サイス中佐は谷の向こう側の小さな夫人の姿を素早く見ると、距離は二四〇ヤード（約二四〇メートル）ほどだと呟いた。「あなたに必要なのは、もう一杯のお酒ですか？」と、ケトル看護師が言った。

雑草が生い茂った低木のなかのでこぼこの小道を、サイス中佐はケトル看護師の自転車を押していった。看護師は彼のあとをとぼとぼとついていった。

「あなたは昔、獲物を間違えて矢で射ったことがあるそうですね」と、ケトル看護師が言った。

サイス中佐が急に立ち止まった。彼の首の後ろを、玉のような汗が流れ落ちるのが見えた。

「アルコール依存症なんでしょう？　だらしないですね。自分の面倒をきちんとみることができた頃は、立派な人だったのに」

「やれやれ！」サイス中佐はうんざりしたような声をあげると、看護師の自転車のサドルを拳(こぶし)で叩(たた)いた。「ミスター・ダンベリーフィンのネコのことを言っているんだろう？」

「そうです！」

「あれは事故だったんだ。ミスター・ダンベリーフィンにも説明した！　事故だったんだ！　私はネコが好きだ」

サイス中佐は振り向いて、ケトル看護師と向き合った。彼の目は霞(かすみ)がかかったようだった。そして、唇は震えていた。「私はネコが好きだ」と、サイス中佐は繰り返した。

「わたしたちは誰でも間違いを犯します」と、ケトル看護師は陽気に答えた。

サイス中佐は弓を受け取るために手を差し出した。そして、小道の端の小さな門を指さした。

「あの門を抜ければハンマー農場へ出られる」それから、このうえなく不器用に付け加えた。

「無愛想で申し訳ない。いずれにしても、薬を届けてくれてありがとう」

ケトル看護師は弓をサイス中佐に返して、代わりに自転車を受け取った。「ドクター・マーク・ラックランダーは、ずいぶんと若いかもしれません」と、看護師はぶっきらぼうに言った。「ですが、わたしも三十年看護師をやっていますけど、もっとも有能な医師の一人です。わたしがあなただったら、彼ともっときちんと話をするでしょう。自転車を押してもらって、ありがとうございました。おやすみなさい」

ケトル看護師は自転車を押して門を抜け、よく手入れされた雑木林へと進んだ。雑木林はハンマー農場と隣接していて、雑木林のなかを、いろいろな植物のあいだを縫うように小道が続いている。ケトル看護師が目的の家へ向かっていると、背後の高台で、弓の弦をはじく音が聞こえた。そして、矢が目標に当たった音も。

「かわいそうな人」半分は腹を立てて、半分は同情して、ケトル看護師は呟いた。「かわいそうな人だこと！　何をしても、あの人を立ち直らせることはできないわ」漠然と不安になって、看護師は自転車をカータレット家のバラ園のほうへ押していった。剪定ばさみで、茎を切る音が聞こえてきた。さらに、女の人が静かに歌う声も聞こえた。

「おそらく。ミセス・カータレットか、あるいは継娘だわ。きれいな声ね」

歌に、男の声が加わった。

歌詞は陳腐でつまらないとケトル看護師は思ったけれど、なんとなく聴き入ってしまった。バラ園は生け垣に囲まれていて、看護師のほうからは見えなかった。だが、看護師が歩いている小道はバラ園に続いていた。そして、屋敷に辿り着くためには、この小道を歩いていかなければならない。敷石の上を歩いても、看護師のゴム底の靴はほとんど音を立てなかった。そして、自転車が一緒に静かに進んでいった。看護師は親密な二人のあいだに割って入るような、変な気分になった。看護師が家に近づくと、歌が中断されて、女の人の声が聞こえてきた。「わたしのお気に入りの曲よ」

「驚いたな」男の声が聞こえて、ケトル看護師はびっくりして足を止めた。「とても悲しい気持ちにさせる恋の歌だよ！　そうは思わないかい、ローズ？」

　ケトル看護師は自転車のベルを鳴らしながら進み、生け垣が途切れたのでバラ園へ入った。ミス・ローズ・カータレットとドクター・マーク・ラックランダーがいて、お互いの目をじっと見つめ合っていた。


　ミス・ローズ・カータレットはバラを摘んで、ドクター・マーク・ラックランダーが持っている籠（かご）にバラを横たえていた。ドクター・マークは髪の毛の根本まで赤くして、言った。「こんばんは」そして、ミス・ローズ・カータレットが続いた。「こんばんは、ケトル看護師」ドクター・マークよりもさらにはにかむように、彼女は赤い顔をしていた。

「こんばんは、ミス・ローズ。こんばんは、ドクター」と、ケトル看護師が言った。「近道をしてきたことをお許しください」看護師は失礼にならないようにドクター・マークを見た。「お子さんが膿瘍（のうよう）（化膿性の炎症によって、皮膚や口腔の粘膜、肝臓や腎臓などの臓器に膿が溜まった状態）だとお聞きしたものですから」ケトル看護師は訪れた理由を説明した。

「それはそれは、ご苦労さま」と、ドクター・マークが言った。「彼女を先ほどまで診（み）ていました。庭師の娘です」

　ドクター・マークとミス・ローズは、ケトル看護師に話し始めた。ケトル看護師は熱心に耳を傾けた。看護師はロマンチストだし、それに、ドクター・マークの興奮した様子や、ミス・ローズのはにかんだ顔を見るのが好きだった。

「ケトル看護師が」と、ドクター・マークが慌てて言った。「今晩、祖父の世話をしてくれることになっているんです。彼女の都合が悪かったら、どうしようと思っていたんです」

「どうかお気遣いなく。のちほど、ナンスパードン邸へお伺いします」と、ケトル看護師は答えた。

　ドクター・マークとミス・ローズは微笑んで、ケトル看護師に頷いた。ケトル看護師は自転車を押しながら、バラ園を出ていった。

「ともかく」と、ケトル看護師は言った。「あの二人が恋をしているのは間違いないわね。驚いたわ、思ってもみなかったもの！」

　先ほどの出来事に、濃いお茶を飲んだときのように目が覚めて、看護師は庭師の家に向かった。ナンスパードン邸へ行く前に、最後に寄るところだ。

　ケトル看護師がバラ園を出るとき振り向くと、ドクター・マークとミス・ローズが見つめ合って、神経質そうに笑っていた。

「彼女はとても素晴らしい看護師だよ。だけど、まずいところを見られちゃったな。もう行かなくちゃ」と、ドクター・マークが言った。

「パパに会いたくないの？」

「もちろん、会いたいよ。だけど、待っていられない。祖父母のために何かしてあげられるわけじゃないけど、そばにいてもらいたいようなんだ」

「パパが戻ってきたら、パパに話すわ。もうすぐ、戻ってくると思うの」

マーク・ラックランダーは籠を持ったままローズを見つめて、ぎこちなく「愛しているよ」と言った。

「だめよ」と、彼女が言った。「そんなこと言わないで」

「だめだって？　僕に警告しているのかい？　そんなこと言っても無駄だと？」

ローズは何か言いかけたけれど、結局、何も言わなかった。

「どうやら」と、マークが言った。「君は僕と結婚する気があるのかどうか、尋ねたほうがよさそうだな。僕は君を心から愛している。そして、僕たちは似合いの二人だと思っている。僕は間違っているかい？」

「いいえ」と、ローズは答えた。

「もちろん、自分でも間違っていないと思っている。実際、僕たちは似合いのカップルだよ。いったい、どうしたんだ？　兄のように慕っているなんて言わないでくれよ。そんなことは信じないからね」

「そんなことじゃないわよ」

「だったら、なぜ？」

「婚約するなんて考えられないの。まして、結婚するなんて」

「ああ！」と、マークがうんざりしたように声を発した。「また、その話か！　思っていたとおりだ。とにかく、この籠を置かせてもらうよ！　むこうのベンチへ行こう。この件がすっきりするまで、僕は帰らないからね」

　ローズはマークのあとをついていった。二人は並んでバラ園のベンチに座った。マークはバラの籠を足元に置いた。マークはローズの手をつかむと、彼女の手から厚手の手袋を脱がせた。

「さあ、答えて」と、彼は迫った。「僕を愛しているかい？」

「そんなに問いつめる必要なんてないわよ。もちろん、愛しているわ」

「ローズ、ありがとう！　もし君がそう言わなかったら、僕は気が狂ってしまっただろう」

「ねえ、聞いてちょうだい、マーク。でも、あなたはこの言葉を額面どおりには受け取らないでしょう。お願いだから、聞いてちょうだい」

「よし、わかった。何が言いたいのかおよその見当はつくけど、まずは聞くよ」

「ここがどういうところか、ご存じでしょう？　とても狭い土地なのよ。わたしの準備が整っているると、パパが了解していることがとても大事なの」

「ようするに、こういうことかい？　君のお父さまは、君に充分な嫁入り道具を準備したいと。僕たちが結婚するとなれば、好きなだけ準備できるじゃないか。結婚生活の半分は君のところで暮らすつもりなんだから」

「それだけではだめなのよ」と、ローズはためらった。彼女はマークから少し離れると、両手を両膝の上に置いて座った。彼女は普段着を着ていた。髪の毛は後ろへ引っ張られ、首のところでまとめられている。しかし、一本の髪の毛が額にかかって輝いていた。お化粧はとても薄かったけれど、それでも彼女の美しさをぞんぶんに引き出していた。

「パパの二度目の結婚は、うまくいかなかったわ。もしわたしがこの家を出てしまったら、パパは生きる目的を失ってしまうでしょう」

「そんなばかな」と、マークが語気を強めて言った。

「わたしがいないと、パパは何もできないの。わたしがまだ幼かった頃でさえ。ばあやとわたしとわたしの住み込みの家庭教師は、いつもパパについて回ったわ。そして、戦争が終わって、パパは今の特別な仕事を得たのよ。ウィーンで、ローマで、そしてパリで。そのあいだ、わたしはずっと学校へ行かなかった。パパがわたしと離れるのを嫌ったからよ」

「そんなばかな！　ひどい話だ」

「違うのよ。ひどくはなかったの。むしろ、驚くほど豊かな生活だったわ。普通の女性が経験できないほど素晴らしいものを、見たり、聞いたり、学んだりしたわ」

「だったら、何が問題なんだ……」

「贅沢(ぜいたく)すぎたのよ」

「独力で得たものじゃないから許せないとでも？」

「そんなんじゃないのよ。ほしいものはほとんど手に入ったわ。だけど、わたしが自分の力で手に入れたとき、何が起こったと思う？　パパは仕事でシンガポールへ行かされ、わたしはグルノーブル（フランス南東部にある、観光とスキーの中心地）に留め置かれて、大学で授業を受けさせられたわ。パパがフランスに戻ってくるのは遅れに遅れて、あとでわかったのだけれど、惨(みじ)

めなくらい手持ち無沙汰で途方に暮れていたそうよ。そんなときに、パパはシンガポールでキティと出会ったのよ」

マークは手入れの行き届いた医師の手で顔の下半分を覆うと、小さな声で悪態をついた。

「結局」と、ローズが言った。「最悪の結果になったわ。それどころか、今もさらに悪くなっているわ。わたしがパパと一緒にいたら、あんなことは起こらなかったでしょう」

「どうして、そう思うんだい？　君のお父さんは、彼女に出会うべくして出会ったのだろう。仮にそうじゃなかったとしても、君に二人が出会った運命を変えることはできないよ」

「でも、わたしが一緒にいたら……」

「ねえ！」と、マークが言った。「もし君が僕の妻としてナンスパードンの家に入ったら、君のお父さんと継母のキティはうまくいくようになるかな」

「だめよ」と、ローズが言った。「だめよ、マーク。その可能性はないわ」

「どうしてそう思うんだい？　聞いておくれ。僕たちは愛し合っている。それも、君が考えられないほど猛烈に！　僕をこれほど幸せにしてくれるのは、君をおいてほかにはいないよ。そして、君も僕と同じように感じていると信じている。先延ばしにする理由はないんだ。君は僕と結婚するんだ。そして、もし君のお父さんの生活が満足のいくものでなかったら、良くなる手立てを考えよう。仮に君のお父さんと今のお母さんが別れることになれば、君のお父さんは僕たちのところへ来ることができるだろう？」

「ならないわ！　わからないの？　パパはのけ者にされたような気持ちになるわ」

「僕がお父さんと話してみるよ。君と結婚することも伝えるつもりだ」

「だめよ、マーク。お願い、やめて……」

マークの手がほんの束の間、ローズの手を握った。それから、マークは立ち上がるとバラの籠を手に持った。そのとき、誰かがそばにいることに気づいた。

「こんばんは、ミセス・カータレット」と、マークが言った。「僕の祖母のために、二人であなたの庭でバラを摘んでいたんです。あなたは、僕たちよりも前にバラを摘んでいたようですね」

キティ・カータレットが姿を現した。そして、マークとローズを考え込んだ様子で見ていた。


キティ・カータレットは、子ネコのようには見えなかった。漂白したかのように肌の色がとても白く、節制を心がけた体つきをしていて、顔は入念にお化粧していた。彼女の最大の持ち味は、不可解に思わせる術を身につけていることだろう。このことが、キティ・カータレットを妖しい魅力を持った女に仕立てていた。いうなれば、彼女は脅威に感じられた。彼女はきれいに着飾っていた。そして、おそらくバラ園に先ほどからいたのだ。それというのも、手に手袋をはめていたのだから。

「お会いできて嬉しいわ、マーク」と、ミセス・カータレットが言った。「あなたの声が聞こえたものですから。診察か何かでお見えになったの？」

「部分的にはそうです」と、マークが答えた。「カータレット大佐に言づてを持ってきました。そして、庭師の娘さんを診察したのです」

「それはご親切に」そう言って、ミセス・カータレットはマークから継娘のローズへ視線を移した。夫人はマークのそばに寄ると、手袋をはめた手で籠から色の濃いバラを取り出して、鼻に近づけた。

「なんていい匂いかしら！」と、夫人は言った。「でも、少し匂いが強すぎるわね。モーリスは出かけています。でも、すぐに戻るでしょう。なかへ入りましょうか？」

ミセス・カータレットは先に立って家へ向かった。バラの匂いとは別の何かいい匂いが彼女の後ろから漂ってきた。夫人は少し腰を左右に揺すりながら、背筋を伸ばして歩いた。

（人を寄せつけないというほどではないけれど、彼女は気位が高そうだ。なぜカータレット大佐は彼女と結婚したんだろう）と、マークは思った。

敷石の上を進んで、三人はクッションが積み重ねられた庭園家具のある場所に辿り着いた。白い鉄製のテーブルには、デカンターとブランデーグラスが並んだトレイが置かれている。ミセス・カータレットは揺り椅子に座ると、マークのほうに体の向きを変えた。

「なんてことなの、ローズ」夫人は継娘を見て、言った。「あなたが手袋をはめて、マークは手袋なしなの。マークの手に引っかき傷でもできたらどうするつもり？」

「どうか、お気になさらずに」と、マークが言った。「手はなんともありませんから」

「いいえ、そうはいきません」と、ミセス・カータレットが呟いた。「あなた方お医者さまは、人一倍、手を大事にしなくてはいけません」

ローズはマークから籠を受け取った。マークはローズが家のなかへ入っていくのを見守っていた。突然、ミセス・カータレットの声がしたので振り向いた。

「少し飲みましょうよ」と、夫人が言った。「モーリスのお気に入りのブランデーがあるの。かなりいいものよ。わたしにはごく少量をください。あなたは遠慮しなくていいわよ。わたしはクレーム・ド・マント（ハッカ入りリキュール酒）がお気に入りなの。でも、モーリスとローズは普通のブランデーが好きなのよ」

マークは夫人にブランデーを渡した。「よろしければ、僕は遠慮しておきます。仕事がまだ残っていますので」と、マークが言った。

「あら、そうなの？　庭師の娘のほかに、誰のところへ行くつもりなの？」

「祖父のところです」と、マークが言った。

「それなら仕方ないわね」夫人は落ち着きを取り戻した。「ハロルド卿はどんな具合かしら？」

「あまりよくありません。ですから、戻らないと。川沿いの小道を行けば、大佐にお会いできるかもしれません」

「そうね。おそらく、そうでしょう」夫人は冷ややかに言った。「ミスター・ダンベリーフィンになんと言われようと、彼の領地で、夫はあの〝伝説の大物〟を密漁するつもりのようだから」

「いずれにしても、川沿いの小道を行ってみます。カータレット大佐に会えるといいのですが」と、マークは張りつめたような声で言った。

ミセス・カータレットはバラの花を右手に持つと、マークに向けて気のない様子で振った。そして、夫人は左手を差し出した。マークは侮辱されているように感じたが、それでも同じように左手を差し出して、夫人と快活に握手を交わした。

「あなたのお父さまへ、わたしからの言づてをお願いできるかしら?」と、夫人が尋ねた。「あなたのお父さまが、おじいさまの具合をとても心配なさっているのは知っています。できる限りお力になりますと、伝えてちょうだい」

手袋のなかの夫人の手に力が込められ、それから、引っ込められた。「忘れないでよ」ローズが箱のなかに花を入れて戻ってきた。（彼女をこのままにしておいてはいけない）と、マークは思った。「あなたのお父さんを探しにいきませんか? あなたはあまり運動をしていないようだから」と、マークは静かにローズに言った。

「わたしはしょっちゅう体を動かしているわよ」と、ローズが答えた。「それに、川沿いの小道を歩くのに適した靴や着る物がないのよ」

ミセス・カータレットが笑い声をあげた。「かわいそうなマーク! だけどいずれにしても、お父さんが帰ってきたわよ、ローズ」

カータレット大佐は丘の中腹にある雑木林から現れた。そして、芝地の下の荒れた草地を掻き分けながら進んでいた。従順なスパニエル犬のスキップが、大佐のあとに続いている。夕暮れの残照が次第に灰色へと変わり、草や木や芝や花や、そして、ゆるやかに曲がりくねって流れるマスのいる小川が、夜の闇に溶け込もうとしていた。このようななかを、大佐は進んでいた。まるで遠い過去からやって来たかのように、夕闇が次第に迫ってくるなかを、大佐はチェーン川の谷から姿を現した。

カータレット大佐が芝地にいるマークとローズに気がつくと、片手を上げて挨拶した。マークは大佐に近づいていった。継母がマークとの仲をいろいろ詮索していることをローズは知っていたので、不安そうにマークを見守っていた。

カータレット大佐はこの土地、スエブニングス村の人間だ。彼はいわゆる田舎者だった。そういった気質を失ってはいなかった。そして、美しいものを愛した。それでいて、外の地域とのやりとりに政治的手腕を発揮した。この奇妙な取り合わせで、大佐は一目置かれていた。大佐が口を開いて初めて、彼の人柄が表れるのだ。

「こんばんは、マーク」お互いの声が聞こえるところまで近づいたところで、大佐が声をかけた。

「何を考えているんだ、マーク？　さっき〝伝説の大物〟を釣り損ねてしまった」

「いいえ！」マークが興奮したように声をあげた。「大丈夫ですよ！　きっと、あいつは橋の下のいつもの場所に潜んでいます」

丘を登って息が切れたので、大佐は〝伝説の大物〟のマスと格闘して釣り糸を切られたと言って、大げさな話を締めくくった。マークはうさんくさいと思いながらも、熱心に耳を傾けた。

〝伝説の大物〟というのは、ここスエブニングス村で有名な巨大なマスのことで、この地域のすべての釣り人の羨望の的であり、絶望の象徴でもあった。

「あいつを取り逃がしてしまったよ」大佐は悔しそうに言うと、大きく目を見開いて、思いやるようにマークににこやかに微笑んだ。「だが、私が〝伝説の大物〟を釣り上げたら、ダンベリーフィンの奴が黙ってはおらんだろうな」

「まだ、彼とはもめているんですか？」

「まあな。溝は簡単には修復できんよ。事あるごとに、奴は私が密漁していると非難する。何をばかなことを言ってるんだ！　ところで、おじいさんの具合はどうなんだ？」

「祖父はもう長くはないでしょう。もはや、手の施（ほどこ）しようがありません。祖父の言づてを預かってきました」マークは、ハロルド卿の言づてをカータレット大佐に渡した。

「すぐに訪ねるとしよう」と、大佐は言った。「身支度（みじたく）を整えるから、少し待っていてくれ。私と一緒に行ってくれないか？」

だが、マークはローズとまた顔を合わせるのは気まずい思いをするような気がしたので、大佐の訪問に備えて祖父の準備をするために、川沿いの小道を通って、すぐに家に帰ると告げた。

マークは立ち止まって、振り返った。夕闇のなかに目を凝らしてカータレット大佐の家のほうを見ると、ローズが部屋着のスカートの裾（すそ）をたくし上げて芝地を走っていた。すると、父親の大佐がびくと釣りざおを下ろし、帽子を脱いで、ローズを待っているのが見えた。大佐の禿げあがった頭が光っている。ローズは両手を父親の首に回して、キスした。二人は腕を組んで、家のほうへ歩きだした。ミセス・カータレットのハンモックが行ったり来たりして揺れていた。

マークは背を向けると急いで谷へ向かって歩き、ボトム橋を渡った。

〝伝説の大物〟のマスは、橋の下に静かに潜んでいた。口には、カータレット大佐の切れた釣り糸が残っていた。

第二章　ナンスパードン邸

サー・ハロルド・ラックランダーは、ケトル看護師が部屋のなかを歩き回るのを見ていた。ハロルド卿が不安に感じる悪夢から少しでも解放されるようにマークが薬を処方したので、ハロルド卿は病人特有の後ろ向きな気分がいくらか和（やわ）らいだ。彼は、昼間の看護師よりもケトル看護師のほうが気に入っていた。彼女はスエブニングス村の近隣のチャイニング村の出身だ。そして、テーブルの上の花は、ナンスパードン邸の温室から摘まれてきたものだった。

ハロルド卿は、自分がもう長くはないことを知っていた。孫のマークはそのようなことは何も言わないが、彼はマークの表情や妻や息子の態度からそのことを悟っていた。七年前、マークが医者になりたいと言ったときには激怒した。そして、マークが医者になるのをできるだけ妨（さまた）げた。だが今は、マークが自分の様子を見て、医師として必要な処置をしてくれることを嬉しく思っている。あまり苦しまずに済むなら、迫りくる死によって、むしろ気高い気分になれるかもしれない。今では、マークに悪いことをしたと思っている。

「久しぶりだな」と、ハロルド卿が言った。彼はあまり多くしゃべらないようにしている。まるで多くしゃべれば、それだけ多くの活力を消耗するかのように。ケトル看護師は彼から見えて、自分の声を楽に聞ける位置に座った。それから、口を開いた。「カータレット大佐がもうすぐお見えになると、ドクター・マークがおっしゃってました。大佐は釣りをしていました」

「釣れたのか？」

「わかりません。大佐が話されるでしょう」

「例の〝伝説の大物〟か？」

「どうでしょう？」と、ケトル看護師は陽気に言った。「あれは簡単には捕まりませんから」

ベッドからくすくす笑う声が聞こえてきて、それから、心配そうなため息が続いた。看護師はハロルド卿の顔を覗き込んだ。ここ数日で、さらに骨が浮き出てきたような気がする。

「ご気分はいかがですか？」と、看護師が尋ねた。

どんよりとした目が、看護師の目を探した。「新聞は？」と、ハロルド卿が尋ねた。

「指示されたところに置いてあります。テーブルの上です」

「ああ、あった」

「気になるのでしたら……」ケトル看護師は大きな寝室の突き当たりの暗がりへ行くと、封印された包みを持って戻ってきた。そして、ベッドのそばのテーブルの上に置いた。

「私の〝記憶〟だ」と、ハロルド卿が囁(ささや)いた。

「想像してみてください」と、看護師が言った。「〝記憶〟のなかに、たくさんの出来事があります。そういった出来事を一つ一つ思い出すのは楽しいことです。でも、少しお休みになられたほうがいいでしょう」

看護師はかがむと、ハロルド卿の顔を覗き込んだ。彼は不安そうに見つめ返してきた。看護師は頷くと微笑みながらその場を離れ、新聞を持ってきた。しばらくのあいだ、大きな寝室からは何の音も聞こえなかった。ただ患者が息をする音と、新聞のページがめくられる音だけが聞こえた。

寝室のドアが開いた。マーク・ラックランダーが入ってきたので、ケトル看護師は立ち上がって、両手を後ろに回した。続いて、カータレット大佐が入ってきた。

「問題はないかな、ケトル看護師？」と、マークが静かに尋ねた。

「問題はありません」と、看護師は呟いた。「少し不安そうでしたが、カータレット大佐に会えば喜ぶでしょう」

「まず、僕が少し祖父と話をしよう」と、マークが言った。

マークは大きなベッドのほうへ歩いていった。祖父が不安そうにマークを見つめると、マークは落ち着かない祖父の手を取って言った。「カータレット大佐です、おじいさん。今、話せますか？」

「大丈夫だ」

「わかりました」マークは指を祖父の手首に当てた。カータレット大佐は少し緊張した面持ちで、ベッドに近づいた。

「やあ、カータレット」と、ハロルド卿が言った。思いのほか大きな張りのある声だったので、ケトル看護師は驚いた。「来てくれてありがとう」

「こんばんは、ハロルド卿」と、カータレット大佐が言った。大佐はハロルド卿より一五歳若かった。「具合はいかがですか？　あなたが私に会いたがっていると、マークから聞きましたので」

「そうだ」ハロルド卿はベッドのそばのテーブルを見た。「テーブルの上のものを、カータレット大佐に渡してくれんか？」

「どうぞ」マークはカータレット大佐に〝記憶〟を差し出した。

「これを私に読んでほしいと？」と、カータレット大佐がベッドの上にかがんで尋ねた。

「もしよければ」ハロルド卿がそれ以上は何も言わなかったので、マークは包みを大佐に手渡した。ハロルド卿は少し興奮したように見つめていた。

「おそらく」と、マークが言った。「祖父は、あなたにこれらを編集してもらいたいのでしょう」

「わかりました……お引き受けしましょう」少しためらってから、大佐は答えた。「私を信頼していただき、光栄です」

「それとなく、信頼しておる。もう一つ頼みたいことがあるのだが、外してもらってもかまわんかな、マーク？」

「もちろんです、おじいさん。ケトル看護師。われわれは席を外しましょう」

ケトル看護師はマークについて部屋から出ていった。二人は、広い階段の薄暗い踊り場に並んで立った。

「それほど長くはかからないと思う」と、マークが言った。

「カータレット大佐と話をして、お元気になられたら」

「祖父は遺言を伝えるつもりなのだろう。もう長くはないことをご存じだから」

階下の玄関広間でドアが開き、階段のほうまで光が溢れてきた。マークは階段の手すり越しに下を覗き込んだ。大きな祖母の体が見えた。祖母は手すりをつかむと、ゆっくりと階段を上ってきた。マークは祖母の苦しそうな息遣いを聞いた。

「大丈夫ですか、おばあさん？」と、マークが尋ねた。

レディー・ラックランダーは立ち止まって、見上げた。「まあ！　お医者さまだわ」人をばかにするような声の調子に、マークは苦笑いした。

ビロードのディナードレスを着たレディー・ラックランダーが、踊り場に現れた。そして、いつも無頓着につけているダイヤモンドのネックレスが、大きな胸に輝いていた。

「こんばんは、ケトル」夫人は荒い息をしていた。「二人が来てくれて、うちの人の世話をしてくれるとはありがたいわ。うちの人の具合はどうなの、マーク？　モーリス・カータレットは到着したかしら？　だけど、どうして二人でこんなところにいるの？」

「カータレット大佐は到着されています。おじいさんは、大佐と二人だけで話をしたいとのことです。それで二人だけにして、僕とケトル看護師は部屋から出てきたんです」

「あの忌々しい〝記憶〟についてね」レディー・ラックランダーがいらいらした様子で言った。

「そういうことなら、わたしも、今は顔を出さないほうがいいわね」

「それほど長くはかからないでしょう」と、マークが言った。

踊り場には、大きなジャコビアン様式（十七世紀初頭のイギリスで発展した建築、家具、美術の様式。ジャコビアンはジェームズ一世のラテン名が由来。直線的で重厚感がある）の椅子があった。マークが椅子を引っ張り出すと、夫人は古いスリッパを履いた思いのほか小さな足を引きずって、椅子へ向かった。そして、じろじろと二人を見た。

「あなたのお父さんはカータレット大佐に会いたいとか言って、応接室へ行ったわ。今頃、うたた寝でもしているんじゃないかしらね、マーク」夫人は、大きな体をケトル看護師のほうへ向けて言った。「わたしが大変な思いをして大きな体を動かすのを気の毒に思うなら、応接室へ行って、わたしの息子を起こしてきてちょうだい。そして、カータレット大佐が来ていることを伝えてほしいの。起こしたら、サンドイッチと飲み物をもらうといいわ。どう？」

「わかりました、レディー・ラックランダー。喜んで」と、ケトル看護師が言った。そして、きびきびと階段を下りていった。「わたしを追い払いたいのね」と、看護師は呟いた。「うまくやったわね」

「いい娘ね、ケトル看護師は」と、レディー・ラックランダーは呟いた。「わたしがあの娘を追い払いたいのをわかっていたわ。マーク、あなたのおじいさんを不幸にしているのは何なの？」

「祖父は不幸だというのですか？」

「ごまかさないで。あの人は死を恐れているわ……」宝石で飾った夫人の手が、膝の上でぴくりと動いた。「なんだか、悩んでいるのよ。わたしたちの結婚生活で、二度目だわ。何を悩んでいるのか、わたしにはわからないのよ。あの〝記憶〟に関係あるのかしら？」

「どうも、そのようです。祖父は〝記憶〟をカータレット大佐に編集してくれるよう頼んでいました」

「一つ目は」と、レディー・ラックランダーが言った。「二十年前のことよ。そのとき、わたしは本当に惨めな思いをしたわ。そして今、いよいよ最後のお別れをしようというときになって……」

「確かにそうですね。とにかく、祖父は生きることに疲れているようです」

「知っています。わたしも七五だし、おまけにぶくぶく太ってしまって。それでも、生きることへの熱意は失っていません」夫人はぜーぜーと苦しそうに言った。「それに、まだ片づけなければならないことがあります。たとえば、ジョージのことです」

「僕の父ですか？」と、マークが静かに尋ねた。

「あなたのお父さんは」と、夫人が言った。「五〇だし、男やもめだし、そして、ラックランダー家の人間なのよ。不吉な要素が三つも揃ってるわ」

「あなたが、どれか変えられませんか？」

「変えられるとしたら……モーリス・カータレットよ！　あら？」

ハロルド卿の寝室のドアが開き、カータレット大佐が包みを脇に抱えて入り口に立っていた。

「マーク、いいかな？　ちょっと来てくれ」と、カータレット大佐が言った。

マークは大佐の横を通り抜けて、寝室へ入っていった。レディー・ラックランダーは立ち上がると、体つきからは想像できないような俊敏な動きであとに続いた。だが、カータレット大佐が入り口で夫人を止めた。

「少しお待ちください、奥さま」

「なんですって！　わたしをなかへ入れなさい、モーリス」

それから、ケトル看護師に続いて、正装した背の高い男が慌ただしく階段を上がってきた。

カータレット大佐は踊り場にいて、二人が部屋のなかへ入っていくのを見ていた。

レディー・ラックランダーは、今は夫のベッドのそばにいた。マークは左腕でハロルド卿を支えると、右手を祖父の手首に押し当てていた。ハロルド卿は口を開けて、あくびのような息をしていた。体にかけられている寝具が、静かに上下している。レディー・ラックランダーは大きな体を縮めるように夫のそばに立って、両手で夫の手を握りしめていた。

「あなた、わたしはここよ」と、夫人が言った。

ケトル看護師が手にグラスを持って現れた。

「ブランデーです」と、看護師が言った。

マークは、ブランデーの入ったグラスを祖父の開いた口元へ持っていった。「飲んでください。元気になります」

ハロルド卿の口がグラスの縁で閉じた。

「少し飲みました」と、マークが言った。「念のため、注射をしておきましょう」

ケトル看護師がマークと交代した。マークはその場を離れると、父親と向き合った。

「何か手伝うことはないか？」と、ジョージ・ラックランダーが尋ねた。

「ここで静かにしていてください、父さん」

「ジョージもいるわ、あなた」と、レディー・ラッククランダーが言った。「みんな、あなたのそばにいるわよ」

ケトル看護師の肩越しに、くぐもった声が聞こえてきた。「ビック……ビック……ビック」今にも消え入りそうながら、時計の音のようにはっきりと聞こえた。一同はうろたえたように、お互いを見つめ合った。

「何ですか?」と、レディー・ラッククランダーが尋ねた。「あなた、何なの?」

「誰か、ビックと呼ばれている人はいませんか?」ケトル看護師が尋ねた。

「ビックと呼ばれている人はいません」と、ジョージ・ラッククランダーが答えた。そして、「マーク、なんとかできないのか?」と、いらいらしたように言った。

「今すぐに」マークが部屋の突き当たりから答えた。

「ビック……」

「ビカー家のこと?」レディー・ラッククランダーが夫の手を握り、身を乗り出して尋ねた。「ビカー家にも来てほしいの、あなた?」

ハロルド卿の目は夫人の目を見つめていた。大きく開いた口の端が微笑んでいるようにぴくぴく痙攣(けいれん)し、頭が少し動いた。

マークが注射器を持って戻ってくると、注射をした。しばらくすると、ケトル看護師は気をきかせて、この場を離れた。レディー・ラッククランダーと息子と孫が、さらにベッドのそばに近づいた。夫人は再び夫の手を強く握りしめた。

「何が言いたいの、あなた？　何なの？　ビカー家なの？」
するとハロルド卿が驚くほどはっきりと言った。「結局のところ、おまえにはわからん」そして、夫人の目を見つめたまま、ハロルド卿は息をひきとった。

ハロルド卿の葬儀が終わってから三日後の夕方近く、サー・ジョージ・ラックランダーはナンスパードン邸の書斎に座って、書類の山に目を通したり、机の引き出しを覗いたりしていた。彼は、誰もが認めるハンサムな顔立ちをしている。髪の毛は黒いけれど、両方のこめかみに白いものが交じり始め、額も後退し始めていた。唇は薄く、鼻はかぎ鼻だ。ようするに、彼はアメリカの雑誌に出てくる典型的なイギリス紳士だった。彼は五〇歳になり、今なお活力に溢れていた。

ハロルド卿はすべてをきちんと整理しておいたので、息子のジョージはあとの処理に手間取ることはほとんどなかった。ジョージは父の日記のページをめくるたびに、自分はラックランダー家の一員として恩恵を受けるに値すると思った。たとえば、准男爵の位の裕福なラックランダー家は宝石に情熱を注ぎ、富を築くためにある程度は宝石にお金をつぎ込んできた。そして、一家の有名な厩舎(きゅうしゃ)は、驚くほどの成功を収(おさ)めていた。もっとも有名な競馬で、過去一世紀にわたり、ラックランダー家は三度も勝利を収めた。もちろん、良いことばかりではなかった。マークが生まれたとき、マークの母親、つまり妻が死んでしまった。だが、ジョージはもはや妻のことをあまり思い出さなかった。妻は冴(さ)えない女だった。彼は身なりを整えると、口ひげを指で撫(な)でつけた。カータレット大佐が訪れて、会いたいと言っていると執事が告げにきたとき、ジョージは落ち着きを失った。なんとなく嫌な予感がしたのだ。ジョージは、暖炉の前の敷物の上で身構えた。

「こんにちは、モーリス」カータレット大佐が入ってくると、ジョージが声をかけた。「お会いできて光栄です」ジョージは大佐の顔を少し気後れしたように見た。それから、声の調子を変えて尋ねた。「何か問題でも?」

「そうなんだ」と、カータレット大佐が答えた。「なかなか厄介な問題だ。それというのも、この問題は君だけの問題にとどまらない。私も責任を共有しているからだ」

「私の問題ですって!」ジョージは驚いて声をあげた。大佐はポケットから二通の封筒を取り出すと、机の上に置いた。ジョージは封筒を見た。二通の封筒には、それぞれ父親のハロルド卿の筆跡で宛名が書かれていた。

「まずは、手紙を読んでくれ」二通の封筒のうちの小さいほうを示して、大佐が言った。ジョージは驚いて大佐を見た。ジョージは片眼鏡をかけると、封筒から一枚の紙を取り出して読み始めた。読み進むにつれて、彼の口が開いていった。そして、顔から次第に表情が消えていった。ジョージは問いただしたそうに大佐を見上げたが、気を取り直して、再び読み始めた。

とうとう手紙が指から落ち、片眼鏡が目からはずれてチョッキの上に落ちた。

「一言(ひとこと)たりと理解できない」と、ジョージが言った。

「これを見れば、理解できるだろう」と、大佐が言った。

カータレット大佐は大きいほうの封筒から原稿の束を取り出すと、サー・ジョージ・ラックランダーの前に置いた。「読むのに十分ほどかかるだろう。かまわない。待つよ」

「待ってくれ、大佐！　座ってくれ。何か飲み物は？　それに葉巻も？」

「いいや、けっこうだ、ジョージ。たばこを一服吸わせてくれ。いやいや、そのまま、そのまま。自分のがあるよ」

ジョージは驚きのまなざしを大佐に向けてから片眼鏡をかけ直し、再び読み始めた。読んでいくにつれて、ジョージの表情はまさに千変万化した。彼は赤ら顔の男だが、いまやすっかり蒼白になっていた。口はだらしなく開き、目には生気がない。一枚ずつ持ち上げるたびに、原稿が彼の手のなかで震えていた。

ジョージは最後まで読み終える前に、口を開いた。「これは事実ではない。何があったのか、われわれは知っている。周知のことだ」彼は指で唇をさわった。そして、最後まで読んだ。最後の一枚がほかの原稿の上に落ちたとき、カータレット大佐は原稿を集めて封筒へ戻した。

「なんともお気の毒なことだ、ジョージ」と、大佐が言った。「だが、すべてをあんたに押しつけるつもりはない」

「訳がわからない。なぜこんなことをしたんだ？　なぜこんなものを私に見せたんだ。火のなかにでも放り込んでしまえばいいものを」

「私の話をよく聞いていなかったようだな」と、カータレット大佐は厳かに言った。「私はこの件をとても慎重に扱うべきだと考えている。ハロルド卿はこれについての扱いを、私に一任したんだ。私は公表するべきだと思う」大佐は大きいほうの封筒を持ち上げた。「これは公表しなければならない、ジョージ。ほかに選択肢はない」

「だけど、そうしたからといって、どうなるというのだ？　想像もできない。あなたは古くからの友人だ、大佐。この件のことで、父はあなたを信頼していた。それというのも、父はあなたを友人だと思っていたからだ。ある意味では……」ジョージは苦し紛れに付け加えた。「父はわれわれの運命をあなたに託したんだ」

「もしそうだとしたら、ありがたくない依頼だ。だが、そうではないだろう。あなたも、私を買いかぶっている。このことがどれほどあなたにとって苦痛であり、悲惨なことなのか、私にはわかる。信じてくれ、ジョージ。だが、あなたが想像しているよりも、世間はこの件について寛容な態度を示すだろう」

「い、いつから……いつからラックランダー家は、世間の寛容な態度を当てにするようになったんだ？」と、ジョージが言った。

カータレット大佐はお手上げだというしぐさをした。「いずれにしても、心情的には有利に働くだろう」

「人を見下したような言い方はやめてもらいたい」

「わかったよ、ジョージ。すまなかった」

「考えれば考えるほど、事態は悪くなりそうだ。ところで、大佐。たとえ常識的な配慮に照らしても……」

「私の尺度で考える常識的な配慮という意味だ」と、カータレット大佐が言った。

「私の母を殺すつもりか？」

「確かに、母上を苦しめるかもしれない。だが、私は母上のことも考慮している」

「そして、マークは？　あいつはまだ若い。それに、医者として働き始めたばかりだ」

「もう一人若者がいた。その若者も働き始めたばかりだった」

「彼は死んでしまった！」と、ジョージが叫んだ。「彼は耐えられずに、死んでしまったんだ」

「だが、その若者の名誉はどうなる？　そして、彼の父親は？」

「へ理屈をあなたとこねるつもりはない。私は単純な人間だ。自分でも、時代遅れの人間だとわかっている。だからこそ、友人の忠義や、協力し合う旧家というものを信じているんだ」

「ほかの友人や、ほかの旧家にどんな負担を強いることになってもか？　いいかげんにしろ、ジョージ」と、大佐が言った。

ジョージの顔に血色が戻り、紫色になってきた。そして、聞きとりにくい声で呟いた。「私に父の原稿を渡してくれ。その封筒を渡してもらいたい。そのことを要求する」

「それはできないよ、ジョージ。私がこの原稿を捨てたり燃やしたりするかもしれないと考えているのなら、そんなことはしない」

カータレットコート大佐は、原稿の入った封筒をコートの胸ポケットにしまった。「この件をレディー・ラックランダーやマークに話すのは、あなたの自由だ。ハロルド卿は、この件について何も条件を付けていない。あなたが彼らに話すことに決めた場合に備えて、ハロルド卿の手紙の写しを持ってきている。これだ」大佐は三つ目の封筒を取り出して机の上に置くと、ドアへ向かって歩きだした。「それから、ジョージ。私がとても残念に思っていることを信じてもらいたい。ほかに何か方法があれば、喜んでそうさせてもらうのだが。ん？　何だね？」

ジョージ・ラックランダーはぶつぶつ呟いていた。そして、人差し指を大佐に突きつけた。

「このあと」と、ジョージが言った。「おたくの娘さんとうちのマークとのあいだの関係に終止符が打たれたことを、あんたに話さずに済む」

カータレット大佐がしばらく黙り込んでいたので、炉棚の上の置き時計の音さえ聞こえた。

「二人の関係？」と、ようやく大佐が口を開いた。「おたくの勘違いだろう」

「私の勘違いなどではないと断言しておこう。しかし、もうそのことを話し合う必要はない。マークも……ローズも、そのようなことは問題外だと、二人とも理解するだろう。あんたはわれわれの良好な関係を壊すのと同時に、娘さんの幸せも台無しにすることになる」しばらくのあいだ、ジョージは大佐のうつろな顔を見つめていた。「ローズはうちのマークにぞっこんだ。間違いないよ」

「マークがあんたにそう言ったとしても……」

「マークが私に言ったなどと、誰が言ったんだ？　私は……私は……」

ジョージは口ごもり、勢い込んだ声は次第に小さくなっていった。

「いずれにしても」と、カータレット大佐が言った。「今の話の出どころを聞かせてもらおうか」

二人はお互いににらみ合った。そして不思議なことに、ジョージ・ラックランダーの顔に表れていた気まずそうな表情が、カータレット大佐のほうにも表れ始めた。「いずれにしても、大した問題じゃない」と、大佐が言った。「おたくの情報提供者が、どえらい間違いを犯したんだろう。もはや長居は無用だ。ごきげんよう」

　カータレット大佐が出ていった。刺すような鋭い視線で、ジョージは大佐が歩き去っていくのを窓越しに見ていた。ジョージは御しがたい衝動に駆られた。彼は机の上の電話に飛びつくと、興奮しておぼつかない手つきで、カータレット大佐の家の番号をかけた。女性の声が電話に出た。

「キティ！」と、ジョージは言った。「キティ・カータレットか？」


　カータレット大佐は川沿いの小道を通って帰宅した。川沿いの小道は、ワッツレーンの端からナンスパードン邸の領地を通り抜けている。そして、ワッツレーンはラッククランダー家が個人で所有するゴルフコースの周囲を巡る。川沿いの小道はボトム橋へと下り、その後、反対側のカータレット家の雑木林へと上っていく。そのため、サイス中佐とダンベリーフィンの領地の一部とも交わっている。そして、ワッツヒルの頂上の真下でワッツレーンと合流していた。

　カータレット大佐は惨めな気分だった。彼は責任の重圧で押しつぶされそうだった。そして、ジョージ・ラッククランダーと仲たがいしたことに腹を立てていた。確かに彼は横柄な男だが、それでも生涯の友だった。さらに、娘のローズがラッククランダー家のマークと恋仲であると知らされて、大佐はひどく動揺していた。おまけに、どうやら妻のキティがジョージにそのことを伝えたようなのだ。

　丘の斜面を下るにつれて、大佐は小さな谷の向こう側のジャコブ荘の庭や高台やハンマー農場を見渡した。ミスター・ダンベリーフィンが肩にネコを載せて、ぶらぶらと歩いていた。

「酔っぱらいの、年老いた魔法使いみたいだな」と、カータレット大佐は独り言を言った。マスの生息する小川のことで、大佐はミスター・ダンベリーフィンと仲たがいしていた。サイス中佐が矢継ぎ早に矢を放っていた。そして、ハンマー農場にはキティがいた。夫人は腰を左右に揺すりながら、家から現れた。体にぴったり合った炎の色のトップス（女性用衣類の上半身部分）と黒のビロードのズボンというでたちだ。長いたばこ用のパイプを手にしている。夫人は谷の向こう側のナンスパードン邸を見ているようだ。大佐は言い知れぬ不快感を覚えた。「私としたことが、どうしたというんだ！」と、大佐は無意識に呟いた。ローズが夕方にいつも行う、庭でしおれた花を摘み取っていた。大佐はため息をつくと、丘の頂を見上げた。そこには家路を急ぐケトル看護師の姿があった。看護師は自転車を押しながらワッツレーンを上っていた。看護師の制服と帽子が生け垣の隙間から見え隠れしている。「彼女はよく不意に現れるな」と、大佐は呟いた。

カータレット大佐は丘の麓へ下りると、ボトム橋へ向かった。橋が大佐の釣り場と、ミスター・ダンベリーフィンの釣り場を分けていた。橋の下流側が大佐の釣り場で、上流側がミスター・ダンベリーフィンの釣り場だ。それでは、ボトム橋の真下はどちらの釣り場なのかをめぐって、二人は口論になったのだ。大佐はミスター・ダンベリーフィンの釣り場を横切って自分の釣り場へやって来た。橋の欄干の上で腕を組んで、橋の下を流れる緑色の水を見つめていた。最初はぼんやりと見ていたものの、大佐はあることに気がついた。チェーン川の左側の土手の壊れたボート小屋のそばに、古いパント船（平底小舟）が係留されていた。その近くで何かがうごめいているような気がした。〝伝説の大物〟のマスに違いない、と大佐は思った。「夕飯前にくれば、あいつはまだ私のほうの釣り場にいるだろう」大佐が〝伝説の大物〟から視線を外してジャコブ荘を見上げたとき、肩にネコを載せたミスター・ダンベリーフィンが、双眼鏡で大佐をじっと見ているのに気がついた。

「くそっ！」と、カータレット大佐は悪態をついた。大佐はボトム橋を渡って、ジャコブ荘から見えないところへ移動した。そして、再び家路に就いた。

小道は狭い牧草地を横切ってワッツヒルの麓に達しているので、大佐の領地の雑木林とサイス中佐の雑木林が、ダンベリーフィン、サイス中佐、そして、カータレット大佐の三人の領地から大佐を隠してくれる。小道を重い足取りで下ってくる者がいた。その者は苦しそうにぜーぜーと息をしていた。ミスター・ダンベリーフィンが移動してきたのだと、大佐にはわかった。ミスター・ダンベリーフィンは古いノーフォークジャケット（衣服の前面および背面に箱ひだのある、ベルト付きのゆったりした上着。元は狩猟着）を着てツイードの帽子をかぶり、さらにマス釣り用の毛針を持っていた。彼はなにやら急いでいるようだった。そして、ネコのトマシーナ・ツイチェットが、いかにも偶然というように付き添っていた。

小道は狭いので、お互いに道を譲らなければならない。カータレット大佐は小道の片側に立っていた。ミスター・ダンベリーフィンが小走りになった。付き添っていたネコも、突然駆けだした。

「やあ、ネコちゃん」と、カータレット大佐が言った。大佐はかがむと、ネコに向かって指を鳴らした。ネコはちらっと大佐を見ただけで、通りすぎていった。何かに気をとられているかのように、しっぽの先をぴくぴく動かしている。

カータレット大佐は立ち上がると、ミスター・ダンベリーフィンと向き合った。

「こんばんは」と、カータレット大佐が言った。

「こんばんは、大佐」と、ミスター・ダンベリーフィンも応じた。そして、軽く帽子に触ると、ほっとしたように息を吐いて前に進み出た。「トマシーナ、お行儀よくしなさい」

大佐のそばにいたトマシーナ・ツイチェットはダンベリーフィンのもとへ戻り、足元で背中を丸めた。

「いいネコだ」と、大佐が言った。「ところで、〝伝説の大物〟のマスが、私の釣り場のボトム橋の下に潜んでいるんだ」

「本当か？」

「間違いないよ。あなたが双眼鏡で私を見ていたときだ」と、大佐が答えた。

ミスター・ダンベリーフィンが多少なりとも融和的な態度を示そうとしていたとしても、これを聞いて気が変わったようだ。彼はたちまち好戦的な態度を示した。「私の知る限り、風景を見ることは禁止されていないはずだが」

「もちろんだ」と、大佐が応じた。「チェーン川でも私でも何でも見ることができる。だがもし……」そう言って、大佐は頭を掻いた。動揺しているときの大佐の癖だ。「ダンベリーフィン……」大佐が再び話し始めた。「おやおや、私としたことが……どうでもいいことだ！　おやすみ」

　カータレット大佐はダンベリーフィンに背を向けると、小道を急いだ。「ばかばかしいというより、滑稽(こっけい)だな」と、大佐は腹立たしげに言った。「あんな奴とかかわって、私の残りの人生を不愉快なものにしたくない」

　大佐は歩く速度を落として、小道をハンマー農場のほうへ向かった。母ネコとしての責任から、それとも、ネコ特有の気まぐれからか、トマシーナ・ツイチェットがときどき声を震わせたり、鳥を見回したりしながら大佐についてきた。大佐とネコは、芝地が見えるところまで来ていた。そこには、弓矢を手にしたサイス中佐がいた。足元がふらついていて体が揺れているが、藪(やぶ)のなかを探していた。

「やあ、カータレット大佐」と、サイス中佐が言った。「矢をなくしてしまった。おまけに、獲物にも逃げられてしまった」

「それはそれは！　お気の毒に」大佐はいらいらした様子で応じた。（こんなところで矢を射るなんて）大佐は思い直して、矢を探すのを手伝い始めた。ネコは自分も狩りに参加しているつもりなのか、葉っぱとじゃれていた。

「ミスター・ダンベリーフィンに会ったよ」と、サイス中佐が言った。「だけど、すぐに別れてしまった。彼のネコがどうなったか聞いているかね？　ひどい話だ。まったくの事故だった。だが、あいつは少しも聞き入れようとはしない。私はネコが好きだ」

　サイス中佐は落ち葉の塊に手を突っ込んだ。ネコが喜んでその上に跳びのると、爪を立てて中佐の手首を引っかいた。「こいつめ、やりやがったな」と、サイス中佐が声を荒らげた。中佐はネコに平手打ちを食らわせようとしたが、ネコはいともたやすく跳びのいて、子ネコのもとへと向かった。カータレット大佐は辞去すると、雑木林を抜けて、彼の地所の下のほうに開けた野原へ出た。

妻のキティは炎の色のトップスを着て、大きなイヤリングを両方の耳につけ、黒いビロードのズボンをはいた脚をぶらぶらさせながら、ハンモックに寝そべっていた。カクテルグラスの載ったトレイが、鉄製のテーブルに用意されていた。

「遅かったわね」と、夫人は気だるそうに言った。「夕食は三十分後よ。ナンスパードン邸で何かあったの？」

「ジョージと話があったんだ」

「何について？」

「彼のおやじさんに頼まれていたことだよ」

「何を頼まれたの？」

「きわめて個人的なことだ」

「ジョージはどうでした？」

カータレット大佐は、ジョージの紫色になった顔を思い出した。「かなり気が動転していた」

「彼を夕食に呼んであげましょうよ。ちなみに、明日、彼にゴルフを教えてもらうの。ゴルフクラブを何本かわたしにくれることになってるのよ。素敵でしょう？」

「そんな約束をいつしたんだ？」

「二十分ほど前かしら」夫人は大佐を見ながら言った。

「以前は、ゴルフなんかしなかったじゃないか」

「わたしとジョージの仲を疑ってるの？」

「まあ」大佐はしばらく口ごもった。「それで、どうなんだ？」

「何もないわよ」

「明日の彼とのゴルフはやめておきなさい」

「どうして？」

「キティ。おまえ、ローズとマークについて、何をジョージに話したんだ？」

「あなたの目は節穴(ふしあな)なの？　ローズがマークに夢中なのは明らかじゃないの」

「おまえの言うことは信じられない」

「モーリス、娘がいつまでも父親と一緒にいるとでも思ってるの？」

「そうは思わないが」

「だったら」

「だが、私は……私は知らなかった……今でも信じられない……」

「マークなら五分前にやって来て、ローズと二人で応接室へ入っていったわよ。行ってみたらどうですか？　あなたの気持ちも変わるかもしれませんよ」

「そうするとしよう」カータレット大佐は、惨めな気分で家のなかへ入っていった。

もし大佐がそれほど混乱したり、心配したりしていなければ、もう少し気をつけて応接室へ近づいただろう。大佐は玄関広間の厚い絨毯を横切って、応接室のドアを無造作に開けた。すると、マーク・ラックランダーの腕に抱かれてうっとりとしている娘のローズの姿が、目に飛び込んできた。

第三章　チェーン川の谷

ローズとマークはカータレット大佐に気がついて、慌てて離れた。ローズは顔を赤らめ、マークは蒼白になっていた。そして、二人とも一言も発しなかった。

「すまない。許してくれ」と、大佐が言った。

ローズは困惑しながらも大佐のもとへ駆け寄り、父親の頭に両手を回して叫んだ。「いずれは見つかると思っていたわ」

「大佐、ローズとの結婚をお許しください」と、マークが言った。

「お父さんが……」と、ローズが言った。「お父さんが許してくれなければ、わたし、結婚できないわ。マークにそう言ったの」

カータレット大佐は紳士的に振る舞った。感情的にならずに、娘に優しく腕を回した。

「どこからやって来たんだ、マーク？」と、大佐が尋ねた。

「チェーン川からです。今日は病院へ行く日でしたので」

「なるほど」大佐は娘からマークへ視線を移した。そして、二人は愛し合っていて、おまけに、とても傷つきやすいと思った。「二人とも座ったらどうだ？　二人に何と言うべきか考えている。さあ、座って」

二人は戸惑いながら、応接室の椅子に座った。

「いつナンスパードン邸へ戻るのかね、マーク？」と、大佐が尋ねた。「帰ったら、大変ご立腹なお父上に出会うだろう。それというのも、先ほどまで君のお父上と話をしていたんだ。その話の要点を君に伝えてもかまわない。だが、そうするべきか迷っている。お父上自身が、君に話したほうがいいと思うからだ」

「僕に言いにくいことですか？」

「悪い話だ。おそらくお父上は君とローズの結婚に反対されるだろう」

「信じられません」と、マークが言った。

「ローズ、許してくれ。こんなことは言いたくないのだが……しかし、マーク。カータレット家と姻戚関係を結ぶことについて、君はまったく違った見方をするようになるだろう」カータレット大佐は、かすかに笑みを浮かべて言った。

「だけど、お父さん」と、ローズが大きな声をあげた。「何があったの？」

「とてもひどいことだよ、ローズ」

「何があったとしても」そう言って、マークが立ち上がった。「たとえ流血殺人が起こったとしても、僕のローズに対する気持ちは変わりませんよ」

「いいや、流血殺人などではない」と、大佐が答えた。

「なぁんだ」マークはローズのほうを向いた。「だったら、大騒ぎすることじゃありません。家に戻って、整理してきます」

「ともかく、家に帰りなさい。そして、状況を確認したほうがいい」と、大佐が言った。

カータレット大佐はマークの腕を取ると、玄関へ案内した。

「明日になれば、君は私にあまり友好的な感情を抱かなくなるだろう、マーク。不本意ながら、私がこのようなことをせざるを得なかったことを理解してもらいたい」

「せざるを得なかったですって？」と、マークが繰り返した。「ええ、まあ……」マークは顎を突き出し、眉を吊り上げた。「ところで、大佐」と、マークが言った。「もし父が僕たちの結婚を祝福してくれたら――それ以外の父の反応を想像できませんが――それでも反対しますか？　どちらの側にも異議がないのであれば、問題はないですね？」

「仮定の質問には答えられない。君がここを去る前に、ローズと少し話をしてもかまわない」大佐は右手を差し出した。「さようなら、マーク」

カータレット大佐がいなくなると、マークはローズのほうを向いて彼女の両手を握りしめた。

「ばかげてるよ」と、マークが言った。「いったい、どんな話をでっちあげて、僕たちの結婚をだめにしようというんだ？」

「どうするつもりなのかはわからないわ。でも、本気だったわ。父は本気で心配していたわ」

「いずれにしても」と、マークが言った。「事のいきさつを確かめずに判断するのは賢明じゃない。まずは家に戻って、何があったのか確認するよ。そして、十五分経った頃に君に電話する。君を愛することは天与の恵みだ。どんなことより大事なことだ。だから、何があっても変わらないよ、ローズ。少しのあいだ、さようなら」

マークはローズに慌ただしくキスすると、去っていった。

ローズはしばらくじっと座ったまま、お互いの気持ちはどうなのかを考えていた。父親を一人にしていることについて、心の痛みはなかった。それどころか、先ほどの父親のいつもとは違う、異常ともいえる態度についても動揺しなかった。それでも、この状況を理解したときには、これ以上ないくらいの幸せな気持ちになれるような気がした。彼女は応接室の観音開きの窓の近くに立つと、谷を越えてナンスパードン邸を見た。心配でたまらなかった。マークのことを思うと、全身が痛むようだった。こんなことは初めてだ。ローズはこれこそ本当の愛だと思った。

時間が無情に過ぎていった。夕食を知らせる鐘の音が聞こえた。それと同時に、電話が鳴った。ローズは受話器に飛びついた。

「ローズ」と、マークが言った。「今すぐ、僕を愛していると言ってくれ。今すぐ」

「あなたを愛してるわ」

「そして、どんなに恐ろしいことを聞いても、僕と結婚すると言ってくれ、ローズ。お願いだ。約束してくれ」

「心から約束するわ」

「よかった」と、マークが言った。「午後九時に君のところへ行くよ」

「何があったのかわかったの?」

「ああ、わかった。だけど、ちょっと厄介な問題なんだ。でも、心配することはない。それじゃあ、九時にまた」

「それじゃあ九時に」ローズは幸せな気持ちに包まれて、夕食に向かった。

　夜の八時頃になると、サイス中佐の気分は落ち込んでくる。午後五時。太陽が地平線の向こうへ沈むと、サイス中佐はソーダ水で割ったブランデーを飲む。一種の目覚ましのようなものだ。ときには、三杯、四杯とグラスを重ねることもある。このあいだに、サイス中佐は仕事に就いて、首尾よく成し遂げた自分を思い描く。このように感情が高ぶったあと落ち込んだ気分になるのだが、そのようなときはたいていアーチェリーをやることにしている。このように、およそ自暴自棄の状態で、サイス中佐は自分の雑木林を越えてミスター・ダンベリーフィンの牧草地へ矢を放ってしまい、トマシーナ・ツイチェットの母ネコを殺してしまったのだ。

　今夜のサイス中佐の落ち込みようは、いつもよりひどかった。おそらく、カータレット大佐に会ったことで――サイス中佐は大佐のことが気に入っているのだが――自分が独りぼっちであることを改めて思い知らされたからだろう。中佐は弓矢を手にすると、足を引きずりながらアーチェリー用の芝地へ向かった。だが、もはや矢を放つつもりはなかった。けがをした脚が痛むけれど、車道まで散歩することにしたのだ。

　サイス中佐が車道まで出てくると、ケトル看護師が道端に座っていた。自転車はかたわらに横倒しになっている。

「こんばんは、中佐」と、ケトル看護師が言った。「自転車のタイヤがパンクしてしまって」

「こんな時間に？　それはお困りでしょう」サイス中佐はケトル看護師に近づいた。

「チャイニング村まで三マイル（約三キロ）も、とても自転車を押していけそうもありません。それで、応急修理をしようとしていたんです。でも、うまくいかなくて」と、ケトル看護師が言った。

開けた工具箱のなかを、看護師は途方に暮れた様子で見回していた。サイス中佐はためらいがちに見守っていた。そして、ケトル看護師がてこを手にするのを見た。

「それじゃない」見ていられないとでも言うように、サイス中佐が声をかけた。「やれやれ！どうしようもないな」

「すみません、お願いします」

「いずれにしても、タイヤのパンクを見つけるためには、バケツに水が必要だ。ほら、ここにあるよ」と、サイス中佐が呟いた。

サイス中佐は自転車を起こすと、ぶつぶつ言いながら彼の私道へ移動した。ケトル看護師は工具箱を持って、中佐のあとに続いた。感謝の気持ちと面白がっている気持ちが交錯したような、奇妙な表情を浮かべていた。

サイス中佐は自転車を庭師の小屋へ運び入れると、黙々とタイヤを外し始めた。ケトル看護師はベンチに腰かけると、中佐がすることを見守っていた。そして、しばらくしてから、口を開いた。

「ありがとうございます。今日はちょっとついてないんです。谷のあちこちに病人がいて。こんなことは珍しいです。おまけに、自転車のタイヤがパンクするし。まあ！　あなたは手先が器用ですね。先ほど、ナンスパードン邸に寄ってきたんです。レディー・ラッククランダーが捻挫したので、ドクター・マークに呼ばれて、夫人の足に湿布を貼ってきたんです」

　サイス中佐が何か呟いた。

「新たな准男爵のジョージはどうしたんだとお聞きになりたいの？　ちょうどわたしが帰る頃に、やって来たわ。顔色が悪かったし、なんだかそわそわしていて」と、ケトル看護師は気楽に陰口をたたいた。看護師は脚をぶらぶらさせていた。そして、ときどきサイス中佐の手際のいい作業を褒めては、おしゃべりを中断した。「かわいそう！　手が震えてるわ。アルコールのせいね。気の毒に」

　サイス中佐はパンクを直すと、タイヤを元に戻した。タイヤを付け終わったとき、中佐は立ち上がろうとして、鋭い声を発すると、両手と両膝をついてうずくまってしまった。

「大丈夫ですか？」と、ケトル看護師が声をかけた。「どうしたんですか？　腰ですか？」

　サイス中佐は小声で悪態をついた。食いしばった歯のあいだから、中佐はケトル看護師に帰るように言った。「大変申し訳ないが」と、中佐がうめき声をあげた。「ここで失礼させてもらうよ。痛いっ！」

　今度はケトル看護師が腕をふるう番だった。彼女は看護師として高い対応能力を持ち、多くの人から信頼されていた。ちょっとした簡単な手当てでも、心地よいものだ。ケトル看護師は中佐のそばに四つん這いになった。そして、中佐をベンチのほうへいざなって座らせた。それから、なんとか中佐を立たせた。手を貸しながら中佐の家へ連れていくと、応接室のソファに座らせた。

「ソファに、横になってくださ い」と、ケトル看護師が言った。うめき声をあげながら、中佐が横になった。「どうしたらいいのかしら？　玄関広間に絨毯があったかしら？　少し待っていてください」

ケトル看護師は出ていくと、絨毯を持って戻ってきた。絨毯で中佐を覆うと再び出ていき、今度はコップに水を入れて持ってきた。「まるで自分の家のようだなと、あなたは思っているでしょうね。ここにアスピリンが二錠ありますから、飲んでください」と、ケトル看護師が言った。

サイス中佐は看護師を見ずにアスピリンを飲んだ。「迷惑をかけてすまない」と、中佐は言った。「ありがとう。もう大丈夫だ」看護師は中佐を見ると、再び出ていった。

ケトル看護師がいなくなると、サイス中佐は立ち上がろうとした。だが、ものすごい腰痛に襲われ、痛みに耐えかねて再び腰を下ろした。中佐は、ケトル看護師が帰ってしまったと思った。そして、このまま痛みが続くようなら、生活していけるだろうかと考え始めた。そのとき、家の遠くのほうで、看護師が動き回る音が聞こえた。しばらくして、看護師は湯たんぽを二つ持って戻ってきた。

「今の段階では、温めたほうがいいんです」と、ケトル看護師が言った。

「そんな物をどこで見つけたんだ？」

「カータレット家から借りてきました」

「なんてことだ！　信じられない」

看護師は二つの湯たんぽを中佐の腰に当てた。

「ドクター・マークが来てくれます」と、看護師が言った。

「なんだって！」

「ドクター・マークがカータレット家にいたんです。それで、カータレット家から湯たんぽを借りたとき、ドクター・マークに来てほしいと頼んだんです」ケトル看護師が中佐の靴を脱がし始めたので、中佐は驚いた。

「リラックスしてください」看護師は労わるように言った。「アスピリンは効いてきましたか？」

「ああ、効いてきたようだ」

「あなたの寝室は二階ですね？」

「そうだが……」

「ご自分の寝室で休んだほうがいいでしょうけど、今は階段を上りたくありませんので、家政婦の部屋で休みましょう」と、ケトル看護師が言った。そして、面白そうに付け加えた。「家政婦が部屋にいなければですけど」

　ケトル看護師は上機嫌でサイス中佐の顔を覗き込んだ。そして、中佐が自分の提案を受け入れてくれたことを知ってほっとした。

「お茶か何か、召しあがりますか？」と、看護師が尋ねた。

「いいや、けっこう」

「お医者さんがなんと言うかわかりませんけれど、それほど深刻なものではないでしょう」

　サイス中佐は顔を赤らめてケトル看護師の目を見ると、にやっと笑った。

「さあ、行きましょう。ここより気分が良くなります」

「あなたにずいぶんと面倒をかけてしまってすまない」

「気にしないでください。自転車のことでは、わたしのほうがお世話になりましたから。あら、お医者さんがいらしたわ」

ケトル看護師は慌ただしく出ていくと、マーク・ラックランダーと一緒に戻ってきた。サイス中佐は、呼んでもいないのに、などとぶつぶつ文句を言ったが、マークはきびきびと対応した。だが、マークの顔色はサイス中佐よりも悪かった。

「今回は正式な往診ではありませんので、ご安心ください」

「やれやれ、そんなつもりで言ったのではない。だが、いずれにしても礼を言う。ありがとう」

「あなたを動かさずに、ざっと診てみましょう」

診察は短かった。「腰痛が良くならないようでしたら、もう少し思いきった処置をとることもできます。ですが、そうこうしているうちに、ケトル看護師があなたをベッドに寝かせるでしょう……」

「やれやれ」

「明日の朝、もう一度診にきます。二つほど薬を出しておきましょう。病院へ電話して、すぐに持ってこさせます。よろしいですね？」

「ありがとう。本当に助かった」と、サイス中佐が言った。「先生のほうこそ具合が悪そうに見えるのに、わざわざ来てもらってすまない」

「かまいませんよ。さて、ベッドへお連れしましょう。そして、電話を近くに置いておきましょう。何かあったら、電話してください。ところで、ミセス・カータレットの申し出で……」

「けっこう！」サイス中佐は声を荒らげると、怒りだした。

「……夕食をお持ちしましょうかと言っていたのですが……いずれにしても、明日には起き上がって、動けるようになるでしょう。さて、あとはケトル看護師に任せて、僕はそろそろ失礼します。おやすみなさい」

ドクター・マークがいなくなると、ケトル看護師がお茶目に言った。「きれいな女の人に囲まれていなくて残念かもしれませんけど、わたしで我慢してくださいね。さて、あなたの体をきれいにして、寝る準備をしましょう」

三十分後、サイス中佐はケトル看護師の手を借りて、ベッドの上に起き上がった。そして、温かいミルクとバター付きのパンを食べた。手の届くところにあるランプの明かりのもと、ケトル看護師が中佐の様子を探るように見ていた。

「だいぶ良くなったようですね」

「ありがとう」と、サイス中佐は戸惑いながらしゃべった。「本当にありがとう。助かったよ」

ケトル看護師がドアに辿り着いてから、サイス中佐は声をかけた。「オーブリーの『はかない人生』という作品を知らないとは思うが……」

「知りません」と、ケトル看護師が言った。「誰の『はかない人生』を書いたのですか？」

「彼はサー・ジョナス・ムーアと呼ばれた男のはかない一生を書いた。サー・ジョナス・ムーアは座骨神経痛を患っていた。少なくとも、君がその治療をしようとはしなかったので助かったよ」

「ようやく閉じこもっていた殻から抜け出たようですね」と、ケトル看護師は嬉しそうに言った。

「おやすみなさい」


その後の三日間は、ケトル看護師は仕事に追われ、忙しく自転車に乗って走り回っていたが、この村で何か厄介なことが起こりそうな気がしていた。レディー・ラックランダーの捻挫や、ハンマー農場の庭師の娘の膿瘍や、サイス中佐の腰痛の手当てをしていても、彼らがなにやら緊張しているのを感じた。おまけに、ドクター・マーク・ラックランダーまでがなんだかそわそわしている。ローズ・カータレットには庭で会ったけれど、ローズは青白い顔をしてびくびくしていた。カータレット大佐はぴりぴりしていたし、ミセス・カータレットは興奮していた。

「ケトル」水曜日に、ケトル看護師がレディー・ラックランダーの湿布を持っていったとき、夫人が顔をくもらせて声をかけてきた。「良心の呵責に効くお薬はあるかしら?」

夫人のこのような突拍子もない問いかけに、ケトル看護師は腹を立てることもなかった。夫人とは二十年来の付き合いなので、夫人のこのような行動は承知していた。

「前回と同じ処方というわけにはいきません」

「あなたはこのスエブニングス村で、どのくらいわたしたちの世話をしているの?」

「チャイニング村の病院で五年勤務したのも含めれば、三十年になります」

「そのあいだに、わたしたちのこともよくわかったでしょうね。本性をさらけ出すときは気の病だと言えばいいし、本性を隠すには色恋沙汰がもってこいよ。とにかく、湿布のことを考えると気が重いわ」

「できれば、貼っておいてください。ところで、本性を隠すには色恋沙汰がもってこいというのは、どういう意味ですか？」

「誰しも恋をすると」新たな湿布が貼られて、レディー・ラックランダーは少し悲鳴をあげながら言った。「本能的に相手によく思われようとするでしょう。自分はどれほど度量が大きくて、思いやりがあり、おまけに慎み深いかということを、知らず知らずのうちに演じるのよ。そして、相手からの称賛を得ようとするの。それが求愛行動よ」

「面白いですね」

「わたしが話していることを理解できないようなふりをするのはおよしなさい。あなたがもっとも得意とすることじゃないの。あなたがうわさ話を好きなのは、この村で知れ渡っているわよ。でも、あなたは意地の悪い人じゃないでしょう？」

「もちろん違います。ひどいわ！」

「それなら、率直に言ってちょうだい。わたしたちのことをどう思ってるの？」

「上流階級とか、そういったことですか？」

「そういったことよ」と、レディー・ラックランダーは嬉しそうに言った。「わたしたちのことを、落ちぶれて、無力な、意地の悪い、時代遅れの人間と思ってる？」

「いいえ、決してそのようなことは……」と、ケトル看護師が慌てて声をあげた。「わたしたちの何人かは、まさしくそうよ」

ケトル看護師はレディー・ラックランダーの小さな踵をしっかりと持ったまま、じっとしていた。

「そういえば」と、レディー・ラックランダーが言った。「あなたは、エリザベス女王時代の信奉者よね。社会的地位というものを信じているんでしょ。だけど、地位というものは、行為によって決まるのよ」

ケトル看護師は陽気に笑って、夫人が何を言っているのかわからないと言った。人はある水準を下回ると、混乱を求めるようになるのよと、夫人は説明した。「言いたいことは」と、夫人が続けた。「人は与えられた地位にふさわしい行いをするべきということですよ。わたしたちは落ちぶれていようといまいと、ある状況では、それらしく振る舞うことを期待されているの。そうじゃないかしら、ケトル？」

ケトル看護師は、そうだと思うと答えた。

「どう思われようと、気にしてないわ。でも……」

レディー・ラックランダーは考え込んだ。そのあいだに、ケトル看護師は湿布を貼って包帯を巻き終えた。

「ようするに」と、夫人が続けた。「人はみすぼらしく振る舞う以外は、たいがいのことが許せるのよ。みすぼらしく振る舞うのは避けたほうがいいわ。わたしは心配でたまらないのよ、ケトル」ケトル看護師が問いかけるように顔を上げた。「孫のマークのことで、この村に何かうわさが立っていないかしら？　恋愛関係の？」

「少しは」と、ケトル看護師が答えた。しばらくしてから、付け加えた。「でも、素敵なことじゃないですか。お相手は感じのいい女性です。おまけに、遺産相続人です」

「まあ」

「すべて娘さんが相続するそうです」

「相続の権利があるということでしょう」と、レディー・ラックランダーが言った。「マークだって、後を継ぐまでは何も手にしませんよ。だけど、わたしを悩ませているのは、そんなことじゃないの」

「たとえどのようなことであっても、わたしならドクター・マークと相談します。ドクター・マークは若いにもかかわらず、しっかりしています」

「あなたも知っているように、マークは恋をしています。さらに、厄介な問題があるんです。ですから、先ほど言ったように、いいところを見せようとするんです。いいや、このことはわたしの胸におさめておかなくては。わたし一人の胸に。家に帰る途中、ハンマー農場を通るでしょう？」

　ケトル看護師が頷いた。

「カータレット大佐宛てにメモを書いたので、届けてもらえないかしら？」

「いいですよ」そう言って、ケトル看護師はレディー・ラックランダーの書き物机からメモを手にした。
「かわいそうに」ケトル看護師が辞去しようとしたとき、夫人が呟いた。「ジョージが気の毒だわ。こんなことになってしまって」

　次の晩にレディー・ラッククランダーが息子のジョージを見たとき、ジョージはわかりやすいくらいうきうきしていた。彼はミセス・カータレットと一緒にゴルフをしていた。ジョージはレディー・ラッククランダーにとって扱いにくい年齢に達していたが、ミセス・カータレットにのぼせていた。キティ・カータレットはジョージをわくわくさせることに長けていて、ジョージはそのことに酔いしれていた。ジョージ・ラッククランダーがいかに礼儀正しく親切で、強きをくじき弱きを助ける男気の持ち主であるかを、キティは繰り返し彼に伝えた。そして、自分に色目を使うことを許してきた。ナンスパードン邸のゴルフコースで、ジョージはキティを見守りながら、彼女のスイングを手取り足取り直したりした。しかし、ジョージが後退りしてキティを眺めたり、彼女のスイングを直したりしている様子から、キティ・カータレットはこのゴルフが単にプレーを楽しむためだけではないことに気づいていた。

　涼しい夕暮れに、レディー・ラッククランダーは川沿いの小道を下っていった。召使いが同行して、夫人の絵の道具一式と狩猟用ステッキ（スキーのストックのような形をしていて、頂上部が開いて腰掛けになるもの）を持っていた。ミセス・カータレットがちょうどゴルフボールを打とうとしているとき、レディー・ラッククランダーはジョージとミセス・カータレットを見ていた。

ミセス・カータレットのスイングを、ジョージは頭を片方に傾けて固唾をのんで見入っていた。スイングするとき、ミセス・カータレットがわざと胸やお尻を揺らしているような気がして、レディー・ラッククランダーは腹立たしかった。夫人は、二人をにがにがしい思いで見ていた。

「モーリス・カータレットの申し出に対して、ジョージは何か考えがあるのかしら？　おそらく、ないわね。あの子はそういうことを考えるのが苦手だから」

　ジョージ・ラッククランダーとミセス・カータレットは、丘の向こう側へ消えていった。そして、レディー・ラッククランダーは重い足取りで歩いた。湿布を貼った足がまだ痛むので、夫人は亡くなった夫の狩猟用の長靴を履き、日差しを遮(さえぎ)るのにちょうどいいように思えたので、使い古したトーピー（熱帯地方でかぶるヘルメット型の帽子）をかぶった。そのほかは、ゆったりとしたブラウスにだぶだぶのツイードの服を着た。そして手の指には、いつものようにダイヤモンドの指輪が光っている。

　レディー・ラッククランダーと召使いはボトム橋に着くと左へ曲がり、小川の曲がった部分に生い茂っているハンの木のところで立ち止まった。夫人のために、召使いは画架を立て、小川で水を汲(く)み、スツール（背もたれと肘掛けのない簡単な椅子）を置き、そして、狩猟用ステッキをそばに立てかけた。全体を見るため、レディー・ラッククランダーは大きな体を狩猟用ステッキで支えながら後退りした。

　召使いは夫人を一人にした。レディー・ラッククランダーは切りのいいときにナンスパードン邸へ戻り、九時の夕食のために着替えるのが日課となっていた。そのとき召使いがやって来て、夫人の絵の道具一式を持ち帰るのだ。夫人は眼鏡をかけると、ケトル看護師が扱いにくい患者を見るようなまなざしを被写体に向けた。そして画架の前に立って、筆を動かし始めた。

レディー・ラックランダーが絵を描き始めたのは、午後六時三十分頃だった。チェーン川の左側の土手にある牧草地は、ボトム橋からさほど遠くはなかった。

午後七時。ミスター・ダンベリーフィンが釣りの道具を持って、ワッツヒルを下ってきた。彼はボトム橋に辿り着く前に左へ曲がり、チェーン川の上流を目指した。

午後七時。ドクター・マーク・ラックランダーは村の患者の往診のため、ワッツレーンを歩いていた。ハンマー農場の庭師の娘の膿瘍を切除するための医療器具を鞄に詰めていた。そして、ローズ・カータレットと一緒にテニスをするためのラケットとテニスシューズも持っていた。彼女の父親と大事な話をするつもりだった。

午後七時。ケトル看護師はカータレット大佐にメモを渡すと、サイス中佐を訪れた。

同じく午後七時。サー・ジョージ・ラックランダーは木々が覆い隠してくれるお気に入りの場所で、劣情(れつじょう)に駆られ、ミセス・カータレットと激しく抱き合っていた。

水の流れが下るにつれて勢いを増すように、サー・ハロルド・ラックランダーの死をきっかけにして、この頃には、ジョージ・ラックランダーとキティ・カータレットのお互いの望みや情熱はもはや抑えがたいものになっていった。

ハンマー農場では、ローズ・カータレットと父親が父親の書斎に座り、塞(ふさ)いだ気分で見つめ合っていた。

「マークはいつおまえに話したんだ？」と、カータレット大佐が尋ねた。

「あの日の夜よ。お父さんが応接室へ入ってきて、わたしとマークを見つけた夜よ。マークはナンスパードン邸へ行って、彼のお父さんから話を聞いたの。それからここへ戻ってきて、わたしに話してくれたわ。もちろん……」ローズは父親の目を見て言った。「何事もなかったかのように振る舞うのは、マークにとっても良くないわ。とにかく、お互いに、相手が何を考えているのか手に取るようによくわかるんですもの」

　カータレット大佐は頬杖をつくと、彼が愛について間違った考えの一つと見なしているローズの言葉にかすかに微笑んだ。

「お父さん、マークはお父さんの味方だってことをわかってくれているわよね？」

　カータレット大佐のかすかな笑みがこわばった。しかし、何も言わなかった。

「もちろん、わたしも同じよ」と、ローズが言った。

「わかってるよ」

「だけど、あの人たちは違うのよ」と、ローズが声をあげた。「人間の幸せについて、あの人たちはゆがんだ見方をするのよ。マークが言ってたわ。祖母はハロルド卿の死に乗じて、すべてを壊してしまうかもしれないって」

　カータレット大佐の書斎からは、彼の領地内の雑木林と、雑木林の隙間からボトム橋と、橋の下のチェーン川の右側の土手の一部が見える。ローズは窓辺にやって来て、外を覗いた。「レディー・ラックランダーがどこかにいるはずよ」と、ローズが言った。「向こう側のボトム牧草地で、スケッチをしてるわ。気をもむことがあると、あの人はいつもスケッチをするんですもの」

「レディー・ラッククランダーが、私にメモを送ってきたよ」と、大佐が言った。「私と話がしたいから、午後八時に訪ねてくるようにと。たぶん、スケッチを描いて、その頃までには気持ちを落ち着けようと考えたのだろう。迷惑な話だ。だが、行くしかあるまい。夕食を食べずに出かけるから、私の分をとっておいてくれないか。そして、キティにすまないと伝えてくれ」

「わかったわ」と、ローズが取り繕ったように言った。「だけど、マークのお父さんのほうが難しいわね」

「ジョージか」

「そうよ、ジョージよ。彼はあまり賢くはないでしょう？　だけど、マークの父親であることに変わりはないわ。それに、怒りだすと手がつけられなくなるわ。おまけに……」

ローズは一息ついた。唇を震わせ、目には涙が溢れている。彼女は父親の腕のなかへ飛び込むと、こらえきれずに泣きだした。「女が思いきったことをしたところで、なんになるっていうの？　でも、わたしは少しも勇敢じゃないわ」ローズはすすり泣いた。「マークに求婚されたとき、お父さんのことを考えて断ったの。だけど、とても惨めな気持ちだったから、再度求婚されたとき、わたしは結婚する旨を伝えたのよ。だって、二人は心から愛し合っているんですもの。わたしたち二人は両家の神経を逆なでするでしょうけど、二人のことをわかってほしいの。わたしたちが結婚しても大した騒動にはならないって、マークは言ったわ。でも、なるわよ。そんなことになって、どうしてマークと結婚できるっていうの？　向こうの人たちがお父さんのことをどう思っているか気にしながら、マークと結婚なんかできないわよ。わたしはお父さんのことを愛しているのよ。そして、マークのお父さんは……もしマークがわたしと結婚したら、マークを勘当するって、まるでロミオとジュリエットのモンタギュー家とキャピュレット家のようなことを、向こうのお父さんは言っているのよ。そんなことになったら、わたしもマークも耐えられないわ」

「かわいそうなローズ」と、大佐は呟いた。そして、何度も優しく娘の背中を撫でた。

「マークとわたしの結婚は、わたしたちみんなの幸せでなければ意味がないわ」ローズはすすり泣きながら言った。

　カータレット大佐はハンカチで娘の目を優しく拭ってキスをすると、娘から離れた。そして、窓からボトム橋を見た。それから、ナンスパードン邸を見上げた。ゴルフコースには、もはや誰もいなかった。

「ローズ、わかっていると思うが」カータレット大佐は声の調子を変えて言った。「私がすべての責任を負っているわけではない。最終的な決断がくだされたら、それに従わなければならない。多くの希望を抱くのは禁物だ。だが、見込みがないわけではない。レディー・ラックランダーと話をする前に、なんとかするための時間はある。事実、なんとかしたいと思っている。先送りにしても、何も解決しないだろう。もう出かけるよ」

　カータレット大佐は机に向かうと引き出しの鍵をあけて、封筒を取り出した。

「キティは知ってるの？」

「ああ」と、大佐が言った。「知っている」

「キティに話したの？」

カータレット大佐はすでにドアのところにいて、振り返らずに力強く言った。「いいや、私は話していない。キティはジョージとゴルフをする約束をしていた。そのとき、ジョージがキティに話しただろう。彼はおしゃべりだからな」

「二人は今、プレーをしている最中なの？」

「そうだと思う。ジョージがキティを迎えにきたよ。キティにとっては、出かける口実にもってこいだ」

「確かに」と、ローズが同意した。

カータレット大佐は出かけた。そして、ミスター・ダンベリーフィンを訪ねた。大佐は釣りの道具を持っていた。レディー・ラッククランダーとの話し合いのあと、乱れた自分の気持ちを少しでも楽にしたかったからだ。さらに、スパニエル犬のスキップを連れてきた。主人がマス釣りに没頭しているときは、スキップはおとなしくしているようにしつけられていた。

レディー・ラッククランダーは、ダイヤモンドをちりばめた腕時計を眺めた。時刻は午後七時。三十分ほど絵を描いて、だいぶ気持ちも落ち着いてきた。

「わたしのような人間が、このような取るに足りない小細工を弄（ろう）するなんて思ってもみなかったわ。だけど、モーリス・カータレットと話をつけるにはいい機会だわ。彼は時間を守る人間だから、一時間ほどで済むわね」

レディー・ラッククランダーはスケッチブックを傾けて、淡い緑色の水彩絵の具を前景に塗っていった。絵の具が少し乾いてきたところで、夫人はスツールから立ち上がり、小さな丘の頂上まで歩いた。そして、狩猟用ステッキで体を支えると、やはりダイヤモンドをちりばめた柄付き眼鏡をかけて、自分の描いたものを眺めた。柔らかい牧草地の地面に、狩猟用ステッキがめり込んだ。夫人が画架のところへ戻ってきたとき、狩猟用ステッキは地面に突き刺さったままで、遠くからは巨大なキノコが生えているように見えた。ミスター・ダンベリーフィンがその様子を見ていた。彼はネコのトマシーナ・ツイチェットを連れて、ボトム橋の近くまで来ていた。チェーン川の右側の土手を進んでいきながら、ミスター・ダンベリーフィンは〝伝説の大物〟のマスがしばしば見つかった場所に毛針を投げ込み始めた。レディー・ラッククランダーの耳は年のわりに鋭いので、釣りざおのリールが回る音に気がついた。しかし、姿が見えないので、夫人は釣り人が誰なのかはわからなかった。同じ頃、遠く離れたワッツヒルのジャコブ荘には七匹のネコしかおらず、カータレット大佐は目当てのダンベリーフィンには会えなかった。大佐は家の周りを歩き回ってから谷を覗いて、レディー・ラッククランダーとミスター・ダンベリーフィンにすぐさま気がついた。レディー・ラッククランダーはスツールに腰かけていたし、ミスター・ダンベリーフィンはボトム橋の近くをゆっくりと歩いていた。

「レディー・ラッククランダーと会う前に、ミスター・ダンベリーフィンと話をしなければ。だが、彼と話ができなかった場合に備えて、これを置いていこう」カータレット大佐は、ミスター・ダンベリーフィンの玄関のドアの郵便受けに長い封筒を押し込んだ。そして、晴れない気分のまま川沿いの小道へ向かうと、谷へ下っていった。スパニエル犬のスキップが大佐のあとを追いかけた。

ケトル看護師がサイス中佐の応接室の窓から外を見たとき、カータレット大佐を見たけれど、大佐の姿はサイス中佐の雑木林に隠れて、すぐに見えなくなった。ケトル看護師は最後に少し力を込めてサイス中佐の腰を押した。「夕暮れに、カータレット大佐が出かけていきました。ところで、二日前に無茶をしませんでしたか？」

「いいや、していないと思う」サイス中佐は沈んだ声で答えた。

「わたしがあれだけ苦労したのに」

「いやいや、そうじゃない！」サイス中佐はケトル看護師のほうに顔を向けて、しどろもどろに言った。「ずいぶんと楽になったよ」

「冗談ですよ。あなたをからかっただけです。今日はここまでにしましょう。あと少しで、この治療も必要なくなるでしょう」

「もちろん、いつまでもあんたの世話になるつもりはない」

ケトル看護師は後片づけをしていて、サイス中佐の今の言葉を聞かなかったふりをした。そして手を洗いに、慌ただしく出ていった。看護師が戻ってきたとき、サイス中佐はベッドの端に座っていた。ズボンをはいてシャツの上にガウンをまとい、スカーフまで巻いていた。

「まあ」と、ケトル看護師が声をあげた。「ご自分で着たんですか?」

「帰る前に、私と一杯付き合ってもらえないかな?」

「勤務中ですから」

「今は勤務時間外じゃないのかな?」

「ええと、一杯だけなら。でも、わたしが帰ってから、何杯も飲まないでくださいね」

サイス中佐は顔を赤らめると、ぶつぶつ呟いた。

「仲良くやっていきましょう」と、ケトル看護師が言った。

二人は互いに見つめ合ってお酒を飲んだ。なんとなく仲間意識が芽生えてきた。サイス中佐は杖を使って歩くと、まだ海軍で現役だった頃の写真のアルバムを取り出した。ケトル看護師は写真を熱心に見た。そして、さまざまな海軍の船や乗組員や港の風景に興味を持った。次のページをめくると、色鮮やかなコルベット艦の水彩画が現れた。そして、余白には少し戯画(ぎが)化されたメニューが描き込まれていた。ケトル看護師は思わず見入ってしまった。そして、サイス中佐が満足そうな表情を浮かべているのに気づいた。

「あなたが描いたんじゃないでしょう? ひょっとして、あなたが描いたの! すごいわ!」と、ケトル看護師が声をあげた。

答える代わりに、サイス中佐は紙挟(かみばさ)みを取り出した。たくさんのスケッチが挟み込んであった。ケトル看護師は絵のことはわからなかったけれど、何が好きなのかは知っていた。そして、看護師はこれらのスケッチがとても好きだった。これらのスケッチからは、本物であることが単刀直人に伝わってきた。そして、看護師は本物には惜しみなく称賛を送った。看護師が紙挟みを閉じようとしたとき、裏返しになっている一枚のスケッチに気づいた。看護師がそのスケッチをめくってみると、咲き乱れるブーゲンビリアの花を背景にして、ヒスイのたばこ用パイプでたばこを吸いながら、シェーズ・ロング（足を伸ばして載せられる、背もたれの付いた長いソファ）に横たわっている婦人が描かれていた。

「まあ、ミセス・カータレットですね！」と、ケトル看護師が呟いた。

サイス中佐はケトル看護師から紙挟みをひったくろうとしたが、思わず立ちすくんでしまった。

「まだお二人が結婚する前のスケッチですね？」

ケトル看護師は紙挟みを閉じて言った。「サイス中佐。あなたには、わたしのスエブニングス村の地図に力を貸してもらえそうだわ」

ケトル看護師が立ち上がって身の回りの物を掻き集め始めたとき、サイス中佐も名残惜しそうに立ち上がった。

「もうしばらく続けたほうがいいと思いますので、明日また今日と同じ時刻に来ますね」

「ありがとう。とても助かるよ」サイス中佐はぎこちない笑みを浮かべた。そして、ケトル看護師が彼の領地の雑木林へ向かって歩いていくのを見守っていた。時刻は午後九時十五分前だった。

夕方、ケトル看護師は村の婦人会に参加して、そのまま自転車を置いてきた。それで、看護師は川沿いの小道を歩いた。夕闇がすでにチェーン川の谷に立ち込めていた。谷のほうへ下るにつれて、看護師の足音も心なしか小走りのようになってきた。看護師は丘の中腹を下っていた。立ち止まると、顔を傾けて耳を澄ませた。後方の高台で、聞き覚えのある矢を放つ鋭い音が聞こえた。看護師は笑みを浮かべると、歩き続けた。静かな夕暮れどき。ときおり、田園地方特有の音が聞こえてくる。小川のせせらぎの音も聞こえた。

　ケトル看護師はボトム橋を渡らないで、チェーン川の右側の土手に沿って歩いた。ハンの木や、柳の木が生い茂っているところを通りすぎた。柳の木々は水際からボトム牧草地まで広がっていて、夕闇に立ち上る蒸気のように見えた。看護師は柳の木と湿った土の匂いを嗅いだ。独りでいるとき、ときどき感じるのだけれど、看護師は誰かに見られているような気がした。だが、看護師は空想にふけったりはしないので、すぐにその思いを退（しりぞ）けた。

「もっと涼しくなるわね」と、ケトル看護師は呟いた。

　突然、柳の木々の奥から、夕闇をつんざくような悲鳴が聞こえてきた。看護師の顔の近くの茂みから、ツグミが飛び出した。そして、イヌの遠ぼえが聞こえた。

　ケトル看護師は茂みを押し分けて、川のそばの開けた場所へ出た。そして、カータレット大佐が倒れているのを見つけた。スパニエル犬のスキップが、大佐のそばで悲しそうな声をあげていた。

第四章　ボトム牧草地

　ケトル看護師は、カータレット大佐が死んでいるのがわかった。川の芝地に頭を横たえているカータレット大佐は、間違いなく死んでいた。看護師は大佐のそばに跪（ひざまず）くと、ツイードの上着とシルクのシャツの下に手を入れた。

「冷たいわ」

　釣り用の毛針の付いたツイードの帽子が、大佐の顔を覆っていた。（誰かが帽子をかぶせたんだわ）看護師は帽子を拾い上げると、手に持ったままじっとしていた。カータレット大佐のこめかみは、ハンマーで殴られたかのように砕かれていた。イヌのスキップが頭をのけぞらせて、もう一度吠えた。

「静かに！」と、ケトル看護師が言った。看護師は帽子を元に戻すと、立ち上がって自分の頭を柳の木の幹に打ちつけた。柳の木のなかで夜を過ごしていた鳥たちが一斉に飛び立った。チェーン川が音を立てて流れ、ナンスパードン邸の茂みでフクロウが鳴いた。

「カータレット大佐は殺されたのよ」と、ケトル看護師は呟いた。

　ケトル看護師は気が動転していたので、死体に触ってはいけないという、こういった場合の規則を思い出したのは、すでに死体に触れてからだった。そして、すぐさま警察に知らせるべきところなのに、近くには、警察を呼んでもらえるような人もいなかった。それでも、死体をこのままにしておくわけにはいかないので、チャイニング村のオリファント巡査部長を連れてこなければならないと考えた。そのあいだ、死体をこのままにしておかなければならないけれど、スパニエル犬のスキップが死体のそばにいて、吠えているだろう。月が出ていなかったので、辺り（あた）はすっかり暗くなっていた。暗がりのなか、看護師は大佐の手からそれほど離れていない芝地で、マスの鱗（うろこ）が光っているのに気がついた。そして、鱗の近くにはナイフの刃が光っている。大佐の釣りざおは、死体からさほど遠くない土手の縁（ふち）に転がっていた。これらには何も触らなかった。そのとき、看護師はサイス中佐の洗礼名がジェフリーであることを思い出した。ひょっとすると、何か助言を与えてくれるかもしれないと考えた。しかし、少し落ち着いてくると、今はジェフリー・サイスよりもマーク・ラックランダーのほうが必要だと考え直した。「お医者さんを連れてくるのが先よ」

ケトル看護師はスキップを軽く叩いた。イヌはクンクン鳴きながら、前足で看護師の膝を引っかいた。「いい子だから、吠えないで！　吠えちゃだめよ！」看護師は鞄を手にすると、その場を離れた。

ケトル看護師が柳の木の茂みを抜け出たとき、ようやく、誰がカータレット大佐を殺したのだろうと考えた。そのとき、小枝が折れた。（まだ、殺人犯がこの辺りをうろついているかもしれないわ）急いでボトム橋へ戻りながら、周囲の不気味な暗がりのことをできるだけ考えないようにした。ワッツヒルの上のほうには三軒の家――ジャコブ荘、サイス中佐の家、ハンマー農場――

があって、いずれの家の窓からも明かりが漏れていたけれど、ブラインドが下りていた。ケトル看護師には、三軒ともかなり遠いように思えた。

ケトル看護師はボトム橋を渡って、曲がりくねった小道を上っていった。この小道はゴルフコースの周囲を巡って、ナンスパードン邸の雑木林まで続いている。懐中電灯が鞄のなかに入っていることを思い出して取り出すと、息を切らしていることに気づいた。（丘を急いで登りすぎたんだわ。落ち着くのよ、ケトル）川沿いの小道は雑木林を過ぎて幹線道路に達する。しかし、脇道が木々のあいだを抜けて、ナンスパードン邸の敷地に通じている。看護師は脇道を選んだ。しばらく進むと広々とした場所に出た。そして、素晴らしいジョージ王朝時代の建物が、目の前に現れた。

召使いが玄関ドアの呼び鈴に応えて出てきた。彼はケトル看護師をよく知っていた。「こんばんは、ウィリアム。またお邪魔します。ドクター・マークはご在宅かしら？」

「マーク様は一時間ほど前にお戻りになりました」

「ドクターに急ぎの用があるの」

「皆さん、書斎にいらっしゃいます。見てまいりましょう……」

「どうぞおかまいなく」と、ケトル看護師は言った。「でも、やっぱり見てきてもらおうかしら。だけど、わたしがあなたのあとをついていくわけにはいかないから、ドクター・マークにここへ来て、わたしの話を聞いてもらえないかどうか尋ねてほしいの」

召使いは疑わしそうに看護師を見た。だが、彼女の切羽詰まった様子を見て、広い玄関広間を横切り書斎のドアを開けた。召使いがドアを開けたままにしていたので、ケトル看護師は召使いが話すのを聞くことができた。「ミス・ケトルが、ドクター・マーク・ラックランダーにお会いしたいとのことです」

「僕に？」と、マークの声が聞こえた。「よし、わかった。すぐに行くよ」

「彼女をここへ連れてきたら」と、レディー・ラックランダーの声がした。「ここで彼女と話したら、マーク。わたしもケトル看護師に会いたかったの」これを聞いて、ケトル看護師は呼ばれるのを待たずに、ゆっくりと書斎のなかへ入っていった。三人が椅子に座ったまま振り向くと、ジョージ・ラックランダーとマークが立ち上がった。マークが目ざとく看護師を見つけると、素早く歩きだした。

「ケトル！　いったいどうしたっていうの？」と、レディー・ラックランダーが尋ねた。

「こんばんは、レディー・ラックランダー。こんばんは、サー・ジョージ」ケトル看護師は、両手を背中に回して組んだ。そして、マークを見つめた。「ドクター・マークとお話ししてもかまいませんか？　事故が起こったんです」

「わかった、ケトル看護師。誰が事故に遭ったんだい？」と、ドクター・マークが尋ねた。

「カータレット大佐です」

一同の顔がこわばり、探るような表情が浮かんだ。まるでうわべだけ取り繕ったようだった。

「どういった事故なんだ？」と、マークが尋ねた。

マークは、ケトル看護師とレディー・ラックランダーとジョージ・ラックランダーのあいだに立っていた。ケトル看護師の唇が「殺されたんです」と動いたけれど、声にはならなかった。

「こっちへおいで」そう呟くと、マークは看護師の腕を取った。

「ちょっと待ちなさい」と、レディー・ラッククランダーが言った。夫人は二人を威圧するかのように、椅子から立ち上がった。「ちょっと待ちなさい、マーク。モーリス・カータレットに、何があったの？　わたしに隠し事をしないでちょうだい。不測の事態には、わたしがこの家で誰よりも的確に対処できます。モーリスに何があったの？」

マークは、ケトル看護師の腕をつかんだまま言った。「落ち着いてください、おばあさん。ケトル看護師が、これから何があったのか話そうとしているのですから！」

「さあ、話してごらん。みんな静かに座ったままでいるから。えっ、何か言った、父さん？」

ジョージ・ラッククランダーが、聞きとれないような声を発した。今度は、もう少しはっきりと言った。「もちろんだよ、母さん。母さんに任せるよ」

マークがケトル看護師に椅子を勧めると、看護師は恭しく椅子に座った。看護師の膝は震えていた。

「それで」と、レディー・ラッククランダーが言った。「モーリス・カータレットは死んだの、ケトル？」

「はい」

「どこで？」サー・ジョージが尋ねた。ケトル看護師が彼に答えた。

「いつ？」と、レディー・ラッククランダーが尋ねた。「あなたが死んでいる彼を見つけたのは、いつなの？」

「ちょっと前です。それで、まっすぐここへ来たんです」

「だけど、なんでここへ来たの、ケトル？　なぜカータレット家へ知らせにいかなかったの？」

「キティには私が知らせるよ」と、ジョージが言った。

「ローズのところへ行かなければ」と、マークが同時に言った。

「ケトル」と、レディー・ラックランダーが言った。「あなたは事故だと言ったわね。どんな事故なの？」

「カータレット大佐は殺されたんです、レディー・ラックランダー」と、ケトル看護師が言った。

ケトル看護師がこの言葉を発すると、三人のラックランダーの反応はうわべは同じように見えた。しかし、レディー・ラックランダーとマークは一種の高潔さを示していた。サー・ジョージは呆然（ぼうぜん）としていた。ハンサムにもかかわらず、彼は口をぽかん開けていた。誰も口を開かなかった。「それで、ドクター・マークに知らせたほうがいいと思ったんです」と、ケトル看護師が付け加えた。

「カータレット大佐が殺されて、ボトム牧草地に横たわっているというのか？」と、ジョージが大声で言った。

「そうです、サー・ジョージ」と、ケトル看護師が答えた。

「どのように？」と、マークが尋ねた。

「頭を殴られて」

「すぐにそうだとわかったのかい？」

「ええ、すぐにわかりました」

マークが父親を見て言った。「警察署長に電話しなくては。そのことはお願いできますか、父さん？　僕はケトル看護師と一緒に現場へ行きます。われわれのうちの一人は、警察が来るまでここにいたほうがいいでしょう。地元の警察署につながらなかったときは、チャイニング村のオリファント巡査部長に電話してください」

サー・ジョージは手で口ひげを撫でながら言った。「警察への連絡は引き受けた」

「ばかなことは言わないようにね、ジョージ」と、レディー・ラッククランダーが釘をさした。

ジョージは顔を真っ赤にして電話のほうへ向かった。「さて」と、レディー・ラッククランダーが続けた。「ローズをどうしましょう？　それに、大佐の奥さんも」

「おばあさん……」と、マークが話しだした。しかし、レディー・ラッククランダーは太った手を上げて遮った。

「わかってるわ」と、夫人が言った。「あなたが自分でローズに伝えたいんでしょう、マーク。だけどまず、両方の状況をわたしが確認したほうがいいと思うの。あなたが戻ってくるまで、わたしはここにいるわ。車を使いなさい。そして、ケトル看護師を連れていきなさい」

レディー・ラッククランダーは有無を言わせないような言い方はできるだけ控えるようにしていたが、このときばかりは本来の性質が表れた。「ケトル、あなたには感謝しているわ。そして、無理強いするつもりはないけれど、わたしと一緒にここに残るか、それとも、マークと一緒に現場へ行くか選んでちょうだい。あなたはどちらがいいかしら？」

「ドクター・マークと一緒に行きます」と、ケトル看護師が言った。「わたしが死体を発見したので、いろいろ聞かれるでしょうから」と、落ち着いて付け加えた。

ケトル看護師はマークと一緒にドアへ向かった。そのとき、レディー・ラッククランダーが呟いた。「そして、カータレット大佐と話をしたのは、おそらくわたしが最後でしょうね。わたしも、いろいろ聞かれるわね」


ハンマー農場には、似つかわしくない人々が集まっていた。カータレット大佐の書斎で、マーク・ラッククランダーとケトル看護師が待機し、応接室では、レディー・ラッククランダーとキティ・カータレットが座っていたからだ。最初に、レディー・ラッククランダーが大きな車に乗って、ハンマー農場に到着した。一方、マークとケトル看護師は現場に到着した。そして、サー・ジョージがチャイニング村の警察署へ電話した。サー・ジョージは自分が治安判事（法律の訓練を受けていない市民ボランティアの治安判事。判事を職業とする人と共に、治安判事裁判所の判事を務める）であることを思い出し、同胞と電話による協議を行った。

レディー・ラッククランダーが、モーリス・カータレットのことをキティ・カータレットに伝えることになった。キティは黒のビロードのぴったりしたズボンに炎の色のトップスを着用して、応接室にいた。レディー・ラッククランダーはこれまで多くの大使館で過ごしてきたので、かなり奇抜な女性の衣装も見てきたし、女のさまざまな駆け引きも心得ていたけれど、キティ・カータレットがどのような女なのか見極めかねていた。

「悪い知らせをお伝えしなくてはならないの」と、レディー・ラッククランダーが口を開いた。すぐさまキティが不安そうに怯(おび)えたのに、レディー・ラッククランダーは気がついた。（ジョージとのことで、文句を言うと思ったのかしら）

「どのような知らせですか？」と、キティ・カータレットが尋ねた。

「モーリスについてです」しばらく間(ま)をおいてから、レディー・ラッククランダーは続けた。「最悪の知らせの部類です」そう言ってから、夫人はキティにモーリス・カータレットが亡くなったことを伝えた。キティは目をみはった。「亡くなったですって？　亡くなったですって？　信じられないわ。どのように亡くなったんですか？　夫は釣りに出かけました。おそらく、今頃はパブに立ち寄っているでしょう」キティは手を震わせた。手の指はきちんと手入れされていた。「夫は、どのように亡くなったのですか？」と、キティは繰り返した。

キティ・カータレットはいまやむせび泣いていた。そして、応接室のなかを歩き回った。相変わらず腰を左右に揺すっていることに、レディー・ラッククランダーは気がついた。キティは小さなテーブルの上のグロッグ酒（ラム酒を水で割ったもの）の入ったデカンターを手にした。

「そうね、まずは落ち着くことが大事よ」デカンターの注ぎ口とグラスが音を立てたとき、レディー・ラッククランダーが言った。キティはレディー・ラッククランダーにもぎこちなく勧めたけれど、レディー・ラッククランダーは丁寧に断った。（キティのマナーはひどいものだわ。もしジョージが彼女と結婚したら、どうしたもんかしら？）

マークとケトル看護師が、ちょうど観音開きのドアのところに現れた。レディー・ラッククランダーが二人に気がついた。「孫のマークとケトル看護師です」そして、キティに尋ねた。「二人をなかへ入れてもかまわないかしら?」

「どうぞ」と、キティ・カータレットは震える声で言った。

レディー・ラッククランダーの大きな体が椅子から立ち上がった。そして、二人を部屋のなかへ招き入れた。

「オリファント巡査部長がいました」と、マークが言った。「ロンドン警視庁へ連絡するでしょう。ローズは……?」

「まだ知りません。庭に出ています」

マークはキティのところへ行き、落ち着かせようと彼女に話しかけた。レディー・ラッククランダーはキティが落ち着いてきたことがわかった。マークはキティを椅子に座らせた。ケトル看護師は前に進み出て、キティが空にしたグラスを受け取った。そのとき、魅力的で明るい歌うような声が、玄関広間から聞こえてきた。

「死よ、離れておくれ。離れておくれ……」

マークが素早く振り向いた。

「わたしが見てきましょう」と、レディー・ラッククランダーが言った。「そして、彼女が望めば、あなたを呼びます」

夫人の巨体と年齢を考えると精一杯の速さで、レディー・ラッククランダーは玄関広間へ向かった。歌うような声がやんだ。そして、レディー・ラックランダーの背後で玄関のドアが閉まった。

キティ・カータレットはだいぶ落ち着いてきたけれど、再びすすり泣き始めた。

「ごめんなさい」ケトル看護師からマークへ視線を移して、キティが言った。「ありがとう、マーク。とにかく、びっくりしちゃって」

「無理もありません」と、ケトル看護師が言った。

「いまだに信じられないの」

「当然です」と、マークが言った。

「モーリスが死ぬなんて！」キティがマークを見た。「殺されたって、本当なの？」

「まず、間違いないでしょう」

「そうよね」と、キティがぼんやりと呟いた。「あなたは死体を見たんですものね。それに、あなたはお医者さんだもの」彼女の口が震えていた。そして、手の甲で口を拭った。口紅の赤い色が頬を汚した。口紅で頬が汚れたことに気がついていないことが、今の彼女の心理状態を如実に物語っていた。「いいえ、信じられないわ。だって、夫が釣りをしているのを見たんですもの」

そして、突然キティが尋ねた。「ジョージはどこ？」

ケトル看護師は、マークの背中がこわばるのに気づいた。「僕の父ですか？」と、マークが尋ねた。

「そうよ。でも、うっかりしてたわ」そう言って、キティは頭を振った。「彼はあなたのお父さんなのよね」

「父は対応しなければならないことをやっているところでしょう。すぐに警察へ知らせる必要がありますから」

「ジョージが警察へ連絡してるの？」

「父はすでに警察へ電話しました。そして、できるだけ早くここへやって来るでしょう」

「彼に来てほしいわ」

ケトル看護師は、マークが唇を嚙むのを見ていた。このときジョージが部屋のなかへ入ってきて、部屋の雰囲気がさらに緊張した。

ケトル看護師はどんな状況であろうとも自分の殻に閉じこもる術を身につけていて、この場でそれを発揮した。看護師は開いていた観音開きのドアからテラスへ出るとドアを閉め、応接室のなかの様子を見渡せる庭園用の椅子に座った。だけど、すでに暗くなった谷を見ていた。マークはおそらくケトル看護師についていきたいと思っていただろうが、その場に立っていた。少なからず人目を気にするジョージが、まっすぐキティのところへやって来た。キティがジョージに左手を差し出すと、困惑と敬意と苦悩と、そして、献身的な愛がごっちゃになったような雰囲気でジョージがその手にキスしようとしているのを見て、マークは恥ずかしくなった。

「キティ、なんと言っていいか。とにかく、お悔やみを言わせてもらうよ」ジョージが厳かに言った。

いささかあからさまではあったが、ジョージはキティの苦悩を少しでも和らげようと心を込めて言った。キティはジョージの目を覗き込んだ。そして、「来てくれて、本当にありがたいわ」

と言った。ジョージはキティのそばに座って、彼女の手を軽く叩き始めた。そして、息子のマークに気がついて声をかけた。「ちょっとおまえと話があるんだ、マーク」

マークはテラスへ出ていこうとしていたが、応接室のドアが開いて、祖母がなかを覗いた。「マーク、ちょっといい」それを聞いて、マークはすぐさま玄関広間へ向かった。「書斎よ」と、レディー・ラッククランダーが声をかけた。すぐさまマークは書斎へ向かった。マークがやって来ると、ローズは彼の腕のなかですすり泣いた。

「わたしのことは気にしないでちょうだい」と、レディー・ラッククランダーが言った。「すぐにロンドン警視庁へ電話します。ロンドン警視庁が捜査に乗り出すと、ジョージが言っていました。ヘレナ・アレンの息子に来てもらおうと思うの」

マークは、ローズの髪の毛にキスしていたのをやめて言った。「アレン警部のことを言っているんですか、おばあさん?」

「階級のことはわからないけれど、二十五年前、彼が軍隊をやめて巡査になったときから優秀だったわ。もしもし、こちらハーマイニー。レディー・ハーマイニー・ラッククランダーよ。至急、ロンドン警視庁につないでちょうだい。とにかく急を要するの。殺人が起こったのよ……そうよ、殺人よ。だから、すぐにつないでちょうだい……ありがとう」夫人がマークを見た。「状況からして、この件はわたしが扱ったほうがいいわね」

マークはローズを椅子に座らせるとそばに跪いて、彼女の涙を優しく拭った。

「もしもし」と、レディー・ラッククランダーが再び言った。「ロンドン警視庁ですか? こちらはレディー・ハーマイニー・ラックランダーです。ミスター・ロデリック・アレンをお願いします。もしそちらの部署でないなら、彼の部署につないでくださらないかしら。彼の階級は知りません……」

彼女の声は貴族然としていて、落ち着いていた。マークはローズの涙を再び拭った。ジョージはキティと二人だけで応接室にいたが、いらいらしたように呟いた。「まったく、なんてことだ……」

キティは弱々しくジョージを見て、なんの感情も交えずに言った。「どうしたらいいのかしら。わたしはあなた方が思っているほど強くはないのよ」ジョージはしどろもどろに異議を唱えた。「あら」と、キティは穏やかに言った。「あの人たちが、わたしのことを何と言っているか知ってるわ。あなたは言わないでしょうけど。だけど、あなた以外は、わたしのことを〝外部の人間〟と言ってるわ。所詮（しょせん）、わたしはよそ者なのよ、ジョージ」

「やめるんだ、キティ。キティ、聞いてくれ……君に頼まなければならないことがあるんだ――もし君があれを見つけたら――あれを見つけることができたら……」

キティはうわの空で聞いていた。「わかってるよ、キティ」と、ジョージが言った。「今、こんな話をしたくないのはわかってる。でも、どちらにせよ同じことだ。危ういことに変わりはない。君なら、わかってくれるだろう？」

「確かにそうね」と、キティが言った。「だけど、考えさせてちょうだい」

テラスに出ていたケトル看護師が、雨に降られてびしょびしょになった。

「嵐になりそうだわ」と、看護師が独り言を言った。「夏の嵐ね」応接室にいるのも書斎にいるのも場違いであるように思えたので、ケトル看護師は玄関広間へ逃げ込んだ。玄関広間へ到着すると、すぐさま土砂降りの雨がチェーン川の谷に降り始めた。

アレン警部とフォックス警部補は夜遅くまで働いて、横領事件の仕上げにかかっていた。午後十時少し前になって、仕事がようやく終わった。アレン警部は事件のファイルを閉じた。

「お疲れさん」と、アレン警部が言った。「しかるべき罰がくだされるだろう。いい厄介払いだ。どうだ、一杯やらないか？　今、私は独りなんだ。妻のトロイと息子のリッキーは田舎にいる。どうだ？」

フォックス警部補が顔を覆っていた手を離した。「アレン警部、それではお言葉に甘えて、ご一緒させてもらいます」

「よし」そう言って、アレン警部はロンドン警視庁内の見慣れた自分の部屋の壁を見回した。

「こうして自分の部屋を見回すのも、久しぶりのような気がするな。さて、面倒が起こらないうちに、出かけるとしよう」

二人がドアへ歩きだしたとき、電話が鳴った。「こんなときに」それほど気落ちした様子もなく、フォックス警部補が引き返して電話に出た。

「アレン警部の部屋です」と、フォックス警部補が落ち着いた声で言った。「ええ、アレン警部はここにいます」フォックス警部補はしばらく電話を聞いてから、アレン警部を平然とした顔で見た。「私は死んだと言え」アレン警部が不機嫌そうに言った。フォックス警部補が受話器を手で覆った。「スエブニングス村のレディー・ラックランダーという人から電話が入っているそうです」

「レディー・ラックランダーだって？　なんとまあ！　サー・ハロルド・ラックランダーの未亡人だよ」と、アレン警部が驚きの声をあげた。「どうしたんだろう？」

「アレン警部が電話に出られます。そのままお待ちください」そう言って、フォックス警部補は受話器を差し出した。

アレン警部は自分の机に座ると、受話器を受け取った。年老いてはいるものの、鋭い声が聞こえてきた。「……彼の階級は知らないし、そちらの部署かどうかもわからないの。だけど、お願いだから、ミスター・ロデリック・アレンを見つけてきてくれないかしら？　こちらはレディー・ハーマイニー・ラックランダーです。ロンドン警視庁ですか？　聞こえますか？　ミスター・ロデリック・アレンをお願いします……」

アレン警部は恐る恐る名乗った。

「本当に！　よかった。だけど、なんでもっと早く名乗らなかったの？　ハーマイニー・ラックランダーです。わたしを覚えているでしょう？　あなた、ヘレナ・アレンの息子さんよね？　実は、わたしの友人が殺されたんです。そして、地元の警察署はロンドン警視庁へ知らせたって言うから。それで、すべてをあなたに引き受けてもらったほうがいいと思って。そうすれば、この事件は解決するでしょうから」

アレン警部は落ち着きを取り戻して言った。「警視監が、この件を私に担当させればですが……」

「警視監は誰なの？」

アレン警部が答えた。

「彼に電話をつないでちょうだい」と、レディー・ラックランダーが言った。

そのとき、二つ目の電話が鳴った。フォックス警部補が電話に出たが、すぐに受話器を持ったままアレン警部のほうを向いた。

「少しお待ちいただけますか、レディー・ラックランダー？」と、アレン警部が言った。しかし、電話の声は続いた。アレン警部は感情を抑えた。「いったい何だっていうんだ、フォックス？」と、アレン警部はいらいらして言った。

「スエブニングス村への出動命令です、警部。殺人事件です」

「われわれにか？」

「そうです、われわれにです」と、フォックス警部補が答えた。

アレン警部が、待たせていた相手に話し始めた。「レディー・ラックランダーですか？　アレン警部です。私がこの件を担当することになりました」

「それを聞いて安心しました」と、レディー・ラックランダーが言った。「あなたに期待しているわ。それでは、また」それだけ言うと、夫人は電話を切った。

そうこうしているうちに、フォックス警部補は指示を書き留めていた。「わかりました、アレン警部に伝えます。ええ、大丈夫です。警部に伝えますから。どうも」フォックス警部補は受話器を置いた。「殺されたのは、カータレット大佐とのことです。われわれは、これからチャイニング村へ向かいます。そこで、地元の警察署の巡査部長と会うことになっています。車で二時間ほどでしょう」

アレン警部は、すでに帽子とコートとスーツケースを持っていた。フォックス警部補も急いで身支度を整えた。二人は一緒に廊下を進んでいった。

夜になっても、まだ蒸し暑かった。空気が埃（ほこり）っぽいし、ガソリンの匂いもする。ベイリー巡査部長とトンプソン巡査部長の乗った車が待機していた。用具一式もすでに積み込まれていた。一同がロンドン警視庁を出発したとき、ビッグ・ベン（ウェストミンスター宮殿の北端にある時計台）が午後十時を告げた。

「レディー・ラックランダーは注目に値する女だよ、フォックス」と、アレン警部が言った。「頭はタービンのように回転するし、体は大きな樽（たる）のような巨体だ。私の母も度胸のあるほうだが、いつもハーマイニー・ラックランダーを怖がっていた」

「そうなんですか、アレン警部。彼女のご主人はつい先日亡くなったんですよね？」

「そうだ。二十五年前、私が外交官だった頃の厳しかった上司の一人だ。惜しい人を亡くした。とにかく、彼女は侮（あなど）れない人物だ。この事件での彼女の役回りは何だ？　そもそも、どんな事件なんだ？」

「モーリス・カータレット大佐が、小川のそばで死体で発見されました。頭部を損傷しています。

地元の警察署はお偉方の訪問の対応に追われていて、人手不足だそうです。それで、われわれが召集されたわけです」

「誰が死体を発見したんだ？」

「地元の看護師です。一時間ほど前です」

「変だな」アレン警部はぽつりと言うと、しばらく口を閉ざした。「なぜレディー・ラックランダーが、この事件に首を突っ込むんだ？」

「彼女と同じ階級の誰かを気にかけているのでしょう」

「そうかな？」と、アレン警部はうわの空で言った。アレン警部は引き続きラックランダー家について思いを巡らせていた。「戦前、ハロルド卿は代理公使を務めていて、ある時期、厄介事に巻き込まれたことがあった。情報の漏洩だ。暗号が解読されて、関係者が自殺した。共謀の疑いをかけられたからだ。当時、私はロンドン警視庁の公安課にいて、その件に少しはかかわっていた。レディー・ラックランダーは昔の思い出を懐かしんでいるのかもしれない。あるいは、彼女がスエブニングス村を仕切っていて、その村で起こった殺人事件を処理しようとしているのか。ところで、スエブニングス村を知っているか、フォックス？」

「いいえ」

「私は知っている。去年か一昨年の夏、妻のトロイが一週間ほどそこへ絵を描きにいったんだ。とても美しくて、イギリス最古の地の一つだ。なんとも言えない古風な趣のある場所だ。〝スエブニングス〟は、夢という意味だそうだ。あそこの谷では、何だったか忘れたが、有史以前からに近い争いがあって、ボリングブルック（一六七八～一七五一。英国の政治家・著述家）の反乱のときに別の争いが、そして、イングランド内戦（十七世紀に起こった、清教徒革命におけるイングランドの王党派と議会派の軍事衝突）のときにも、また別の争いがあった。この大佐の血はスエブニングス村で流れた最初の血ではない」

「連中はこれからも争うでしょう」フォックス警部補は諦めたように言った。しばらく、二人は黙って車を運転していた。

「どうやら、天気が荒れそうだな」と、アレン警部が不意に言った。大粒の雨が車のフロントガラスに降り注いできたかと思ったら、土砂降りの雨に見舞われた。

「現場の捜索にはもってこいですね」と、フォックス警部補がぼやいた。

「局地的な大雨だろう。残念、どうやら違うようだ。もうすぐ着くぞ。ここがチャイニング村だ。〝チャイニング〟の意味は、あくびか何かだったと思う」

「夢にあくびですか。田舎らしいですね！　言葉はどんな感じですか？」

「チョーサー（一三四三～一四〇〇。英国の詩人・作家）風の英語だ。だが、私の言うことを鵜呑みにしないでくれ。この地域は、物思いにふけっているようだと言われている。何事にも古風な趣がある。そして、封建的だ。あそこに青い明かりが見えるな」

　二人が車から降りると、空気が新鮮だった。雨が屋根や敷石を太鼓を鳴らすように叩いていて、家の両側に滝のように落ちていた。アレン警部が典型的な田舎の警察署へ入っていくと、背の高い薄茶色の髪をした巡査部長の出迎えを受けた。

「アレン警部ですね？　オリファントです。お会いできて光栄です、警部」

「こちらはフォックス警部補です」と、アレン警部が紹介した。そして、互いにいかめしく握手を交わし合った。「田舎の警察署は人手が足りません」と、オリファント巡査部長が言った。「この種の事件が発生したら、どう対処したらいいのかわかりません。警察署長が私に尋ねました、『われわれに扱えるのか？』と。いいえ、扱えませんと答えるしかありません」

フォックス警部補が舌打ちした。

「お気持ちはわかりますが、フォックス警部補」と、オリファント巡査部長が言った。「人手が足りなければ、まごついてしまってもしかたないのではありませんか？　実際、私は別の事件を抱えていて、そちらにも人員を割かなければならないのです。現場へ行きましょうか、アレン警部。湿っぽい場所ですが」

アレン警部とフォックス警部補は、オリファント巡査部長の車に乗り込んだ。一方、ベイリー巡査部長とトンプソン巡査部長は、ロンドン警視庁の運転手が運転する車に乗ってあとに続いた。道中、オリファント巡査部長が簡単な報告書を提示した。報告書によれば、サー・ジョージ・ラックランダーが、チャイニング村の警察署長であるサー・ジェームズ・パンストンへ電話をかけた。そして、警察署長は午後九時頃、オリファント巡査部長へ電話した。オリファント巡査部長と巡査がボトム牧草地へ急行し、ドクター・マーク・ラックランダーとケトル看護師と一緒にカータレット大佐の死体を確認した。オリファント巡査部長と巡査は、ケトル看護師から簡単な説明を聞いた。ドクター・マークはオリファント巡査部長立ち会いのもと、ケトル看護師と一緒に簡単な死体検分を行った。すでに故人の家族への連絡は済んでいた。その後、オリファント巡査部長はチャイニング村へ戻り、警察署長へ報告した。報告を聞いた警察署長はロンドン警視庁の応援を頼むことにした。巡査はその場に残り、カータレット大佐のスパニエル犬と一緒に死体を見張っていた。

「何か意見はないか、オリファント巡査部長？」と、アレン警部が尋ねた。ロンドン警視庁犯罪捜査部の警部が田舎の巡査部長に気さくに話しかけた。この言葉を聞いて、オリファント巡査部長は生き生きした様子を示し始めた。

「意見を言うなんてとんでもありません」と、巡査部長が言った。「そのような立場にはありません。私が心がけたのは、とにかく現場を荒らさないようにしました。被害者は小川の近くの、柳の木々で覆われた砂利の上に横たわっていました。右側を下にして。まるで跪いた姿勢から転がされたかのようでした。帽子が顔にかぶせられていました。ケトル看護師が死体を見つけたとき、帽子を動かしました。そして、ドクター・マークが左のこめかみの傷を診たときも。大きな刺し傷なのですが、かなり広範囲にわたって破砕（はさい）しているとのことです。懐中電灯で死体周辺を調べましたが、われわれが調べた限りでは、凶器は見つかっていません。まだ周囲の地面を念入りに調べてはいませんが」

「充分な働きだ」と、アレン警部が言った。

「恐れ入ります」と、オリファント巡査部長が言った。

「何かほかに気がついたことはないか？」と、アレン警部が尋ねた。好奇心よりも、むしろ親切心から尋ねたような口調だった。

「あなたは毛針を使って釣りをしますか、警部？」と、オリファント巡査部長が尋ねた。

「たまにするくらいだが。なぜそんなことを聞くんだ？」

「聞いてください、警部」いまや自分の階級や立場を忘れて、オリファント巡査部長が興奮した様子で話しだした。「ここチェーン川には、度肝を抜くような〝伝説の大物〟と呼ばれているマスがいるといわれています。用心深いうえにずる賢く、川の主のように潜んでいます。そして、ときおり怪物のように姿を見せるんです。そして、釣り損ねています。一度目は、故人のカータレット大佐が二週間前に。そして、今は亡き大地主のサー・ハロルド・ラックランダーも。そして今……」巡査部長が感極まったように言った。「そして今、カータレット大佐が最後の釣り糸を投げ込んで釣り上げたマスが、大佐の死体のそばに横たわっています。こんな大きなマスは見たことがありません。五ポンド（約二キロ）はあるでしょう。これほど輝かしい最期を迎えることができて、本望でしょう。マスのことを言っているのではありません。大佐のことを言っているのです」

　三人はワッツレーンを下って谷へ入り、それから坂を上って降り続く雨のなかを村へと車を進めた。オリファント巡査部長はパブの〈ボーイ・アンド・ドンキー〉の向かいに車を止めた。レインコートを着てツイードの帽子をかぶった男が、明かりのついた戸口に立っていた。

「警察署長のサー・ジェームズ・パンストンです。あなた方に会うために、署長は車を飛ばしてきました」と、オリファント巡査部長が言った。

「先に、私が彼と話をするとしよう。ちょっと待っていてくれ」

アレン警部は道路を渡ると、自己紹介した。警察署長は日焼けしたこわもてで、かつてインドの警察で高い役職に就いていたとのことだ。

「私がいたほうがいいと思いましたので」と、警察署長が言った。「カータレット大佐は素晴らしい人物でした。彼を殺したいと思っていた人物については、想像もできません。しかし、あなた方なら事件を解決できるでしょう。われわれは協力を惜しみません」


ベイリー巡査部長とトンプソン巡査部長の乗った車が、オリファント巡査部長の車の後ろに止まった。ベイリー巡査部長とトンプソン巡査部長と運転手が車から降りて、雨を気にせずに歩きだした。二つのグループが一緒になると、警察署長が先に立って踏み段を上り始めた。びしょぬれになった丘の斜面を、荒れた小道が下っている。懐中電灯の明かりが、雨と雨水が滴り落ちる茂みを照らし出した。

「ここは川沿いの小道と呼ばれています」と、警察署長が言った。「ナンスパードン邸の敷地内を通っています。そして、ボトム橋へ通じています。レディー・ラックランダーがあなたに電話したと聞いています、警部」

「確かに、彼女が電話してきました」と、アレン警部が答えた。「あの人たちはあなたに白羽の矢を立てたのでしょう。レディー・ラックランダーは、なにかと大騒ぎする人ですから」

「彼女とうまくいくかどうかわかりません」

「通常の意味では、うまくやっていけません。ナンスパードン邸に嫁いできて以来、彼女はチャイニング村とスエブニングス村を切り盛りする役目を自ら引き受けてきたのです。いくつかの理由で、あの人たちにとっても、そのほうが好ましいのです。封建主義が生き延びるための本能のようなものでしょう。隔絶された地域で生き延びるためです。チャイニング村もスエブニングス村も、隔絶された地域です。そして、ハーマイニーは、レディー・ラックランダーは、自分の思いどおりにそのことをかなり上手にこなしてきました」警察署長はカータレット家や彼らの近所の人々、とりわけ、レディー・ラックランダーの人物像について説明した。

「このような隔絶された地域では、誰もがお互いを知っていますし、行われたことが何世紀にもわたって語り継がれたりします。また、このスエブニングス村へ、よそから移住してくる人もいません。ラックランダー家、ダンベリーフィン家、サイス家、そして、カータレット家は、何世代にもわたって、それぞれの家に住んでいます。ここ数年、ラックランダー家とダンベリーフィン家の関係が少し冷え込んできていることを除けば、彼らは親密な間柄です。そして、モーリス・カータレットとダンベリーフィンは釣りのことで仲たがいしていました。ダンベリーフィンはいささかけんかっぱやいんです。一方、モーリス・カータレットは温厚で、感じのいい人物です。あまり好きではなかったり、仲たがいしている人物に、奇妙なくらい礼儀正しくて、丁寧なんです。それに、けんかっぱやいこともありません。ちなみに、モーリス・カータレットとジョージ・ラックランダーとのあいだで、少しいざこざがあったと聞いています。ここが橋です」と、警察署長が言った。

一同が橋を渡るとき、川面を叩く雨の音が聞こえた。橋の向こう側に着いたとき、彼らの足が泥に埋まった。彼らは左へ曲がって荒れた小道のほうへ進んだ。アレン警部の靴はびしょぬれだった。そして、帽子のつばから雨が滴り落ちた。

「いまいましい雨だ。現場を台無しにしてしまう」

柳の湿った枝が、アレン警部の顔を叩いた。丘の上の右手のほうに、窓から明かりが漏れている三軒の家が見えた。近づくにつれて、木の茂みが現れた。そして、いずれの窓も閉まっていた。

「ここの人たちは自分の領地の実面積がわかるのだろうか？」と、アレン警部が尋ねた。

「いいえ、わからないでしょう。この柳の木の茂みと同様に、彼らの領地にもそれぞれ木々が生えているので隠れてしまっています。見えるのは、橋の上流と下流へ続く小道ぐらいです」と、オリファント巡査部長が説明した。

「橋の上のほうにある、あれがミスター・ダンベリーフィンの領地です」と、警察署長が言った。

「ミスター・オクタウィウス・ダンベリーフィンは風変わりな人物です。スエブニングス村にばか者はいませんが、血の気の多い人間はいます」と、警察署長がとげとげしく言った。

「ダンベリーフィンは、ラックランダー家と何かつながりがあるのですか？」と、アレン警部が尋ねた。

「どちらもスエブニングス村の出身です」と、警察署長が答えた。しかし、警察署長の声は自信がなさそうだった。どこかすぐ近くで、イヌが悲しそうに吠える声が聞こえた。すぐに、太い声が続いた。「静かにしろ！」明かりが一同の前に現れた。

「さて、着きましたよ。君はグリッパーだね？」と、警察署長が言った。

「そうです」と、太い声の主が答えた。レインコートを着た制服姿の巡査が、懐中電灯の明かりのなかに現れた。

「イヌがまだうろうろしているようだな」と、オリファント巡査部長が言った。

「私がイヌをここにつないでおきます、巡査部長」懐中電灯でスパニエル犬のスキップの居場所を確認すると、グリッパー巡査がハンカチで柳の木の枝に縛った。

警察署員全員が、茂みのなかを通り抜けてくるアレン警部を出迎えた。しずくの落ちる柳の木を、巡査が警部のために持ち上げた。

「少しかがんでください、警部」

アレン警部が茂みを押しのけた。警部が懐中電灯をつけると、明かりが雨のなかを貫いて、濡れた土手を照らし出した。

「グラウンドシートで死体を覆ってあります」と、巡査部長が言った。「雨が降りだしそうなときに、シートをかけました」

「よし」

「そして、できる限り、死体周辺の地面にもシートをかぶせました。あそこの古いボート小屋にあったれんがや厚板(あついた)を重しにしています。それでもやはり、雨水が入り込んでいますが」

「充分な処置だ」と、アレン警部が言った。「これ以上を望むことはできないだろう。死体に近づく前に、写真を撮っておこう。こっちへ来てくれ、ベイリー巡査部長。写真を撮るのは、君がもっとも適任だろう。シートをかぶせたままのものと、シートを外したものを撮ってくれ。朝までには洗い流されてしまうかもしれないから、できる限り細部まで撮ってくれよ。まったくもう、よく降るな！　だが、やみそうだ」

　全員が耳を澄ませた。葉っぱから落ちるしずくが大きな音を立てていた。だが、打ちつける雨の音はやんでいた。ベイリー巡査部長がカメラ機材を設置するまでに、月が谷の上に現れた。

　ベイリー巡査部長が周辺と、シートで覆われた死体の最後の一枚を撮り終えると、シートを剝がし、再びいろいろな角度から死体の写真を撮った。最初はツイードの帽子を顔にかぶせて。次に帽子なしで。巡査部長はカメラをカータレット大佐の顔に近づけると、いろいろな角度から撮影を続けた。すべての写真撮影が終わると、アレン警部は慎重に近づいていき、死体の頭部近くにかがんだ。それから、懐中電灯の明かりで傷口を照らした。

「凶器は、何か鋭いものですか？」と、フォックス警部補が尋ねた。

「そのようだ」と、アレン警部が答えた。「確かに、大きな刺し傷だ。しかし、鋭いものならなんでも、このような傷ができるだろうか、フォックス警部補？　凶器が何かわかるまでは、あれこれ考えても無駄だろう」警部は懐中電灯を顔から動かすと、小川の縁に近い芝の上に投げ出されたカータレット大佐の両手のそばで、光るものを見つけた。「そして、これが〝伝説の大物〟か？」と、アレン警部が呟いた。

　警察署長とオリファント巡査部長が口を揃えて、そうだ、と確認した。懐中電灯の明かりが両手のほうへ移動した。両手はくっつきそうなほど近かった。片方の手が、草の束を握りしめていた。

「草を刈って、マスを包もうとしたのだろう。ここにナイフがある。そして、大佐のそばにはびくがある」

「われわれもそう思います」と、オリファント巡査部長が同意した。

「それにしても大きなマスだな」と、警察署長が言った。無意識のうちに、羨ましそうな響きが声に含まれていた。

「雨が降る前は、どんな様子だったんだ？」と、アレン警部が尋ねた。

「そうですねぇ」と、オリファント巡査部長が話し始めた。「ご覧のとおり、ここらへん一帯は砂利です。柳の茂みのなかの地面は乾いていますが、見るべきものは何もありません。土手は柔らかくて、故人の足跡が土手に残っています。故人が釣りをしていたと思われます。そして、故人が倒れていた地面の近くにも、一つ二つ足跡が残っています。ほかには何も見つかりませんでした。そして、現場を荒らさないようにと、念入りな捜索は行っていません」

「よろしい。朝になるまでに、再び雨は降りだすかな？」

三人の地元の警官が牧草地まで退いて、空を見上げた。

「雨は降らないでしょう」と、オリファント巡査部長が言った。

「晴れると思います」と、太い声の巡査が言った。

「私もそう思う」と、警察署長。

「もう一度覆いをかけてくれ、巡査部長。そして、朝まで見張りを立てるんだ。ここへやって来た者は？」

「死体を発見したケトル看護師です。そして、ドクター・マーク・ラックランダーが看護師と一緒にやって来て、死体を検分しました。夕方早くに、医師は谷を通り抜け、橋を渡ってやって来たと言っています」

「小川のここらへんは、どれくらい深いのだ？」と、アレン警部が尋ねた。

「五フィート（約一五〇センチ）ほどです」と、オリファント巡査部長が答えた。

「そうなのか？　故人は顔を小川に向けて、小川とほぼ平行に右側を下にして横たわっている。小川の縁から二フィート（約六〇センチ）も離れていない。頭が下流のほうを、足が上流のほうを向いている。マスが小川の縁に横たわっている。そして、故人が包もうとして刈った草の束が、マスのそばにある。さらに、左のこめかみに傷。故人は小川の縁から二フィートも離れていないところでしゃがみ、捕まえた獲物を草の束の上に置こうとしていたのだろう。故人の足の近くの足跡が示すように、故人は転倒して、このような姿で横たわったのだろう。何かあったのは間違いない。何か言ったかね、フォックス警部補？」

「いいえ」と、フォックス警部補が言った。「故人は背後から左利きの人物に、あるいは、正面から右利きの人物に、棍棒（こんぼう）のようなもので殴られたと思われます。そして、三フィート（約九〇センチ）は離れていたでしょう」

「川の縁から一二インチ（約三六センチ）ほど離れた川の流れのなかに、襲撃者はいたというのか？　警部補にそう言われると、ばかげた話とも思えないな。とにかく、先へ進もう。次は何だ？」

　今までのやりとりを黙って聞いていた警察署長が口を開いた。「ハンマー農場で目撃者が待機しています。ワッツヒルにある、カータレット家で待機しています。よろしければ、私はこれで失礼させてもらいたいのですが、警部。まったくお役に立っていませんので。私にできることは、何でも喜んでさせてもらいます。ですが、私がいなくても、なんの問題もないと思います。若かった頃は、もう少しお役に立てたでしょうが。ちなみに、〈ボーイ・アンド・ドンキー〉で、あなた方の宿泊の準備をしておくように申しつけてありますので、階段の先にお部屋の用意ができているはずです。メモを残しておけば、翌朝の朝食が用意されます。それでは、おやすみなさい」

　アレン警部が礼を言う前に、警察署長は去ってしまった。

　オリファント巡査部長の案内で、アレン警部とフォックス警部補はハンマー農場へ向かう準備をした。アレン警部は、スパニエル犬のスキップをすでに手なずけていた。それで、スキップはクンクン鳴きながら、警部と警部補のあとをついていった。木立のなかを通り抜けるのに、できるだけうろうろしなくて済むように、懐中電灯をつけた。先頭を歩いていたオリファント巡査部長が突然、声をあげた。

「どうしたんだ？」と、アレン警部が驚いて尋ねた。

「おお、神よ！」と、オリファント巡査部長が言った。「何者かに見られているような気がします。あれを見てください！」

巡査部長の揺れる懐中電灯が、濡れた柳の葉っぱを照らした。一組の光を放つ丸いものが、背の低い人間の目の高さからこちらを見つめていた。

「現実のものとは思えないな」と、アレン警部が呟いた。警部は自分の懐中電灯をかざした。折れた枝に眼鏡が引っかかっていた。

「こいつを慎重に取り外そう」そう言って、警部は眼鏡をハンカチでくるんだ。

今や、月がボトム牧草地を照らしていた。ボトム橋を曲がると、壊れたボート小屋とパント船（平底小舟）の上に、橋が木彫りの彫刻のような黒い影を落としている。背の高いアシの茂みが月明かりに浮かび上がり、チェーン川が魅力的な色を帯びていた。

一同は川沿いの小道を上って、ワッツヒルへ向かった。スパニエル犬のスキップがクンクン鳴いて、しっぽを振り始めた。しばらく進むと、大きなトラネコが月明かりに照らされた小道に座っていた。頬ひげが光っている。スキップは身構えると、威嚇（いかく）するように唸（うな）った。ネコのトマシーナ・ツイチェットは敵意のある目でスキップをにらみつけると、アレン警部の足元で背中を丸め、気を惹（ひ）こうとするかのように声を震わせた。アレン警部はネコが好きだ。警部はかがむと、ネコが抱っこしてもらいたがっていることがわかったので、ネコを抱き上げた。ネコは警部の胸でじゃれると、鼻先を警部の鼻へ近づけた。

「よしよし」と、アレン警部が言った。「魚を食べたな」

このとき、アレン警部はまだ気がついていなかった。このことが重大な発見であったことを。

第五章　ハンマー農場

ハンマー農場に近づくにつれて、アレン警部はワッツヒルの三家の領地が雑木林のところで終わっていることに気がついた。そして、雑木林はワッツヒルの低地から生い茂っていて、オリファント巡査部長が言ったように、ボトム橋の下を流れるチェーン川から三家の領地を隠していた。川沿いの小道は木々のあいだを通り抜けて上へ向かっていて、三家の私道へと続いている。巡査部長が最初の家の私道へと進んでいった。警部に抱かれていたネコのトマシーナ・ツイチェットが、飛び降りて駆けだした。

「あのネコは、ミスター・ダンベリーフィンのネコです」と、オリファント巡査部長が言った。

「彼はネコ好きで知られています」

「なるほど」アレン警部が指の匂いを嗅ぎながら言った。

一同はハンマー農場のカータレット家に近づいて、家全体を見渡した。観音開きの窓が並んでいて、カーテンの後ろに明かりがついていた。

「農場として使われなくなってから、もうずいぶんと経ちます」と、巡査部長が言った。

スパニエル犬のスキップは短く吠えると、走りだした。カーテンの一つが開けられて、マーク・ラックランダーがテラスへ出てきた。続いて、ローズが姿を現した。

「スキップ？　スキップなの？」と、ローズが言った。

スキップは哀れっぽい鳴き声をあげて、彼女のほうへ駆けだした。ローズは跪くと、スキップを抱き上げた。

「やめておいたほうがいいよ、ローズ。イヌが泥だらけじゃないか」

アレン警部とフォックス警部補とオリファント巡査部長が、その様子を見ていた。マークとローズが彼らに気がついた。月明かりに濡れた服を輝かせて、三人は立っていた。三人の顔は帽子の縁の陰になっていて、見えなかった。しばらくのあいだ、誰も動かず、口も開かなかった。ようやく、アレン警部が帽子を脱いで芝生を踏みしめながら、マークとローズに近づいてきた。ローズが立ち上がった。リンネルの部屋着のスカートが泥だらけだった。

「ミス・カータレットですか？」と、アレン警部が尋ねた。「われわれはロンドン警視庁の者です。私はアレンと申します」

ローズは礼儀をわきまえた女性なので、警部と握手を交わすと、警部をマークに紹介した。フォックス警部補が呼ばれ、オリファント巡査部長はテラスの端で待機していた。

「なかへ入られますか？」と、ローズが尋ねた。そして、マークが付け加えた。「祖母がいます、アレン警部。それに、地元の警察署へ連絡した父も」

「そして、ケトル看護師もいてくれると助かるのですが」

「ケトル看護師もいます」

「これは大いに助かった。なかへ入ってもかまいませんか、ミス・カータレット？」

アレン警部とフォックス警部補はレインコートと帽子を脱ぐと、庭園用の椅子の上にそれらを置いた。

　ローズは観音開きのドアを通り抜けて、一同を応接室へ案内した。応接室には、大きな体のレディー・ラックランダーが肘掛け椅子に座っていた。夫人は小さな両足に、片方には留め金で留めるビロードの靴を、そして、もう一方には男物のスリッパを履いていることに、警部は気がついた。キティ・カータレットが黒いビロードのストッキングをはいた片脚をぶらぶらさせて、ソファに座っていた。パイプにたばこを差し、手にはグラスを持っている。そして、彼女の肘の近くの灰皿には、たばこの吸いさしが載っていた。泣いたあとに、お化粧を直したのは明らかだった。両手はまだ震えているけれど、落ち着きは取り戻しているようだ。ソーダ割りウイスキーを手にして、二人の婦人に挟まれるように暖炉の敷物の上にたたずんでいるのは、サー・ジョージ・ラックランダーだ。ハンサムな顔立ちにもかかわらず、落ち着かない様子だ。そして、少し離れた小さな椅子にすっかりくつろいで座っているのは、ケトル看護師だ。

「どうも」レディー・ラックランダーが、胸の前にぶら下げていた柄付き眼鏡を手に取って言った。「こんばんは。ロデリック・アレン警部ですね？　お会いするのは、あなたが外交官を辞めて以来ね。もう何年になるかしら？　あなたのお母さんはお元気？」

「どれくらい経ったか思い出せないくらいご無沙汰しています。そして、母は年のわりには元気にしています」

「そう。それはなによりだわ。彼女はわたしより五歳年下だもの。それに、わたしのように太っていないし。キティ、こちらロデリック・アレン警部。警部、こちらがミセス・カータレット、そして、息子のジョージです」

「はじめまして」と、ジョージがよそよそしく言った。

「そして、こちらがミス・ケトル。看護師です。こんばんは……」レディー・ラッククランダーが、フォックス警部補を見ながら続けた。

「こんばんは、レディー・ラッククランダー」と、フォックス警部補が穏やかに応じた。

「フォックス警部補です」と、アレン警部が付け加えた。

「さて、これからどうするおつもりですか？　時間をかけていただいてもかまいません」と、レディー・ラッククランダーが優しく言った。

　アレン警部は心のなかで考えた。（焦らずにやるだけでなく、主導権を握らなければならないな。この老夫人は何かを企んでいるような気がする）

　アレン警部はキティ・カータレットのほうを向いた。「このようなことになってしまい、さぞかしお嘆きのことでしょう。ですが、事件解決のためには、立ち入ったこともお尋ねしなければなりません。もしよろしければ、まず初めにミセス・カータレットにお聞きしたいのですが」警部はすばやく部屋全体を見渡した。「今回の出来事について、どうお考えですか？」

　沈黙が訪れた。警部はキティ・カータレットを見てから、部屋の奥のほうにマークと一緒に立っているローズを見た。

「なんとも言いようがありません。訳がわからないとしか言いようがありません……」

「あなたはいかがですか、ミス・カータレット？」

「わたしも同じです」と、ローズが答えた。「父を殺したいと思っていた人がいたなんて、信じられません」

ジョージ・ラックランダーが咳払いをしたので、アレン警部が彼を見た。

「ええと……」と、ジョージが口を開いた。「放浪者の仕業でしょう。何者かが入り込んだのです。この村には、あのようなことをする人間はいません。恐ろしいことです」

「なるほど」と、アレン警部が言った。「次にお尋ねしたいのは、二時間以内にカータレット大佐の近くにいたのは、誰なのかということです。ケトル看護師が大佐の死体を見つけたのは、午後九時五分前でした」

「近くにというのは、どういう意味ですか？」と、レディー・ラックランダーが尋ねた。

「大佐を見たり、大佐が発した物音を聞いたりした人物がいるかどうか知りたいのです」

「そういうことですか」と、レディー・ラックランダーが言った。「わたしは大佐と午後八時に会う約束をしていましたけど、大佐が二十分早くやって来たんです。大佐が死体で見つかった、柳の木立の向かい側の川の土手で会いました」

フォックス警部補は遠慮がちにピアノのそばに立っていたが、メモをとり始めた。レディー・ラックランダーは背中を警部補に向けたままだったが、警部補の動きに気づいた。夫人は椅子の向きを変えると、何も言わずに警部補を見た。

「なるほど」と、アレン警部が言った。「のちほど、今の話に戻るかもしれません。レディー・

ラックランダーと会ったあとのカータレット大佐の行動について、どなたかご存じありませんか？　ちなみに、川の土手で大佐と会っていたのは、どれくらいの時間ですか、レディー・ラックランダー？」

「十分ほどです。大佐と別れてから、腕時計を見ましたから。大佐はボトム橋を渡って戻ると、左へ曲がり、柳の木立の後ろへと消えていきました。時刻は午後八時十分前でした。荷物を持って帰ってもらえるようにひとまとめにしてからその場に残して、家に戻りました。スケッチをしていたんです」

「午後八時十分前ですね？」と、アレン警部が繰り返した。

「わたしは夫に会いませんでした」と、キティ・カータレットが言った。「ですが、夫の近くのどこかにいたと思います。わたしがゴルフコースから戻ってきたのが、午後八時五分過ぎでした」

「ゴルフコースというのは？」

「ナンスパードン邸のゴルフコースのことです」と、ジョージ・ラックランダーが口を挟んだ。

「ミセス・カータレットと私は今日の夕方、そこでゴルフをしていました」

「ああ、小川の上のほうにあるゴルフコースですね？　そして、われわれが今いる谷の反対側ですね？」と、アレン警部。

「そうです。ですが、ゴルフコースの大部分は、丘の頂上を越えた向こう側にあります」

「二番ホールのティーグラウンドからは、谷を見渡せます」と、マークが言った。

「なるほど。あなたはボトム橋を渡って家に戻ってきたのですね、ミセス・カータレット？」

「そうです。川沿いの小道を通って」

「丘の向こう側からは、柳の木立は見渡せないのですね？」

キティは両手の手のひらを頭に押し当てた。

「いいえ、見渡せると思います。ですが、夫がそんなところにいたとは考えられませんが。もし夫がそこにいたのなら、見えたはずですから。実を言うと……」キティが言いよどんだ。「あまりそちらのほうは見ていなかったんです。もっと上のほうを見ていたものですから……」彼女はジョージ・ラッククランダーをちらっと見た。「ミスター・ダンベリーフィンを見つけられるかと思って」と、キティが言った。

再び、沈黙が訪れた。このとき、ラッククランダー家の人たちの緊張が高まったことに、アレン警部は気がついた。ラッククランダー家の三人は、お互いを見合った。

「ミスター・ダンベリーフィンとは？」と、アレン警部が尋ねた。「そして、あなたは彼を見たのですか？」

「いいえ、見ませんでした」

「釣りですか？」

「おそらく」

「密漁だ！」と、ジョージ・ラッククランダーが大声をあげた。「神に誓って、密漁ですよ！」

マークと祖母のレディー・ラッククランダーから、驚きの声が漏れた。

「本当ですか？　なぜそのように思うのですか？」と、アレン警部が尋ねた。

「われわれはミスター・ダンベリーフィンを見ました。二番ホールのティーグラウンドから、彼を見たんです。密漁していたんだと思います。彼は、私からボトム橋の上流の部分を借りていたんです。そして、ミスター・モーリス・カータレット――カータレット大佐です――が、下流の部分を借りていました。ミスター・ダンベリーフィンは、橋の近くの上流から釣り糸を投げ込むのです。ですが、川の流れに乗って、釣り糸は橋の下流へ流されます。そして、橋の下流はカータレット大佐の領域です」と、ジョージが説明した。

レディー・ラッククランダーが短く笑い声をあげた。ジョージがとがめるような目で母親を見た。

「本当です！」と、マークが言った。

「間違いありません」と、ジョージが続けた。「意図的にやっているんです。川の流れに乗って、彼の釣り糸は〝伝説の大物〟が潜んでいる穴場へと流されていくんです。私はこの目で見ました！　彼のような人物は、なんの考えもなしに、そのようなことをするんです、まったく」

「そのような行為が、いつ行われたのですか？」と、アレン警部が尋ねた。

「いつだったかはわかりません」

「ゴルフコースを回り始めたのは、何時でしたか？」

「午後六時三十分です。いや、違う！」ジョージが顔色を変えて叫んだ。「もっと遅かった。午後七時頃だった」

「二番ホールに着いたのは、七時十五分より前でしたか？」

「そうだったと思います」

「あなたもそう思いますか、ミセス・カータレット？」

「わたしも、そう思います」と、キティ・カータレットが答えた。

「ミスター・ダンベリーフィンは、あなた方お二人に気がつきましたか？」

「いいえ、気がつきませんでした。密漁に夢中で」と、ジョージが言った。

「なぜ彼に注意しなかったの？」と、レディー・ラックランダーが尋ねた。

「意見してやろうと思ったよ。でも、キティがそっとしておいたほうがいいって言うから、そのまま立ち去ったんだ。不本意ではあったけどね」と、ジョージが毅然として言った。

「あなた方二人が歩き去るのを見ました」と、レディー・ラックランダーが言った。「でも、とくに気分を害しているようには見えなかったわよ、ジョージ」

　キティは口を開けたけれど閉じた。そして、ジョージは再び顔色を変えた。

「あなたはスケッチをしていたんでしたね、レディー・ラックランダー？　どこらへんで描いていたんですか？」と、アレン警部が尋ねた。

「空洞のなかです。ボトム橋の下の左側の土手に、ちょうどこの部屋の長さくらいの空洞があります」

「ハンの木の茂みの近くですか？」

「よく見てらっしゃいますね。そのとおりです。ハンの木の茂みの陰から、息子のジョージとミセス・カータレットが一緒にいるのを見ました」と、レディー・ラックランダーが言った。

「だが、ミスター・ダンベリーフィンが密漁しているのは見なかったのですね？」

「見ませんでした。ですが、ほかの人が見たかもしれません」

「誰か心当たりがあるのですか？」

「そういう訳ではありません。ですが、モーリス・カータレット自身が見て、それで、けんかになったのかもしれません」

　ローズは困ったような表情をした。そして、キティは目をみはった。驚いたことに、最初に口を開いたのはケトル看護師だった。

「あの〝伝説の大物〟です。いつも騒動を起こすんです」と、ケトル看護師が言った。

　アレン警部が看護師を見た。そして、好ましく思った。「個別に面談するときには、最初に彼女と話しましょう」

「ところで、レディー・ラックランダー。どうして二人がけんかをしたと思ったのですか？」と、アレン警部が尋ねた。

「一つには、わたしは二人が言い争っているのを聞きましたから。二つ目は、二人が別れてから、モーリス・カータレットがわたしのところへやって来て、〝伝説の大物〟と呼ばれているマスのことで、ダンベリーフィンと仲たがいしたと言っていましたから」

「何が起こったんですか？」

「モーリス・カータレットはわたしとの話し合いを終えて、釣りをするつもりだったんです。モーリスが彼の領地の雑木林から出てきて、ボトム橋のそばにいるダンベリーフィンを見つけたんです。モーリスはダンベリーフィンに背後から近づいていって、ダンベリーフィンがまさに〝伝説の大物〟を釣り上げた現場を押さえたんです。二人ともわたしには気づきませんでした。それというのも、わたしは反対側の土手の空洞にいましたから。二人とも、まるで殴り合いになりそうなくらいの勢いで言い争っていました。そして、二人がボトム橋を渡っていく足音が聞こえました」レディー・ラックランダーの目には、恐怖の色が浮かんでいた。「何か湿った重いものが、地面に落ちたような音が聞こえました。二人が別れてから、モーリスはえらく腹を立てて、わたしのところへやって来たんです。ダンベリーフィンのほうは、自宅のジャコブ荘へ帰ったのだと思います」

「カータレット大佐は〝伝説の大物〟を手に持っていたのですか?」

「いいえ。彼はマスには触らなかったそうです。ボトム橋の上に置いたままにしたと。わたしが帰宅するときに、そのマスを見ました。ですから、マスはまだ橋の上にあるはずです」

「マスはカータレット大佐のそばにありました。すると、誰がカータレット大佐のそばに置いたのでしょうか?」と、アレン警部が言った。

今度の沈黙は長く続いた。

「カータレット大佐が戻ってきて、マスを持っていったのでしょう」と、マークが半信半疑な様子で言った。

「違うわ」と、ローズが強い口調で言った。一同が彼女を見た。彼女の顔は涙でくもっていた。

そして、声は不明瞭だった。アレン警部が到着してからというもの、ローズはほとんど口を開かなかった。それで、話もできないくらい彼女はショックに打ちのめされているのかと、警部は思っていた。

「違うのですか？」と、アレン警部が優しく尋ねた。

「父は、そのようなことはしなかったと思います。そのようなことをする人ではありません」と、ローズが言った。

「そうよ」と、キティが同意した。「夫はそんなことしないわ」そして、むせび泣いた。

「すみません」と、マークがすぐに謝罪した。「僕が軽率でした。あなたの言うとおりでしょう。大佐はそのようなことをする人物ではありません」

ローズがマークに目配せして、アレン警部がわたしたち二人の関係を知りたがっていると伝えた。

アレン警部がレディー・ラックランダーに尋ねた。「モーリス・カータレットがあなたのもとを去ったあとも、あなたはその場にいたのですか？」

「いいえ、わたしたちは十分ほど話し合いました。その後、モーリスは再びボトム橋を渡ったんです。そして、右手の土手の柳の木立の後ろへ消えていきました。その後、わたしも帰途に就きました」

「帰宅するとき、どの道を通りましたか？」

「自宅のナンスパードン邸へ通じる雑木林のなかを通りました」

「柳の木立のなかを見通せましたか?」

「もちろんです。雑木林のなかを半分ほど進んだところで、息を整えるために立ち止まりました。そのとき、柳の木立のほうを見たんです。柳の木立のなかを進むモーリスの姿が見えました」

「それは、午後八時頃でしたか?」

「ええ、そうです」

「先ほど、絵を描く道具を持って帰ってもらえるように、ひとまとめにして置いてきたとおっしゃいましたね?」

「ええ」

「誰が持って帰ってきたのですか?」

「使用人のウィリアムです」

「いいえ」と、マークが口を挟んだ。「違います、おばあさま。僕が持って帰ってきました」

「あなたが? なんでそんなことを……」レディー・ラックランダーは口をつぐんだ。

村で仕事の電話をかけてから、ハンマー農場へテニスをしにいき、午後八時十分頃までテニスをしていたことを、マークは手短に説明した。それから、川沿いの小道を通って家路に就いた。ボトム橋の近くまできたとき、祖母の狩猟用ステッキやスツールや絵の道具一式を見つけたので、ナンスパードン邸へ持って帰った。おかげで、使用人は回収に出かけずに済んだのだった。ボトム橋の上に大きなマスが横たわっていたかどうか、アレン警部はマークに尋ねた。マークはマスには気がつかなかったと答えた。そのとき、祖母のレディー・ラックランダーが声をあげた。

「橋の上でマスを見たはずです、マーク。ダンベリーフィンが放り出したに違いない口を開けた大きなマスが、橋の上に横たわっていたはずよ。あなたはそのマスを見たはずです」

「マスはいませんでした。間違いありません、おばあさま。僕がボトム橋を渡ったときには、マスはいませんでした」

「ミセス・カータレット。あなたはレディー・ラックランダーが帰宅してから数分後に、ボトム橋を渡ったんですよね？」

「そうです。ジョージ・ラックランダーと二番ホールの近くの丘へ進んだとき、ナンスパードン邸へ通じる雑木林のなかを進む夫人を見ました」

「そして、サー・ジョージはナンスパードン邸へ通じる雑木林のなかを通って帰宅し、あなたは川沿いの小道のそばの丘を下ってきたのですね、ミセス・カータレット？」

「そのとおりです」と、ミセス・カータレットが面倒くさそうに答えた。

「あなたは、大きなマスがボトム橋の上に横たわっているのを見ましたか？」

「いいえ、見ませんでした」

「すると、午後八時十分前から午後八時十分過ぎまでのあいだに、マスは何者かに持ち去られ、柳の木立に置かれたことになります。皆さんの意見をお聞きすると、カータレット大佐が心変わりしてマスを取りに戻ったとは考えにくいですね」

　ジョージは怒ったような表情をして、そうとは限らないと言った。それに対して、カータレット大佐の言葉から判断して、大佐が心変わりしてマスを手にするようなことはないと思うと、レディー・ラックランダーが再び請け合った。アレン警部は心のなかで思った。（もしカータレット大佐がそのマスに触りたくないと思っていたなら、そのマスを草でくるんでびくに入れるなんてことはしないだろう。しかも、死の間際に、そのようなことをやっていたとは考えられない）

「ちなみに、この魚が〝伝説の大物〟と呼ばれていたマスですか？」

「ええ、そうだと思います。こんなのがほかにもいるとは考えられません」と、マークが言った。

「ところで、あなたは領地内の雑木林へ向かって丘を登っていたとき、柳の木立のほうを見ましたか？」と、アレン警部が尋ねた。

「よく覚えていません。祖母の絵の道具一式を抱えていましたから……」と、マーク。

このとき、キティ・カータレットが叫び声をあげた。声はそれほど大きくはなかったけれど、彼女はソファから立ち上がりかけていた。そして、アレン警部の背後を見つめていた。手で口を覆い、目は大きく見開かれている。

何を見ているのだろうと、一同がキティの見つめているほうを一斉に見た。が、カーテンの閉まっていない観音開きの窓に、驚いた表情の自分たちの顔が映っているだけだった。

「誰か外にいたんです！」と、キティが言った。「窓から、男の人がなかを覗き込んでいたんです。本当よ、ジョージ！」

「落ち着きなさい、キティ。窓に映っていたジョージを見たのでしょう。誰もいませんよ」と、レディー・ラックランダーが言った。

「でも、確かにいたんです」

「おそらく、オリファント巡査部長でしょう。彼を外で待機させていますから。フォックス、確かめてくれ」

　フォックス警部補はすでに観音開きのドアへ向かっていた。しかし、警部補がドアに到着する前に、再び人影が現れた。人影は横のほうから現れると、窓から少し離れたところで立ち止まった。キティがまたもや声をあげた。フォックス警部補が観音開きのドアのノブをつかんだとき、オリファント巡査部長の懐中電灯の明かりが暗闇を切り裂いて、男の顔を照らし出した。男の顔は青ざめていて、頭に飾り房の付いた帽子をかぶっていた。

　フォックス警部補が観音開きのドアを開いた。

「驚かせて申し訳ない。魚を探しているんです」と、ミスター・ダンベリーフィンが言った。

　ダンベリーフィンの姿は異様だった。部屋の明かりがまぶしいのか、ダンベリーフィンは目を細めていた。そして、青白い顔をして両手が震えているにもかかわらず、なにやら人を見下しているかのようだった。彼はフォックス警部補をちらっと見てから、警部補の後ろの応接室の人々を見た。

「どうもお取込み中のところをお邪魔したようですね……ここに来れば、カータレット大佐に会えると思ったものですから」と、ダンベリーフィンは奇妙な笑みを浮かべて言った。

　キティが不明瞭な声を発した。そして、レディー・ラックランダーが「ミスター・ダンベリーフィン……」と呟いた。だが、三人のうちの誰かが再び口を開く前に、アレン警部がダンベリーフィンの前へ進み出た。

「魚を探しているとおっしゃいましたか?」と、アレン警部が尋ねた。そして、アレン警部の顔をじっと見つめた。「いや、光栄です」と、ダンベリーフィンが言った。そして、フォックス警部補のほうを見た。フォックス警部補はいまどきでは珍しく、いかにも警察の人間といった感じの男だ。

「そして今回は」ダンベリーフィンは少し笑みを浮かべながら続けた。「間違いなく、光栄ではありませんね」

「われわれは警察の人間です。カータレット大佐が殺されました。あなたはミスター・オクタウィウス・ダンベリーフィンですね?」と、アレン警部が尋ねた。

「そうです。そして、痛ましいことです。ミセス・カータレット、それに、ミス・ローズ、お悔やみを申し上げます!」ダンベリーフィンは大きく目を見開いて、お悔やみの言葉を述べた。

「来てくれてありがとう、ミスター・ダンベリーフィン。みんなも、あなたと話がしたいでしょう」と、レディー・ラックランダーが言った。

「私とですか!」そう言うと、ダンベリーフィンは部屋のなかへ入ってきた。フォックス警部補が観音開きのドアを閉めた。

「少しあなたとお話がしたいのです、ミスター・ダンベリーフィン。すでに、われわれはあなたのことをいくらかお伺(うかが)いしています。ですが、先ほどあなたがおっしゃった魚を探しているということについて、話していただけないでしょうか?」と、アレン警部が言った。「さあ、どうぞ」

と、アレン警部が促した。

「どうも混乱していて。あなたのおっしゃっていることが恐ろしくて……」

「恐ろしいですって？　魚についてですか？」

「魚ですって？　そう、魚というのは、ものすごく立派なマスのことです。この地では有名なマスです。マスのなかのマス、まさに魚の帝王です。私はそいつを捕まえたのです」

「どこで捕まえたの？」と、レディー・ラックランダーが尋ねた。

ダンベリーフィンは二度、まばたきした。「ボトム橋の上流です、レディー・ラックランダー。ボトム橋の上流です」と繰り返した。

「あなたは嘘つきです」と、レディー・ラックランダーが言った。

「嘘だ、ダンベリーフィン。あんたはそのマスを密漁したんだ。あんたが橋の下流で釣りをしていたのを、二番ホールのティーグラウンドから見たぞ」と、ジョージが声を荒らげた。

「何を騒いでいるのかと思えば」唇を震わせながら、ダンベリーフィンが言った。

フォックス警部補が遠慮がちに近づくと、メモをとり始めた。

「そんな話をしているのか」ダンベリーフィンはキティとローズのほうを向いて言った。「しかも、喪に服している家で！」

「くそっ！」と、ジョージが悪態をついた。

「あなたが釣った魚に何が起こったのですか？」と、アレン警部が口を挟んだ。

ダンベリーフィンは大きく息を吸ってから、話し始めた。「勝ち誇ったように興奮しましたよ。

チェーン川の上流で、そいつを捕まえようとしていました。何度も何度も川の上流のほうからボトム橋へ向かって釣り糸を垂れ続けたんです。腕時計をしていませんでしたので、どれくらいの時間が経ったのかはわかりません。しかし、何度も繰り返すうちに、やつが潜んでいるに違いない穴場を探り当てて、とうとう捕まえたんです。しかし……」彼はわななくように両手を震わして言った。「いなくなってしまった！　釣り上げた魚が消えてしまったんです、跡形もなく！」

「ねえ、ミスター・ダンベリーフィン……」と、レディー・ラックランダーが言った。

「どうぞ続けてください、ミスター・タンベリーフィン」と、アレン警部が先を促した。

　レディー・ラックランダーはぽっちゃりした両手を握りしめると、顎を両手の上に載せた。

「結局、あなたを呼ぶことになったでしょうから、あなたの話を続けてください」

「獲物がいなくなったと気づいたとき、あなたはどうしたのですか？」と、アレン警部が尋ねた。

　ダンベリーフィンは警部をまじまじと見つめた。「どうしたのですかですって？」と、彼は繰り返した。「私にどうしろとおっしゃるのですか？　すでに暗くなってきていました。私は周囲を見回しましたが、無駄でした。マスはいなくなっていました。それで、私は諦めて家に帰りました」

「あなたは自宅に四時間ほどいたと思われます。そして、今は午前一時五分です。なぜこんな時間に、あなたはこの家を訪問したのですか？」

「なぜですって？」ダンベリーフィンは大きな声を出した。「あのマスを失ったことで、欲求不満ややり場のない怒りにさいなまれて、寝るに寝られなかったからですよ。私は本を読んだり、ラジオを聴いたりしようとしました。ですが、結局は無駄でした。私の心は、いなくなってしまったマスにとらわれたままです。三十分ほど経ってから新鮮な空気を吸いたくなって、川沿いの小道へ足を運んだんです。サイス中佐のところの雑木林を抜けたとき、窓に明かりが見えました。そして、なにやら話し声も聞こえてきました。そのとき、カータレット大佐も、あのマスに大いに興味を持っていたことを思い出したんです。レディー・ラックランダー、なぜそんなにうろたえたような目つきで私を見るのですか？」

「ミスター・ダンベリーフィン！　あなたがモーリス・カータレットと言い争っていたとき、わたしはあなた方の目と鼻の先にいたのよ。あなたとモーリスが言い争っているのを聞きました。おまけに数分前には、あなたがボトム橋の下流で密漁しているのを、ミセス・カータレットとジョージが見ているんです。何か――おそらく、大きなマスでしょう――が、ボトム橋の上に放り出された音も聞きました。そして、あなた方は、お互いに激怒したまま別れたのも聞いています。さらに、わたしが絵を描いているところへモーリス・カータレットがやって来て、一部始終を話しました。アレン警部、わたしが口を挟んで、あなたはいらいらしているかもしれません。でも、わたしはこのようなばかげた嘘を許すことはできません」

ダンベリーフィンはまばたきしてレディー・ラックランダーをじっとみつめると、唇をねじ曲げた。「誰もレディー・ラックランダーには逆らえないと、妻と私はよく言ったものです」

アレン警部とフォックス警部補だけが、ダンベリーフィンを見ていた。

「ミスター・ダンベリーフィン、あなたはいつもは眼鏡をかけているのでしょう？」と、アレン警部が尋ねた。

ダンベリーフィンは、まるで眼鏡を直すかのようなしぐさをした。そして、彼の鼻の頭が赤らむと、みるみる顔全体に広がっていった。「いつもかけているわけではありません。本を読むときだけです」

突然、レディー・ラックランダーが手を叩いて言った。「もう、けっこうです。わたしの言いたいことは言いました。ジョージ、家に連れて帰ってちょうだい」

レディー・ラックランダーが右手を差し出すと、ジョージがゆっくりと近づいてきたが、それより早くアレン警部が夫人の手を取り、意を決したように引っ張った。

レディー・ラックランダーは立ち上がると、しばらくのあいだ、ダンベリーフィンを見つめた。彼は呆然と夫人を見つめ返した。そして、なにやら聞きとれない声を発した。夫人はまっすぐにアレン警部の目を見た。「わたしは帰ってもよろしいかしら？」

アレン警部が眉を上げた。「ここよりも、ご自宅のほうが気分が休まるでしょうから」

「車まで連れていってちょうだい、ケトル。足が悪くて、足を引きずらなければならなくて。ジョージ、五分経ったら来てちょうだい。アレン警部と少しお話がしたいの」

レディー・ラックランダーはローズにさようならを言うと、しばらく彼女を両腕のなかで抱きしめた。ローズは夫人にしがみつくと、体を震わせてむせび泣いた。

「かわいそうなローズ。できるだけ早く、わたしのところへいらっしゃい。ぐっすり眠れるように、マークがあなたに何か処方してくれるでしょう」と、レディー・ラックランダーが言った。

キティはすでに立ち上がっていた。「まあ、できるだけ早く来るようにだなんて、なんてお優しいことでしょう」そう言って、キティは手を差し出した。レディー・ラッククランダーがその手を取った。キティは恭しく夫人の手にキスした。

「都合がよければ、明日来てちょうだい、ケトル」と、レディー・ラッククランダーが言った。

「お伺いするようにします」と、ケトル看護師が言った。レディー・ラッククランダーが微笑んだ。夫人はダンベリーフィンには目もくれなかったが、アレン警部には会釈した。警部は急いでドアを開けると、夫人に続いて大きな玄関広間を通り抜けて玄関へ出た。外には大きな年代物の車が止まっていた。

「後ろに座ります。ジョージに運転してもらうわ」と、レディー・ラッククランダーが言った。

アレン警部がドアを開け、車内灯をつけた。

「教えてちょうだい」座席に体を預けると、レディー・ラッククランダーが口を開いた。「八〇歳代の寡婦に対する警察官としてではなく、あなたのお母さまの古くからの友人の一人に対する分別のある男として、ミスター・オクタウィウス・ダンベリーフィンの先ほどの行動をどう思うか教えてほしいの」

「母の古くからの友人であり八〇歳代といえども、未亡人が夜中に私を屋外へ誘い出すのは不適切でしょう」

「つまり、あなたは答えないつもりね」

「ミスター・ダンベリーフィンには、ルードビックという名前の息子がいますか？　ルードビック・ダンベリーフィンです」

薄暗い明かりのなかで、まるで歯を食いしばったかのようにレディー・ラックランダーの顔がこわばるのを、アレン警部は見逃さなかった。

「います。なぜそんなことを聞くの？」と、夫人は答えた。

「何か言いにくいことでも？」

「彼は外交官でした。そして、経歴に汚点をつけました。悲惨な出来事でした。口にすべきことではありません」

「そうなんですか？　では、カータレット大佐というのは、どういった人物ですか？」

「頭が固くて、ドン・キホーテのように空想に浸る男です。そして、ラバのように頑固です。高望みする人たちの一人です。往々にして、彼らは良識の面で勘違いしているところがあります」

「何か特別な出来事に心当たりはありますか？」

「いいえ、ありません」と、レディー・ラックランダーはきっぱりと答えた。

「あなたとカータレット大佐は、何について話していたのですか？」

「ミスター・ダンベリーフィンの密漁について話してから、しばらく個人的なことを話し合っていました。いずれにしても、カータレット大佐が亡くなったこととはなんの関係もないことです。おやすみなさい、ロデリック。あなたをロデリックと呼んでもかまわないかしら？」

「あなたと二人だけのときなら……」

「言うわね！」そう言って、レディー・ラックランダーは警部を軽く叩くようなしぐさをした。

「戻って、ジョージに急ぐように言ってちょうだい」

「ミスター・ダンベリーフィンとカータレット大佐が口論していたとき、実際、二人はどんなことを言い争っていたのか覚えていますか?」

レディー・ラッククランダーはアレン警部を穴があくほど見つめてから、宝石を散りばめた手を組んだ。「一語一語までは覚えていません。とにかく、魚のことで言い争っていました。ダンベリーフィンは誰にでもけんかをふっかけます」

「ほかに何か話していませんでしたか?」

レディー・ラッククランダーは警部を見たまま、いいえ、と冷ややかに答えた。

アレン警部は夫人に軽く会釈した。「おやすみなさい、レディー・ラッククランダー。もし彼らが話していたことを何か思い出したら、それを書き留めておいていただけますか?」

「ロデリック、オクタウィウス・ダンベリーフィンは人殺しなんかじゃないわ」

「ミスター・ダンベリーフィンは人殺しではないですって?　それをこれから捜査するのです。おやすみなさい」

アレン警部はドアを閉めると、車内灯が消えた。

アレン警部はカータレット家へ戻って、ジョージ・ラッククランダーに会った。ジョージは落ち着かない様子だった。そして、もっぱらフォックス警部補を相手にしていた。

「ああ、アレン警部」と、ジョージが言った。「あなたとお話ししてもかまいませんか?　あなたは覚えていないかもしれませんが、われわれはずいぶんと昔に会っているんです。確か、あなたは父を取り巻く聡明な若者の一人だったでしょう?」

アレン警部が思い出したのは、二十五年前に、故サー・ハロルド・ラックランダーが息子のジョージの限界をかなり痛烈に批判したことだけだった。『ジョージには、このナンスパードン邸でもったいぶった態度をとらせておけ。そうすれば、いずれは治安判事くらいになれるだろう。それがあいつにはお似合いだ』この予言は、どうやら現実のものとなったようだ。

アレン警部は話をしてもかまわないかというジョージの問いには応じたが、二つ目の質問は当たり障りのないように無視した。

「とにかく」と、ジョージが言った。「どうしたらいいのか、何が正しい方法なのか思い悩んでいます。私は治安判事なので、治安を維持することを求められるわけです」

「なぜやらないのですか?」アレン警部が腹立たしそうに言った。

「やっています」ジョージは警部をにらみつけて言った。「モーリス・カータレットの死体に対して、どうすべきかあなたにお尋ねしたいのです。妻のキティや娘のローズのためにも。葬儀やその他いろいろなことを手配しなければなりませんし」

「もちろんです」と、アレン警部が同意した。「カータレット大佐の死体は明日の朝まで監視下におかれます。その後、最寄りの遺体安置所へ運ばれ、警察医による検視が行われます。場合によっては、解剖も行われるでしょう。もちろん、いつ葬儀が行えるようになるか、できるだけ早くミセス・カータレットへお知らせします。おそらく、三日後には遺体をお引き渡しできるでしょう。ですが、今のところ、はっきりしたことは言えません」

「素晴らしい！」と、ジョージが言った。「なんて手際がいいんだ」

「こういったことは型どおりの作業です。いずれにしても、昨晩、カータレット大佐とかかわりのあった人たちの事情聴取をしなければなりません。あなたとミセス・カータレットがゴルフを始めたのは、午後七時頃でしたか？」

「はっきりとした時刻は覚えていません」と、ジョージがすぐさま答えた。

「おそらく、ミセス・カータレットが覚えているでしょう。夫人と会ったのはゴルフコース内でしたか？」

「いいえ、違います。私が車で彼女を迎えにいったんです。チャイニング村からの帰りでした」

「それなのに、帰りは夫人を車で送っていかなかったのですか？」

「送りませんでした。われわれがいたところからだと、歩いたほうが早いと思ったからです」

「なるほど……そして、ミセス・カータレットが自宅へ戻ってきたのが、午後八時五分。つまり、あなた方は一時間ほどゴルフをしていたわけですね。いくつホール回りましたか？」

「われわれはコースを回らなかったんです。ミセス・カータレットはゴルフを始めたばかりです。ですから、まずはクラブの握り方や、スイングの仕方などを彼女に教えていました。それで、二ホールしか回りませんでした。残りの時間は彼女の練習に充てたんです」と、ジョージは高飛車な態度で説明した。

「なるほど。そして、あなた方は午後八時十分前頃に別れたのですね？　どこで別れたのです

「そこから、レディー・ラックランダーがあなた方のほうへやって来るのが見えましたか？　夫人は午後八時十分前頃に丘を登り始めたんです」

「私は下のほうを見なかったので、気がつきませんでした」

「すると、あなた方はカータレット大佐にも気がつかなかったでしょうね。レディー・ラックランダーによれば、そのとき、カータレット大佐は柳の木立のところで釣りをしていたそうです。そして、柳の木立は川沿いの小道から見えます」

「とにかく、私は下のほうを見ませんでした――ミセス・カータレットが川沿いの小道を進み、自分のところの雑木林を通り抜けて自宅へ向かうのは見ましたが。母は数分後にこちらへ到着しました。そして今、私は母を車に乗せて、家へ連れて帰らなければなりません。ところで、わが家を使っていただいてもかまいませんよ。つまり、捜査本部のようなものが必要でしょうから」

「ありがとうございます。お申し出に感謝します。のちほど、お願いするかもしれません。いずれにしても、しばらくは、スエブニングス村から出ないでいただきたいのです」アレン警部は、ジョージが顔をくもらせるのを見た。

「もちろん重要な商談などがあれば、その旨をおっしゃってください。便宜をはかるようにしますので。私は〈ボーイ・アンド・ドンキー〉に腰を落ち着けるつもりです」

「やれやれ」

「煙たがられることは承知しています。ですが、それが私の仕事ですので。おやすみなさい」

アレン警部は、ジョージを迂回するように応接室へ戻った。ローズとマーク、それにキティは落ち着かない様子だった。ダンベリーフィンは自分の指を噛んでいた。フォックス警部補は、レコードを使ったフランス語の会話の勉強についてケトル看護師と話していた。「なかなか思うように上達しません」と、フォックス警部補が言った。

「レコードよりも、ブルターニュ（フランス北西部の、ビスケー湾とイギリス海峡に囲まれた半島）を自転車旅行したときのほうが、フランス語が身についたわ」と、ケトル看護師。

「皆さん、そうおっしゃいます。しかし、われわれのような仕事の人間が、そのような機会を得ることができるでしょうか？」

「いつか、ぜひ休暇を取ってください」

「確かに。おっしゃるとおりです。ですが、どういうわけか、イギリス以外はどこへ行っても上手に過ごすことができないんです。失礼、ミス・ケトル。こちらはアレン警部です」

アレン警部はミス・ケトルのことをよく知っていると目配せでフォックス警部補に伝えると、警部補は静かに立ち上がった。アレン警部はミセス・カータレットに話しかけた。「よろしければ、ミス・カータレットと少しお話がしたいのですが。別の部屋を使ってもかまいませんか？玄関広間を通り抜けるとき、一つ見つけました。おそらく、書斎でしょう」

ミセス・カータレットがためらっていると、ローズが「ええ、かまいません。ご案内しましょう」と言った。

フォックス警部補はすでに観音開きのドアのところにいて合図を送ると、巡査部長が応接室へ入ってきた。

「こちらはオリファント巡査部長です」と、アレン警部が言った。「実務的なことを担当します。ミセス・カータレット、彼と少し話をしてもらいます。そして、あなたのご主人の事務弁護士の名前や銀行、それに、血縁関係などを教えていただけるとありがたいのですが。ミスター・ダンベリーフィン、あなたには、先ほどの供述の概要をオリファント巡査部長に繰り返してもらいます。巡査部長が供述書を作りますから、あなたの供述どおりであれば署名をお願いします」

ダンベリーフィンはまばたきしてアレン警部を見た。「強制されることはないはずです」

「もちろん、強制ではありません。ですが、いずれにせよ、皆さん全員の供述書にそれぞれ署名をお願いするつもりです。署名が終われば、お帰りいただいてけっこうです。それでは、ミス・カータレット、書斎へ案内してもらえますか?」

ローズは玄関広間を通り抜けて、書斎へ案内した。そこは八時間ほど前に、マークへの愛を父に話した部屋だった。アレン警部とフォックス警部補が彼女のあとに続いた。書斎に入って見慣れた椅子や机を見たとき、ローズは一瞬たじろいだように、アレン警部には思えた。おそらく、父親を思い出したのだろう。

「父がここにいるようです。父のいない書斎など考えられません。父はほかのどこよりもここが気に入っていました」ローズはしばらくためらってから続けた。「父はわたしの父であると同時に、子どものようでした。父はたいそうわたしを頼りにしていました。まあ、なんでこんなことをあなたに話したのでしょう、アレン警部」

「見知らぬ人間に今のようなことを話すことは、ときとしてよいことです。比較的簡単に、秘密を打ち明けることのできる友人ができます」

「そうですね」彼女の声はいくらか明るくなった。「そのとおりだと思います。あなたに話してよかった」

　ローズは大きなショックを受けたあとにしばしば起こる精神の不安定に悩まされているようだと、アレン警部は思った。このようなときは、人は往々にして思いがけないことをしゃべったりする。まさに今、ローズが突然、話を続けた。「父は何も感じていないようだったと、マークが言っていました。わたしを慰めるために、そう言ったのではないとわかりました。医者であれば、普通、そんなことは言わないでしょう。それで、父は何かから解放された気持ちだったのではないかと思いました」

「お父さまは、とくに何か心配していましたか？」と、アレン警部が尋ねた。

「ええ、そのようでした」と、ローズが重苦しく答えた。「でも、それが何かはわかりません。個人的なことかもしれません。そうでなかったとしても、どうにもならないことだったのでしょう」

「お父さまを最後に見たのはいつですか？」

「今晩です。いえ、今はもう昨晩になりますね。父は午後七時過ぎに外出しました。たぶん、午後七時十分頃だったと思います」

「お父さまはどこへ行かれたのですか?」

ローズはためらったけれど、話を続けた。「おそらく、ミスター・ダンベリーフィンのところだと思います。釣りざおを持っていきましたから。チェーン川へ行くと言っていました。そして、夕食には間に合わないだろうと言っていました。それで、何か食事をとっておきますと、父に伝えたんです」

「なぜミスター・ダンベリーフィンを訪ねるのか知っていますか?」

ローズはじっくりと考えてから話しだした。「何か片づけなければならない用事があったのだと思います——出版だとか」

「出版ですって?」

ローズは髪の毛を掻きあげると、指で目頭を押さえた。「誰が父にこんなことをさせていたのかわかりません」彼女は悲痛な声をあげた。(このままでは、彼女は精神的にもたないな)アレン警部はそう思って、しばらく彼女をそっとしておいた。

「簡潔に言って、お父さまはこの二十年間をどのように送ってこられたのですか?」

ローズは父親の椅子の腕の部分に腰かけて、右腕を椅子の背もたれに回した。そして、落ち着いた声で話し始めた。カータレット大佐はいくつもの大使館で軍の随行員として働き、戦時中は英国政府の仕事をし、戦後は、香港で軍の秘書官として働いた。そして、二度目の結婚をした。引退してからは、自分史を書くことに夢中だった。そしてまた、本好きで知られていた。とくに、エリザベス女王時代の戯曲の大の読書家だった。そして、娘のローズもこれらに大いに興味を持っていた。読書以外の父の気晴らしといえば釣りだった。ローズの目は涙に濡れていた。その目は壁際のテーブルをしばらく見つめていた。テーブルの上には、羽のくずや糸の切れ端がそのまま置いてあった。

「父と一緒によく毛針を作りました。最近、釣りのときは、父はいつも毛針を使っていました。わたしは今日の午後も一つ作ったんです」

ローズの声は震えていた。そして、消え入りそうだった。

ドアが開いて、マークが怒ったような顔をして入ってきた。

「こんなところにいたのか！」マークはまっすぐローズのところへ歩み寄ると、彼女の手首をつかんだ。「もう寝る時間だ。君に何か温かい飲み物を用意するようにケトル看護師に言ってある。看護師は君が来るのを待っているんだ。あとでもう一度やって来て、ネムブタル（催眠薬の一種）を渡すよ。僕は薬を入手するためにチャイニング村へ行かなければなりません。もう僕に用はないと思いますが……」あとのほうはアレン警部に向かって言った。

「あと二、三分だけよろしいですか？」

「なんですって！」と、マークが言った。「わかりました。どうぞ、続けてください」

「わたしは薬なんていらないわ、マーク。本当よ」と、ローズが言った。

「君が寝るとき、そのことについて考えよう。さあ、すぐに寝室へ行くんだ」マークはアレン警部をにらみつけた。「ミス・カータレットは僕の患者です。そして、今のは医師としての指示です」

「わかりました。あなたの指示に従いましょう」と、アレン警部が同意した。

「おやすみ、ミス・カータレット。できるだけ君を心配させないようにするよ」

「あなたは少しもわたしを心配させていないわ」そう言って、ローズはマークに手を差し出した。

「ケトル看護師の手があき次第、彼女と話がしたいのですが……そしてそのあと、よろしければあなたと、ドクター・マーク」

「かまいませんよ」と、マークがきっぱりと言った。そしてローズの手を取ると、部屋から連れ出した。

「さて、フォックス警部補。血なまぐさい殺人は別として、ここの人たちは何を気に病んでいるのだろう?」と、アレン警部が尋ねた。

「奇妙な意見だとお思いでしょうが」と、フォックス警部補が言った。「あくまで一つの意見にすぎませんが、どうもすべてのことは〝伝説の大物〟と呼ばれていたあの魚に端を発しているような気がするんです」

「私も同意見だ」と、アレン警部が言った。

第六章　柳の木立

ケトル看護師は肘掛けのない椅子にきちんと座っていた。足は足首のところで、手は手首のところで交差させている。看護師としての制服と帽子を着用して、さらに、エプロンを付けていた。そして、今まさに、カータレット大佐の死体を見つけたときの状況を、アレン警部に説明したところだった。フォックス警部補はメモをとっていたが、好意的なまなざしで看護師を見ていた。

「誰かに見張られているような気がしたことを除いて、すべてお話ししました！」

看護師の供述がとても理路整然としていたので、警部と警部補は驚いて彼女をしげしげと見つめた。「おそらく、あなた方はわたしが動揺して感情的になっていたとお考えでしょう。小枝が折れる音がして、鳥が茂みから飛び立ったとき、わたしのほかに誰かいると思って。確かに、わたしは何も見ませんでした。それでも、やはりわたしは誰かに見張られていたんだと思います。病院で夜勤を務めているとき、患者さんが横になったままこちらを見ていることがあります。あのときの感じに似ていました。お笑いになるでしょうけど」

「誰が笑うんですか？　われわれは笑いませんよ」と、アレン警部が言った。

「決して笑ったりしません」と、フォックス警部補も言った。「夜間に何度も、私も同じような経験をしたことがあります。たいてい、暗い戸口にたたずんでいた人だったりするのですが」

「よかった」と、ケトル看護師が嬉しそうに言った。

「あなたはこちらの人たちをよくご存じですね、ミス・ケトル？ 地方では、地元の警察官よりも看護師のほうがよく知っていると、私は考えています」と、アレン警部が言った。

ケトル看護師は嬉しそうな顔をした。「仕事柄、わたしたち看護師はおのずと人々の暮らしを知るようになります。わたしは、ある老人の夜間の看護をしたことがあります。その老人が亡くなったとき、わたしはそばにいました。もちろん、ご家族の方たちも。そして、大佐もその場にいたんです」

「カータレット大佐ですか？」と、アレン警部が尋ねた。

「そうです。詳しくお話しします。カータレット大佐は部屋に戻ってきませんでした。大佐は書類を持って踊り場にいたんです」

「書類を？」

「その老人の〝記憶〟です。カータレット大佐はそれを公表しようとしていたようです。はっきりしたことはわかりませんが。〝記憶〟のことで、その老人はとても悩んでいました。死を間際にして、カータレット大佐に会うまでは必死に持ちこたえようとしていました。サー・ハロルド・ラックランダーは素晴らしい人物でした。ですから、彼の〝記憶〟は、間違いなくとても重要なのでしょう」

「なるほど。サー・ハロルド・ラックランダーは名高い大使でした」

「そのとおりです。そして、そういった人たちに関することは、のちのちまで保管されます。きわめて封建的なのです」

「封建制度を維持できるだけのゆとりのある家も少なくなってきましたが、ラックランダー家はそのように思われたくはないのですね？」

「そうです。ハロルド卿はやりすぎだと考えている人たちもいます」

「本当ですか？　どのようにやりすぎなのですか？」と、アレン警部が尋ねた。

「お孫さんに何も残さなかったんです。孫のマークは軍隊へは行かず、医者になったからです。もちろん、最終的にはドクター・マークのものになるでしょう。ですが、今は自分で稼がなくてはならないんです。何の話をしていたんでしたっけ？　ああそうそう、ハロルド卿と彼の〝記憶〟についてでしたね。その〝記憶〟の書類を渡すやいなや容態が急変したんです。それで、カータレット大佐が急を告げたんです。みんながハロルド卿の部屋へ入ってきました。わたしはブランデーを用意して、ドクター・マークがハロルド卿にブランデーを飲ませました。そして、注射を打ちました。ですが、あっという間に最期を迎えたんです。ハロルド卿は『ビック』と何度か呟きました。それが最後の言葉でした」

「ビック？」と、アレン警部が繰り返した。そして、黙り込んでしまったので、ケトル看護師が再び話し始めた。「わたしの話は以上ですので……」そのとき、アレン警部が看護師を遮った。

「お聞きしたいのですが、この家とミスター・ダンベリーフィンの家のあいだには、誰が暮らしているのですか？」

ケトル看護師が微笑んだ。「高台に住んでいる人ですね？　サイス中佐です。彼もわたしの患者さんです」そう言って、なぜかケトル看護師は頬を染めた。「腰痛を患っているんです」

「警察の観点から考えて、彼は無関係ですか？」

「無関係だと思います。お望みでしたら、サイス中佐との長々としたやりとりをお聞かせしますけど、そんなのはぞっとしますでしょう？」と、ケトル看護師が答えた。

「かまいませんよ」と、フォックス警部補が言った。

「殺人犯は放浪者ということも考えられます。放浪者というのは、外部の人たちのことです」と、ケトル看護師が言った。

「ミスター・ダンベリーフィンもあなたの患者ですか？」と、アレン警部が尋ねた。

「患者さんとは言えません。何年も前に、彼の吹き出ものの手当てをしたことがあります。わたしがあなただったら、彼のことを考えたりしないでしょう」

「われわれの捜査に、対象外というのはありません」と、アレン警部が答えた。

「すると、わたしも疑われているんですか？」

フォックス警部補が困ったような顔をして、ぶつぶつと呟いた。

「ミス・ケトル、あなたはカータレット大佐が好きだったのですね？　あなたの態度から、そのようにお見受けしました」と、アレン警部が言った。

「ええ、好きでした」と、ケトル看護師はきっぱりと言った。「彼は優しくて、まさしく紳士でした。そして、愛情深い父親のようでした。誰に対しても、思いやりのない言葉を発することはありませんでした」

「ミスター・ダンベリーフィンに対してもですか？」

「いいですか」と、ケトル看護師が言った。「なんというか、ミスター・ダンベリーフィンはちょっと変わっているんです。わたしがどうこう言うよりも、ご自分でお会いになられたほうがいいと思います。そして、ほかの人たちが彼をなんと言っているかお聞きになるといいでしょう。ですが、悪意はありません。悪意がないとは言いきれないかもしれませんけど。でも、人に害を加えるようなことはしないと思います。けんかもしません。かつて、彼は人生の悲劇に見舞われたんです。そのときから、人が変わってしまったように思います。戦前のことです。たった一人の息子さんが自殺してしまったんですから」

「息子さんは、外交官だったのですか？」

「そうです。ルードビックというのが、息子さんの名前です。感じのいい青年で、頭もよかったんです。外地で自殺しました。母親は心臓を患っていましたが、それを聞いて亡くなりました。ミスター・ダンベリーフィンも、いまだに立ち直れていません。このことはご存じなかったでしょう？」

「知りませんでした。覚えておきます」と、アレン警部が驚いた様子で言った。「ルードビックは、サー・ハロルド・ラックランダーのそばに仕えた若者の一人だったのではありませんか？」

「そのとおりです。サー・ハロルド・ラックランダーは、まさしくこの地方の名士でした。ハロルド卿は、ルードビックを彼のもとへ寄こすように命じたのです。ですから、ハロルド卿も責任を感じているんです」

「スエブニングス村の人たちは、外国の魅力に惹かれやすかったのですか？」

　そのような傾向があったと、ケトル看護師は答えた。ハロルド卿の大使館で仕事を得たルードビック・ダンベリーフィンを除いて、サイス中佐はシンガポールへ行き、極東で多くの任務に従事したカータレット大佐も、シンガポールに滞在した一人だった。そして、大佐は二番目の奥さんとシンガポールで出会ったのだと、ケトル看護師は続けた。

「そうなんですか？　それは、サイス中佐もシンガポールにいた時期ですか？」と、アレン警部が尋ねた。ケトル看護師が頬を染めた。そして、サイス中佐とカータレット大佐の二番目の奥さんとは、極東ですでに知り合っていたこと。サイス中佐が描いたカータレット大佐の二番目の奥さんのスケッチを見たことがあることを、ケトル看護師ははしゃぐように付け加えた。

「カータレット大佐の最初の奥さんを知っていましたか？」

「知っていたとは言えません。お二人の結婚生活は一年半ほどでしたから。ミス・ローズが生まれたとき、最初の奥さまは亡くなったんです。彼女は遺産を相続していて資産家でした。当時、カータレット大佐はかなりお金に困っていましたけど、決して最初の奥さまのお金には手をつけませんでした。周知の事実です。そして、すべての遺産はミス・ローズへ引き継がれます。このこともよく知られています」

　アレン警部は、巧みにマーク・ラックランダーのほうへ話を進めていった。ケトル看護師は、マークが素晴らしい人物であると褒めそやした。憧れのような気持ちを抱いているようですねと、敬意を表してケトル看護師を見ていたフォックス警部補が言った。そのようなことではなく、率直な気持ちを述べただけだと、すぐさまケトル看護師が答えた。

「この地方の人たちは、自分の殻に閉じこもるのがお好きなようですね？」と、アレン警部が言った。

「あえて言えば、そうだと思います」ケトル看護師がまたもや頬を染めた。「個人的に、わたしは旧家や昔ながらのものの見方が好きです」

「それで思い出しましたが」と、フォックス警部補が眉をひそめながら言った。「ミス・ケトル。間違っているかもしれませんが、二番目のミセス・カータレットはずいぶんと違う世界に属しているようですね。もっと社交的な世界に」

ケトル看護師は、何か呟いてから答えた。「わたしたちはこのようなところで暮らしていますから、少し古くさいかもしれません。そして、二番目のミセス・カータレットは華やかなことに慣れ親しんできたようです」

ケトル看護師が立ち上がった。「これ以上ないようでしたら、ドクター・マークと少し話をして、必要なら、ミス・ローズとミセス・カータレットの様子を見てきたいのですが」

「今のところ、これ以上お尋ねすることはありません。最後に、死体を発見したときのあなたの供述書に署名をお願いします。そして、検視にも立ち会ってもらいます」

「わかりました」ケトル看護師が立ち上がると、アレン警部とフォックス警部補も立ち上がった。アレン警部がドアを開けた。ケトル看護師は二人を代わる代わる見た。

「殺人犯はこの地方の人間ではないと思います。この地方には、人殺しをするような人はいません」と、ケトル看護師が言った。

アレン警部とフォックス警部補は、お互いうわの空で考え込んでいた。

「ドクター・マークに会う前に、少し整理しよう。君は本件をどう思うかね？」と、アレン警部が尋ねた。

「今、ミス・ケトルについて考えていたところです。感じのいい人ですね」と、フォックス警部補はいつものように素っ気なく答えた。

アレン警部が警部補を見つめた。「まさか惚れたんじゃないだろうな？」

「そういうことがないとは限りません、アレン警部。私は小柄で中身の充実している女性が好きです」と、フォックス警部補が答えた。

「ケトル看護師のことを頭から追い出すんだ。そして、考えてくれ。カータレット大佐は午後七時十分頃に家を出て、ミスター・オクタウィウス・ダンベリーフィンを訪ねている。ダンベリーフィンは家にいなかったようだ。なぜなら、ボトム橋の近くで、大佐とダンベリーフィンが激しく言い争っているのを、レディー・ラックランダーが聞いているのだから。時刻は午後七時三十分頃。午後八時二十分前に、大佐とダンベリーフィンは別れた。大佐はボトム橋を渡った。そして、左側の土手の空洞で絵を描いていたレディー・ラックランダーと午後八時二十分前に会って話をした。左側の土手の空洞は、右側の土手の柳の木立の向かい側だ。二人は十分ほど立ち話をしている。午後八時十分前に、大佐はレディー・ラックランダーと別れて再びボトム橋を渡り、左に曲がって、そのまま柳の木立へ向かった。レディー・ラッククランダーが息をきらせて丘を登ってナンスパードン邸へ向かうとき、柳の木立のなかにいる大佐を見ているからだ。午後八時過ぎに、ミセス・カータレットがジョージ・ラッククランダーに別れを告げて、丘を下ってきた。それより前の午後七時十五分頃、ミセス・カータレットとジョージ・ラッククランダーは、ダンベリーフィンが密漁しているのを見ている。どこかでダンベリーフィンを見つけられないかと、ミセス・カータレットは彼の釣りを見ていた。それで、彼女はレディー・ラッククランダーを見逃したに違いない。そのとき、レディー・ラッククランダーは、すでにナンスパードン邸の領地内の雑木林へ姿を消してしまっていたからだ。キティ……」

「誰ですって？」と、フォックス警部補が尋ねた。

「キティ、ミセス・カータレットの名前だ。キティ・カータレット。彼女は丘を下ってきた。そのあいだ、ダンベリーフィンを見つけられるだろうと、チェーン川の上流を見ていた。彼女は柳の木立のなかの夫に気づかなかった。実際に、その場所を見るまではなんとも言えないが、いずれにしても、彼女の注意はほかへ向いていた。そして、ボトム橋を渡って家路に就いた。キティ・カータレットは、橋の上でおかしなものは何も見なかったと言っている。一方、レディー・ラッククランダーは橋の上に横たわっていた巨大なマスを見ている。夫人によれば、ダンベリーフィンがカータレット大佐と激しくやり合っていたとき、ダンベリーフィンがマスを放り出したとのことだ。マーク・ラッククランダー――テニスをしながらローズ・カータレットといちゃいちゃしていたが――は、ミセス・カータレットが家に戻ってきた頃に、カータレット家を辞去している。そして、ボトム橋へ行ったが、橋の上に大きなマスはなかったと証言している。代わりに、チェーン川の左側の土手で、祖母の絵の道具一式を見つけている。そして、いかにも彼らしく、道具一式をナンスパードン邸へ持ち帰った。これによって、召使いは絵を描く道具の回収に行かずに済んだ。そして、マークは雑木林のなかに消えた。われわれが知る限り、サイス中佐の腰痛の手当てをしていたケトル看護師が、午後九時十五分前にボトム牧草地のほうへ下っていくまで、この谷には誰もやって来ていない。そのとき、ケトル看護師はイヌの鳴き声を聞いて、死体を発見した。これらが時系列的な出来事だ。何が浮かんでくる？」と、アレン警部が尋ねた。

フォックス警部補は手で顎を撫でた。「隔絶されたこの地域において、チェーン川の谷は通行の要所と思われます」

「なるほど。殺されたカータレット大佐とダンベリーフィンが午後七時半に、そして、その十分後に、殺された大佐とレディー・ラックランダーが会ったことを除けば、ほかには誰も出会っていない。さもなければ、互い近くにいたけれど出会わなかったのか。谷がどのようになっていたか正確には覚えていないが、こちら側の家々からだけ、チェーン川の上流と、右側の土手のボトム橋の下を数ヤードにわたって見ることができるようだ。明るいうちに現場を念入りに調べたほうがよさそうだな。その結果、藪のなかに潜んでいる地元の人間や、谷をこそこそ動き回る放浪者のような不審者が見つからなければ、容疑者の範囲を狭められるだろう」

「承知しています」応接室のほうを向きながら、フォックス警部補が言った。「ちなみに、ケトル看護師は対象から外してかまわないと思うのですが。彼女は何も隠していないようですし。まずは、マーク・ラックランダーと話してみましょう。グリッパー巡査、彼を呼んできてくれ。そしてついでに、オリファント巡査部長のダンベリーフィンの供述書がどこまで進んでいるか見てきてくれ。供述書ばかりに時間をかけているわけにはいかないからな。われわれが拾った眼鏡について指紋を採取したい。ダンベリーフィンのもので間違いないと思うが。もしダンベリーフィンが心のうちを素直に打ち明けてくれれば、すぐにでもお帰りいただける。追って連絡があるまで、そのままで待機していてくれ」

フォックス警部補がマークのところへ向かうと、アレン警部は改めてカータレット大佐の書斎を見回した。この書斎で、一般的に思われている慣習とは異なる、多くの面白い相違が見てとれると、警部は思った。大佐の書斎には、通常、革製の背のくぼんだ椅子や、パイプ製のラックや、軍服姿の写真があるものだ。だが、堂々とした写真の代わりにカータレット大佐が選んだのは、六枚の中国のスケッチと二つの壁を覆っている本だった。蔵書には、将校名簿や経歴といったものも含まれているが、大部分はエリザベス女王時代と、ジェームズ一世時代の劇と詩の古びた本だった。そして、釣りに関するとても珍しい本も一、二冊あった。アレン警部は、モーリス・カータレットが著者である『鱗に覆われた生き物』という題名の本を見つけた。淡水に生息するマスの習性や生態についての本だ。机の上には、いくぶんはにかんだ娘のローズの写真が載っている。そして、妻のキティの写真も。

アレン警部はざっと机の上を見回すと、正面に目を止めた。警部は引き出しを引っ張ってみた。左右に三段ずつある引き出しの一番上の左右の二つには、鍵がかかっていなかった。中身は便箋と封筒、そして、カータレット大佐自身が書いたとわかる数冊のノート。真ん中の左右二つには鍵がかかっている。一番下の左側の引き出しは空だった。アレン警部がなかをもっとよく見ようとかがんだとき、玄関広間でフォックス警部補の声が聞こえた。警部は立ち上がると引き出しを元に戻して、机の前から立ち去った。

マーク・ラックランダーが、フォックス警部補と一緒にやって来た。

「お手間はとらせません」と、アレン警部が言った。「あることをはっきりさせたくてお呼びしました。最初にお聞きしたいのは、昨晩八時十五分に帰宅されたとき、ボトム牧草地でイヌが吠えているのを聞きましたか？」

「いいえ、聞きませんでした。間違いありません」と、マークが答えた。

「スパニエル犬のスキップはカータレット大佐のそばにいましたか？」

「カータレット大佐が釣りをしているあいだはそばにいません。釣りをしているあいだはある程度の距離を保つように、大佐はスキップをしつけていました」と、マークはすぐさま答えた。

「ですが、あなたはスキップを見ていないでしょう？」

「イヌは見もしなければ、鳴き声も聞きませんでした。けれど、トラネコには会いました。オクタウィウス・ダンベリーフィンのところのネコが、うろうろしていたのだと思います」

「そのネコにはどこで会いましたか？」

「ボトム橋のこちら側です」マークはいささかうんざりしたように答えた。

「あなたは、ミス・カータレットとテニスをしていたんでしたね？　そして、ボトム橋と川沿いの小道を通ってナンスパードン邸へ戻った。そして、途中で祖母の絵の道具一式を集めて持ち帰ったんですね？」

「そうです」

「ほかには何か持ち帰りましたか？」

「自分のテニスの道具を持ち帰りました。なぜそんなことを聞くのですか？」

「全体像をつかもうとしているのです。こういった物を集めるには、それなりの時間がかかったはずです。そのとき、何かいつもとは違うものを見たとか、物音を聞いたとかはありませんでしたか？」

「何もありません。川の向こう側は見ませんでした」

「わかりました。次に、医師としての見解を教えてください。頭の負傷をどう思いますか？」

「なんとも言えません。僕は通りいっぺんの診察をしただけですから」

「ケトル看護師が急を告げて、看護師と一緒に現場へやって来てから、あなたは無駄のない動きで、カータレット大佐のツイードの帽子を持ち上げて傷の状態を見ました。大佐がすでに亡くなっていることがわかったので、あなたは帽子を元に戻し、警察の到着を待ったのですね？」

「そうです。僕は懐中電灯を持っていました。そして、できるだけ大佐に触らないようにして診察しました。実際、かなり近くで複数の傷の状態を見ることができました」

「複数の傷！」と、アレン警部が繰り返した。「それで、大佐は何度か殴られたと判断したのですね？」

「意見を述べる前に、もう一度傷を診たいですね。僕が診たところ、大佐はこめかみを殴られてから、同じ場所を刺されています。もちろん、何か尖った物がこめかみにぶつかって、あのような複合的な傷ができたのかもしれません。推測しても役に立たないでしょう。警察医がきちんと調べて、わかったことを説明してもらっても、おそらく僕はすんなりと納得しないかもしれません」

「ですが、あなたの最初の見立ては、大佐は何かに殴られてから刺されたのではないかというのでしょう？」

「そうです。そのとおりです」と、マークが答えた。

「私が見たところ、三インチ（約九センチ）かける二インチ（約六センチ）ほどの痣があって、内側が丸くみみず腫れになっています。このような傷は、もしそのようなものがあればですが、打つ部分がくぼんでいる、とても大きなハンマーのようなものでできたのではないでしょうか？　そして再度、明らかに鋭利な物で刺されています」

「そのとおりです。表面的には、そのように見えます」と、マークが言った。

「解剖すれば、はっきりするでしょう」と、アレン警部が言った。警部はマークの顔を見て、思いきって言ってみることにした。

「ちなみに、ミスター・ダンベリーフィンについて無関心というわけにはいきません。彼はカータレット大佐と少し前に激しくやり合っています。そして、カータレット大佐は殺されました。このことについて、どう思いますか？　これは、いわゆるオフレコの話だと申し上げておきましょう。オクタウィウス・ダンベリーフィンとは、どのような人物ですか？　あなたは彼をよくご存じのはずです」

　マークは両手をポケットに突っ込むと、床をにらみつけた。「あなたが思っているほど彼をよく知りません。もちろん、彼とはよく接触しています。しかし、彼は僕の父と同じくらいの年ですし、若い医師になどほとんど関心がありません」

「あなたの父上のほうが彼をよくご存じだと」

「同世代の人間のほうがよくわかっていると思います。ですが、二人のあいだに、あまり共通点はないでしょう」と、マークが答えた。

「あなたは、ダンベリーフィンの息子のルードビックをご存じですね？」

「もちろん、知っています。よくは知りませんが……彼はイートン・カレッジにいました。僕はウィンチェスター・カレッジの卒業生です。彼は外交官を目指していました。祖父はあなたにも同じ期待を抱いていたんですよ」

「そのように思っていただいて光栄です。ところで、ルードビック・ダンベリーフィンは、あなたのおじいさまの大使館で勤務していたのですね？」

「そうです。祖父はそれこそ恐ろしいまでに封建的な人間でしたので、地元の人間を自分の周りに置きたがりました。ビッキー――ルードビックのことです――が軍隊に入隊したとき、祖父は彼を祖父の大使館の一員に迎え入れようと考えていたと思います」

「そして、ルードビックは自分の頭を撃ち抜いていてしまった」

「あなたはそのことをご存じなのですか?」

「あなたのおじいさまにとって、大変なショックだったでしょうね?」

「当然です」マークは唇を噛みしめた。彼はアレン警部に背を向けると、シガレットケースを取り出してたばこに火をつけた。フォックス警部補が咳払いした。

「ハロルド卿の自叙伝が出版されるでしょう」と、アレン警部が言った。

「オクタウィウス・ダンベリーフィンが、あなたにそう言ったのですか?」と、マークが尋ねた。

「なぜ彼が私にそんなことを言う必要があるのですか?」と、アレン警部。

長い沈黙が続いたが、マークが口を開いた。

「申し訳ありませんが、これ以上お答えするのは控えさせていただきます」と、マークが言った。

「あなたがそう思うのも無理はありませんが、あまり賢明とは言えません」

「いずれにしても、自分で判断するしかありません。もう診療所へ行ってもかまいませんか?」

アレン警部はしばらくためらっていたが、けっこうです、と答えた。

「では、失礼します」マークは不安そうな顔つきで二人を見て、部屋から出ていった。

「フォックス警部補、〈ボーイ・アンド・ドンキー〉で二、三時間仮眠を取ろう。だがその前に、カータレット大佐の机の、左側の一番下の引き出しを調べてくれないか?」

フォックス警部補は眉を上げて、カータレット大佐の机の前に立ち止まった。そして、跪いて眼鏡をかけた。

「無理やりこじ開けられたようだ。しかも最近だ。破片が散らばっている」と、フォックス警部補が言った。

「そのとおり。机の上のペーパーナイフの刃も欠けている。欠けた刃はほかの引き出しに紛れてしまったのかもしれない。ずいぶんと乱暴なやり方から見て、素人が慌ててやったのだろう。この部屋を封鎖して、明日、専門家を連れてこよう。ミス・ケトル、オクタウィウス・ダンベリーフィン、そして、ドクター・マークの指紋は、彼らの供述書に残っているだろう。ジョージ・ラックランダーとキティ・カータレットが使った酒のグラスは、回収して保管しておいたほうがよさそうだ。ほかの人たちの指紋がほしければ、明日の朝、採取しよう」アレン警部はポケットから丸まったハンカチを取り出して机の上に置くと、ハンカチを開いた。眼鏡が現れた。

「寝る前に、ダンベリーフィンの指紋が眼鏡に残っているかどうか調べよう。そして明日の朝、ルードビック・ダンベリーフィンの悲しく悲惨な話を聞くことになるかもしれない」


キティ・カータレットは、大きなジェームズ一世時代のベッドに横たわっていた。最初に結婚したとき、彼女は桃色のビロードでベッドを仕上げさせたけれど、これは悪趣味だとすぐに気づいた。そのとき、彼女は自分の立場を確立したいと考えていたのでこれは諦めたけれど、化粧台や椅子や照明器具はすべて自分で選んだ。今、彼女はそれらを惨めな気持ちで眺めている。すると、なにやら別れの言葉が浮かんできた。ベッドの上を移動して、鏡を覗き込んだ。涙で汚れ、腫れあがった顔が映し出された。「ひどい顔ね」そのとき、彼女は自分が夫の寝る場所のほうにいることに気がついた。そして、その場所が冷たいことで、改めてどれほど夫を愛していたのかを知った。キティ・カータレットは、誰とも深い人間関係を作らずに人生を生き抜く珍しい女だと、レディー・ラックランダーは称したけれど、今、キティはかつてないほどの孤独を感じていた。


ドアを軽く叩く音がして、キティは驚いた。夫のモーリスも、いつもドアを叩いていた。

「どなた？」と、キティは声をかけた。


ドアが開いて、ローズが入ってきた。モスリンのドレッシングガウンを着て、髪をお下げにしたローズは女学生のようだった。ローズのまぶたは赤く腫れあがっていた。しかし、そのようなひどい状態でも、彼女の美しさは損なわれていなかった。キティはもっとローズのことを考えてあげなければならないと思った。(でも、すべてのことを考えるのは無理よ)

「お邪魔してもいいかしら？　なんだか眠れなくて部屋から出たら、お母さまの部屋のドアから明かりが漏れていたから。眠れるようにと、マークが薬をチャイニング村から届けてくれたけれど。よかったら、お母さまも飲んでみる？」

「ありがとう。でも、自分のを持ってるわ。みんな、もう帰ったの？」

「レディー・ラックランダーとジョージ、それに、オクタウィウス・ダンベリーフィンは帰ったわ。マークに往診してもらいましょうか？」

「なんのために？」

「マークはわたしたちの力になってくれると思うの」と、ローズが震える声で言った。

「たぶん、そうでしょう」と、キティが冷ややかに応じた。キティは、ローズがほのかに顔を赤らめたことに気づいた。「そのように気遣ってくれるのは嬉しいけれど、わたしは大丈夫よ。警察の人たちはどうしたの？　警察の人たちは、まだお父さんの書斎にいるの？」

「おそらく、もういなくなったでしょう。あの人たちは、恐ろしいくらいお行儀がいいわ。アレン警部なんて、それこそ紳士よ」

「そうでしょうとも」と、キティが再び冷ややかに言った。「とにかくローズ、心配ないわ」

キティはなんとも素っ気ない調子で言ったけれど、ローズはまだためらっていた。

「マークがここへ戻ってくるのを待っているあいだ、わたし、将来のことを考えたの」

「将来のことですって？」キティは繰り返すと、ローズを見つめた。「今のことを考えるだけで精一杯だというのに！」

「そういうことじゃないの」と、ローズがすぐに答えた。「お父さまのことじゃないの。たぶん、お母さまにはつらいことでしょうけど。だって、お母さまはわかってないんだもの。お父さまは、まだお母さまには話していなかったでしょうから……」

「もちろん、聞いていますよ」と、キティがうんざりしたように言った。「お父さんは話してくれました。お父さんは、お金に関してはものすごくきちょうめんだったでしょう？」キティがローズを見上げた。「とにかくローズ、くよくよするのはやめましょう。なんとかなるわよ。何も期待してなかったから」

「わたしが話したいのは、お金に関することじゃないの。もっとはっきりしてから言おうと思っていたんだけれど……」ローズは口ごもった。そして、ローズはまくしたてるように話し始めた。

彼女の生まれつきの自制心はどこかへ行ってしまい、代わりに激しい感情に突き動かされているかのようだ。「だから」ローズは語気を強めて言った。「わたしには、ハンマー農場はもはやそれほど長くは必要ないの。マークとわたしは結婚するつもりだから」

キティはローズを見上げてためらっていたが、「いいんじゃないの？　あなたがそれで幸せになるなら。反対はしないわよ」と言った。

「そうね、お母さまとわたしは心が通じ合っているもの」ローズの声は震えていて、目は涙で濡れていた。「お父さまは知っていたわ」

「そうよ、わたしが話したから」と、キティは笑みを浮かべながら言った。

「お母さまが話したの？」まるでようやく義母に気づいたかのような声をあげた。

「気にすることないわよ。わたしはとっくに気づいていたから」

「わたしたち、二人ともお父さまに話していたのね」と、ローズが呟いた。

「お父さんは喜んだ？　言葉を濁さなくていいのよ。ハロルド卿の〝記憶〟のことは知ってるわ」

ローズが少し不快そうに顔をしかめた。「そのことは考えたことがないわ。わたしにはどうでもいいことだから」

「ある意味では、そうね。だったら、何を気にしてるの？」

ローズは顔を上げた。「マークの声が聞こえたわ」彼女はドアへ向かった。

「ローズ」キティが強い口調で言ったので、ローズは足を止めた。「わたしにはかかわりのないことよ。でも……今のあなたは理性を失ってるわ――あなただけじゃなくて、わたしたちみんなが。だから、何事も急ぎたくはないの！　『急いては事を仕損じる』これはあなたのお父さんが、いつも言っていたことでしょう？」

ローズはびっくりしてキティを見つめた。「何が言いたいの？　急いては事を仕損じるってどういう意味？」

ローズが開けておいたドアから、マークが現れた。

「こんばんは。お邪魔してもいいですか？」と、マークが言った。

ローズがキティを見た。キティはためらっていたけれど、「どうぞ、お入りください」と言った。

マークはまさにハンサムな若者だった。長身で、髪の毛は黒く、引きしまった口元は意志の強さを表している。マークはキティを見下ろしていた。ローズはマークのそばに立つと、腕を組んだ。二人はまさに似合いのカップルだった。

「あなたの声が聞こえたものですから」と、マークはキティに言った。「それで、顔を出したほうがいいと思ったんです。何かお力になれることがあれば言ってください。ローズが眠れるように、薬も持ってきました。もしあなたもお飲みになりたいのでしたら、かまいませんよ」

「ありがとう。でも、もう自分のを飲んだわ」

「念のため、一つ差しあげましょうか？」そう言うと、マークはポケットからカプセルを取り出してキティのベッドのそばのテーブルの上に置き、コップに水を入れてきた。「一つで充分でしょう」

　マークはキティとローズのあいだに立っていた。キティがマークの顔を見上げて、大きな声で言った。「あなたが夫を最初に診たんでしょう?」

　マークはいくぶんとまどいながらもローズのほうを見た。「いいえ、僕が最初ではありません」と、静かに答えた。「ミス・ケトルが……」

「ミス・ケトルですって。わたしが知りたいのは、モーリスに何が、、、あったのか、医者のあなたの見解を聞きたいんです」

「ローズ、自分の部屋へ戻ってください」と、マークが言った。

「いいえ、マーク」ローズは血の気の引いた顔をして言った。「わたしも知りたいわ。知らないほうが不自然だわ」

「そのとおりよ。わたしもそう思います」と、キティも同意した。

　マークはかなりのあいだ、思案していた。そして、ようやく口を開いた。「まず初めに、顔は損傷していませんでした」キティは顔をしかめ、ローズは手で顔を覆った。

「そして、カータレット大佐は何も感じなかったでしょう。こめかみに一撃を受けています」

「それだけ?　たった、それだけ?」と、ローズが言った。

「とてももろい場所だからね」と、マーク。

「つまり、事故か何かなの?」と、ローズが尋ねた。

「いいや、違うと思う」

「おお、マーク。なぜ違うの？」

「問題外だよ、ローズ」

「どうして？」

「傷を見ればわかる」

「一つじゃないってこと？」と、ローズが尋ねた。マークは急いで彼女のそばへ行くと、両手を握りしめた。

「そういうことだ」

「でも、あなたは言ったわ、マーク……こめかみに一撃を受けただけだって」

「つまり、こめかみという狭い場所に、複数の傷があるんだよ。それらの傷は、偶然にできた傷とは考えられない。病理学者は、偶然にできた傷とは考えないだろう」

「そういうことなのね」と、キティが言った。「今夜はもうこれくらいでいいかしら？」

マークがキティを見据えた。「ご気分が悪いですか？」マークはキティの手首を持ち上げた。

「違うわよ、気分が悪いんじゃないの」キティは手首を引っ込めた。「わたしはいいから、ローズを寝かせてあげて」

「もちろんです」そう言って、マークはドアを開けた。

「寝るわ」と、ローズが言った。「お母さまもぐっすり休んでちょうだい」そして、ローズは部屋から出ていった。ローズについて、マークは彼女の部屋の前までやって来た。

「マーク、おやすみなさい」と、ローズが言った。

「明日、君をナンスパードン邸へ連れていくよ」と、マークが言った。

「まあ！　でも、だめよ。わたしたち、そんなことできるわけないでしょう？　どうして、ナンスパードン邸なの？」

「どうしてって、君の面倒をみたいからだよ。いろいろなことを考慮に入れて。君の継母と君が、うまくいくとは思えないんでね」マークは顔をしかめて言った。

「大丈夫よ。なんとかなるわ。気がつかないふりをする術（すべ）を学んだもの」


夜が明けて間もない〈ボーイ・アンド・ドンキー〉で、フォックス警部補は朝食にハム・エッグを食べながら、ルードビック・ダンベリーフィンの話を頭に叩き込んだ。ベイリー巡査部長とトンプソン巡査部長も〈ボーイ・アンド・ドンキー〉で一夜を過ごしたが、すでにボトム牧草地へ向かっていた。そして、病理学者がロンドンから呼ばれていた。今日は晴れて、暖かくなりそうだった。

「ルードビック・ダンベリーフィンのことは知っている」と、アレン警部が言った。「一九三七年に、私がロンドン警視庁の公安課に勤務していたとき、彼は大失敗をやらかしたんだ。当時、故サー・ハロルド・ラックランダーは大使であり、ルードビックは彼の個人秘書だった。ドイツ政府が、鉄道の利権をめぐって地方自治体とやり合っていたことはよく知られている。この先、重要かつわれわれには多大な損害をもたらす事業に、ドイツが署名する準備を進めているという情報を、われわれはつかんだ。サー・ハロルド・ラックランダーはその計画を妨害するよう指示を受けていたんだ。彼は対抗勢力に魅力的な利権を提供する権限を与えられていた。しかし、ドイツ側がすぐさまこのたくらみを知って、圧力をかけてきた。ラックランダーは情報が漏れたと考えた。そして、彼のほかにこの情報を知ることができたのはルードビックだけだった。彼はナチスと通じていたんだ。どうやら、賄賂を受け取っていたらしい。ハロルド卿はルードビックをこっぴどく叱りつけた。その後、ルードビックが自ら頭を撃ち抜いた。ルードビックはハロルド卿を病的なまでに崇拝していたようだ。それで、ハロルド卿のように自分も振る舞おうとした。しかし、ルードビックはまだまだ半人前だ。ハロルド卿のようなわけにはいかない。そして、ルードビックの母親も数カ月後に亡くなった」

「なんとまあ。悲劇としか言いようがない」と、フォックス警部補が言った。

「そして、父親のほうは少しおかしくなっているのではありませんか、警部？」

「正気ではないと言いたいのか？」

「まあ……変わり者というか……」

「昨晩の彼の行動は、確かにちょっとおかしかった。私が見た限りでは、彼は怯えていたようだ。どう思う、フォックス警部補？」

「今のところ、なんとも言えません」

「まあ、そうだな。ところで、柳の木立の折れた枝に引っかかっていた眼鏡は、オクタヴィウス・ダンベリーフィンのものだろう」

「おそらく」フォックス警部補は満足そうに声をあげた。

「断定はできないがね。その日の朝早くに、彼はあそこで眼鏡をなくしたのかもしれない。簡単には認めないだろうが」

「彼のに決まってますよ」

「私もそう思う。いつ、どのようにして彼の眼鏡があの場所に置き去りにされたのか、私なりの考えがあるにはあるんだが」

アレン警部は自分の考えを述べた。フォックス警部補は聞き入っていた。フォックス警部補は何か言おうとして口を開きかけたが、再び閉じた。

「もちろん、放浪者やよそ者のたぐいも考慮する必要がある。だが、無視できないことが昨晩起こった。どうやら、カータレット大佐は、サー・ハロルド・ラッククランダーから〝記憶〟というものを託されていたようだ。そして、それを公表するつもりだった」と、アレン警部が言った。

「ということは……」

「ラッククランダー家とオクタウィウス・ダンベリーフィンとのあいだに確執はないだろうか？そして、サー・ハロルド・ラッククランダーの〝記憶〟を託されたカータレット大佐が、確執を引き起こしたということはないだろうか？」と、アレン警部。

「〝記憶〟に、ルードビックの裏切りについて書かれていて、そのことを父親が知り、それを公表させないでおこうと決意していたとすればということですね」

「カータレット大佐は午後七時二十分に丘を下って、オクタウィウス・ダンベリーフィンの密漁を見つけた。そして、彼と激しい口論になった。そのことはレディー・ラッククランダーが聞いている。二人は別れ、その後、カータレット大佐はレディー・ラッククランダーと会い十分ほど話をした。そして、釣りをしに柳の木立へ向かった。レディー・ラッククランダーは家に帰った。だが、オクタウィウス・ダンベリーフィンは戻ってきてカータレット大佐を殺した。なぜなら、ルードビックの不名誉について書かれているサー・ハロルド・ラッククランダーの〝記憶〟を、大佐は公表しようとしたからだ。しかし、レディー・ラッククランダーはそのことを私に言わなかった。カータレット大佐とオクタウィウス・ダンベリーフィンが〝記憶〟について口論していたかどうかについても言わなかった。もし二人が〝記憶〟についても言い争っていたなら、なぜ夫人はそのことを言わなかったのだろう。二人は密漁のことで言い争っていて、カータレット大佐がそのことを夫人に話したと言っただけだ。そして、カータレット大佐の死とは関係のない個人的なことを大佐と話し合ったと言った——実際に、関係ないのかもしれないが。だが、ひょっとすると、個人的なことというのは〝記憶〟の公表と関係があるのではないか？　もしそうなら、なぜレディー・ラッククランダーはそのことについて私と話し合おうとしないのだろう？」

「〝記憶〟の公表と大佐の死が関係あるかもしれないと考える理由は、何ですか？」

「いずれにしても、ジョージ・ラッククランダーが〝記憶〟について触れられたくないのは明白だ。〝記憶〟がカータレット家とラッククランダー家を結びつけ、そして、ダンベリーフィンも結びつけるのかもしれない。あるいは、ここの封建的な人たちの、単なる共通の話題なのかもしれない」

「レディー・ラッククランダーは、とても封建的とは思えません」と、フォックス警部補が言った。

「確かに、彼女は慣習にとらわれないようだ。車が止まろうとしているな。ドクター・カーティスだろう。とにかく、ボトム牧草地へ戻って痕跡を調べてみよう」

しかし、アレン警部は出発する前に、鼻をこすりながらフォックス警部補を見つめた。「もう少しで忘れるところだった。サー・ハロルド・ラックランダーは、『ビック』という謎めいた言葉を発しながら亡くなったんだ」

「そのようです」

「そして、マーク・ラックランダーはルードビック・ダンベリーフィンをビッキーと呼んで、裏切り者扱いしていた！」


真夏の朝日が柳の木立に降り注いでいる。しかし、木立のなかのカータレット大佐の姿は、そのような場所には似つかわしくなかった。大佐は川の縁で不自然に体を丸めて横たわっていた。こめかみには痛々しい傷跡がある。ベイリー巡査部長とトンプソン巡査部長は昨晩と同じように現場検証を行ったが、アレン警部は大した成果は得られないだろうと思っていた。川の水が溢れ、いろいろなものを洗い流してしまっていたからだ。

ドクター・カーティスは一通りの検査を終えて、立ち上がった。

「先ほど、オリファント巡査部長に大佐のポケットの中身を渡しました」と、ドクター・カーティスが言った。「鍵束、たばこ、パイプ、ライター、毛針の箱、ハンカチ、それに、数枚のメモと娘さんの写真が挟まった手帳です。被害者はすぐには死ななかったでしょう。午後八時十五分までは生きていて、午後九時に死体で発見されています」

「傷はどうだ？」

「はっきりしたことは言えませんが、二種類の凶器を用いたのか、あるいは、一つの凶器で二通りの使い方をしたのかもしれません。深くて、はっきりした刺し傷があります。そして、その刺し傷を中心に、丸いへこみがあります。さらに、同じ場所へ強烈な殴打（おうだ）が加えられ、広範囲にわたって、骨折および溢血（いっけつ）（身体の組織内に起こる出血。血管から血液成分が出て、皮膚面に斑点を生じる）が見られます。砕石用のハンマーか、もしくは、平べったい卵形の石によるものと推測されます。これが最初の攻撃です。この一撃で、大佐は意識を失ったでしょう。そして、二度目の攻撃が致命傷になったと思われます」

　アレン警部は死体の周囲を動き回って、川べりまでやって来た。

「足跡はどうだね？」アレン警部は、ベイリー巡査部長のほうを向いて尋ねた。

「カータレット大佐の死体を見つけた人たちのはありません」と、ベイリー巡査部長が答えた。

「かなりはっきりしています。男と女のものです。重なり合っていたり、真っ直ぐに進んでいたり、しゃがんだりしています。そして、大佐自身の足跡も残っています」

「そうだ」と、アレン警部が言った。「川のほうを向いて、柔らかい地面にしゃがんでいる。大佐はナイフで草を刈って、マスを包もうとしていた。手に、ナイフと草が握られている。そして、なによりマスがある！　実際に見るまでは信じられなかったが。オリファント巡査部長が、大佐は数日前に〝伝説の大物〟を釣り上げたものの、逃げられたと言っていた」

アレン警部はかがむと、マスの口のなかへ探るように指を差し入れた。「ああ、まだあるな。これを見ろ」と、警部が言った。

アレン警部はしばらくマスの口のなかをまさぐると、指を引き抜いた。壊れた毛針が現れた。「これはそこらへんで売っている毛針ではない。自家製だ。赤い羽根と金色の布を青銅色の髪の毛で縛ってある。そして、これと同じものをカータレット大佐の書斎で見た。娘のローズが父親のために毛針を作ってやっているんだ。そして、サー・ハロルド・ラックランダーが亡くなった日の午後、カータレット大佐が〝伝説の大物〟を釣り上げたときになくした毛針がこれだ」

アレン警部は、カータレット大佐の打ち砕かれた頭と顔を見た。「しかしこのとき、大佐は〝伝説の大物〟を実際には釣り上げてはいない。午後七時半に釣り上げなかった〝伝説の大物〟と一緒に、午後九時に死体で発見されたのはなぜだろう？」

警部は川のほうへ向かった。柳の木立が、湾曲した土手と共に小さな入り江を隠していた。入り江の先は五フィート（約一五〇センチ）ほどの深みで、さらに石だらけの浅瀬へと続いている。川の流れがこの入り江に入り込んで、渦を巻いていた。

アレン警部は入り江の低いほうの土手の縁（ふち）を指した。縁の下に水平に傷がついていた。「ここを見てみろ、フォックス警部補」と、アレン警部が言った。「そして、ここ。その上だ」

警部は一面に咲いているデイジー（ヒナギク）の花を掻き分けるように、カータレット大佐が横たわっている場所から上流のほうへ一ヤード（約一メートル）ほど土手を進んでいった。アレン警部は、ほかよりも長い三本の茎を指した。花が切り取られている。

「死体を移動させてかまわないぞ」と、アレン警部が言った。「だが、できるだけ地面を踏み荒らさないでくれ。ところで、フォックス警部補。柳の木立の入り口近くに、ガラスの破片と折れた小枝が散乱していたのに気づいたか？　ケトル看護師が誰かに見られているようだと言っていただろう。行っていいぞ、オリファント巡査部長」

オリファント巡査部長とグリッパー巡査がストレッチャーを運んできて、死体を載せた。そのとき、しおれたヒナギクの花が大佐のコートから落ちた。

「その花をそっと拾うんだ」と、アレン警部が言った。「丁寧に扱うんだぞ。あと二つ見つけなければならない」オリファント巡査部長とグリッパー巡査は、そのまま待機していた。

アレン警部は二本目のヒナギクの花を、カータレット大佐の頭が横たわっていた場所の下の土手で見つけた。「三本目は下流へ流されてしまったかもしれない。だが、見つかるだろう」

アレン警部は今、土手にころがっているカータレット大佐の釣りざおのそばにかがんで見ていた。釣りざおの先端は川の上に突き出ている。アレン警部は釣りざおを持ち上げると、ぶら下げた。そして、さらに釣りざおを近づけて、匂いを嗅いだ。

「大佐は昨日、魚を釣った」と、アレン警部が言った。「魚の肉のかけらが付いている。大佐はこの魚をどこで捕まえたのだろう？　小さすぎたのか？　それで、大佐は捕まえた魚を放したのか？」

アレン警部は釣り糸を外すと、箱に入れた。そして、大佐の手の匂いを嗅いだ。「大佐は間違いなく魚に触っている。指の爪も含めて、彼の手を調べてみよう。そして、ほかにも何か痕跡がないか、服も調べるんだ。彼の手のなかの草を保管するんだ。残りの草はどこだ？」

　アレン警部は川岸のほうへ戻り、カータレット大佐が刈り取って散乱している草を集めた。さらに、大佐のポケットナイフを調べた。ポケットナイフからも魚の臭いがした。それから慎重に〝伝説の大物〟を持ち上げると、このマスが一晩中横たわっていた石ころだらけの地面を調べた。

「痕跡が残っている。しかし、すべてこの魚のものだろうか？　ここを見てみろ。尖（とが）った石のかけらに、魚の皮が付着している」と、アレン警部が言った。

　アレン警部は大きなマスを裏返して、皮のなくなった跡を探したが、見つからなかった。警部は小型のレンズを取り出して、さらに入念に調べた。フォックス警部補が静かに見守っていた。

「専門家の意見が必要だな」アレン警部がようやく口を開いた。「そして、極めて重要になるかもしれない。だが、明らかになったこともある。カータレット大佐は魚を釣り上げ、そいつはここに横たわっていた。そのとき、魚の皮の一部がこの石ころの上で剝がれた。だがその後、その魚は取り除かれ、代わりに〝伝説の大物〟が置かれた。大佐が釣った魚を自分で川へ放したとは考えられない。そうであれば、大佐は釣り針を外して川へ戻すだろう。土手に置いたりはしないだろう。そして、なぜ魚の皮が石の上で剝がれたのか？　さらに、なぜ〝伝説の大物〟がその魚の代わりに置かれたのか？　誰によって？　いつ？」

「いつに関していえば、地面の状態から考えて、いずれにして、雨が降る前でしょう」と、フォックス警部補が言った。

「大佐は草の束を手に持って殺されていた。このことは、少なくとも、大佐は釣った魚を包むために草を刈っていたのだろう。大佐は〝伝説の大物〟に触ろうとはしなかった。だから、ボトム橋の上に置いたままにしておいた。そして、大佐をよく知る人たちは、大佐は自分の言ったことに固執する、と言っている。何者かが大佐を殺した。この何者かは大佐が釣った魚を持ち去り、代わりに〝伝説の大物〟を置いたのではないか？」

「警部はそのようにお考えなのですね？」

「しかし、殺人犯はなぜそのようなことをしたんだ？」

　オリファント巡査部長もベイリー巡査部長もトンプソン巡査部長、そして、グリッパー巡査も声にならない音を発した。ドクター・カーティスは苦笑いした。

「最初の攻撃と二度目の攻撃のときの殺人犯の位置はどこだろう？」と、アレン警部が続けた。「カータレット大佐は手に刈った草を持って、川のほうを向いてしゃがんでいた。大佐の足跡とそれに続く姿勢から考えて、大佐は左のこめかみに一撃を受けたとき、一撃から遠ざかるように転倒した。そして、そのように倒れていた大佐を、ケトル看護師が見つけた。大佐は背後から左利きの人間に一撃を加えられたのか、それとも、正面から右手による強打をくらったのか……どうした、オリファント巡査部長？」

「石切り工が岩に打ち込むくさびのようなものによる一撃ではないでしょうか？」

「そのようなものかもしれない」アレン警部は、フォックス警部補と顔を見合わせながら言った。「カータレット大佐と川の縁とのあいだには、一撃を加えるための充分な広さがない。フォックス警部補、ボトム橋に向かって上流のほうを調べてくれ。迂回していくんだぞ。周辺を荒らさないでくれたまえ。それから、ここを出よう」

フォックス警部補は、小さな入り江の土手でアレン警部と合流した。二人は柳の木立を通りすぎてチェーン川を上流まで見渡した。柳の木立は橋の一部を隠していた。四〇フィート（約一二メートル）ほど先に、古いパント船（平底小舟）が係留されているのがかろうじて見える。

「素晴らしい景色だな」と、アレン警部が言った。「レディー・ラックランダーはこの位置からスケッチを描いたのだろう。『ルークリースの凌辱（りょうじょく）』（一五九四年に書かれた、シェークスピアの物語詩）を読んだことがあるかね、フォックス警部補？」

「読んでいませんが、シェークスピアの作品ですか？」

「そうだ。風変わりな川の流れについての描写がある。そして、この場所からのチェーン川の流れも変わっている。今、あの小枝がわれわれに向かって流れてきているな。そして、流れの一部はそのまま流れ去らずに、この入り江に流れ込むんだ。ほら、小枝が流れてきた。そして、この入り江で渦を巻いてから再び本流へ戻り、ボトム橋へと向かう。しばらくここにいてくれないか、フォックス警部補？　しゃがんで、想像上の魚の上に頭を垂れてくれ。釣り人のしぐさをまねするんだ。私がいいと言うまで、頭を上げたり動いたりしないでくれよ」

「これはいったいなんの捜査ですか？」文句を言いながらも、フォックス警部補は川の流れの波打ち際にしゃがんだ。

アレン警部は重要な一帯を迂回して、柳の木立のなかへ消えていった。

「彼は何を企んでいるんですか？」ドクター・カーティスはフォックス警部補の格好を見て、誰に聞くとはなしに尋ねた。オリファント巡査部長とグリッパー巡査はあきれたように顔を見合わせた。ベイリー巡査部長とトンプソン巡査部長は苦笑いを浮かべた。一同はアレン警部がきびびと歩いてボトム橋を渡っていくのを見ていた。一方、フォックス警部補は言われたとおり川の流れを見続けていたが、警部を視野のなかに入れた。一同は何が始まるのか期待しながら、警部が向かい側の土手に姿を現すのを待っていた。

アレン警部が手にしおれたヒナギクの花を持って、古い小舟に乗ってやって来たときには、一同は唖然（あぜん）とした。

小舟は遠いほうの土手から離れていく流れによって横に流され、本流を横切って柳の木立の小さな入り江に流れ込んだ。そして、動きが次第にゆっくりになってきた。四角い船首が入り江の土手につけた傷と、アレン警部が先ほど指摘した傷が一致している。やがて、舟の底が小石と擦（こす）れて、舟は止まった。

「今の音を聞いただろう？」と、アレン警部が尋ねた。

フォックス警部補が顔を上げた。

「聞きました。しかし、そのときまでは何も見えませんでしたし、何の音も聞こえませんでした」

「カータレット大佐も、先ほどの音を聞いたに違いない」と、アレン警部が言った。「これでヒナギクの花の説明もつく。殺人犯は誰かわかったか、フォックス警部補？」

「あなたはわかったのですね、アレン警部？」

第七章　ワッツヒル

「まあ、思うところはあるがね」アレン警部がパント船（平底小舟）から言った。「第一に、ヒナギクの花が船首で見つかった。少し離れてはいるが、ほかの二つと同じものだ。第二に、この古い小舟には、長さ三〇フィート（約九メートル）ほどの予備の係船索が備えつけられている。この係船索を手繰りよせれば戻ってこられる。私が思うに、この係船索はレディー・ラックランダーのためのものだろう。あちこちはねた絵の具の跡や、ぺちゃんこになった絵の具のチューブなどから考えて、夫人はときおりこの小舟に乗って絵を描いていたのだろう。小舟の船首に座った彼女が、独りで停泊所へ戻ってくる姿が目に浮かぶようだ。ところで、たばこの吸い殻が何本か落ちていたが、そのそばに、薄い黄色の大きなヘアピンもあったな。いくつかの吸い殻には口紅がついていて、いくつかにはついていなかった」

「サー・ジョージ・ラックランダーとガールフレンドですか？」と、フォックス警部補が言った。

「そう言うと思ったよ」と、アレン警部が言った。「話を元へ戻そう。第三に、小舟による移動は、ワッツヒルの住人からは隠れていて見えないだろう。ボトム橋の上からと、橋と柳の木立のあいだの限られた場所からしか見えないはずだ。グリッパー巡査、死体を運んでかまわないぞ」

ドクター・カーティスが死体を防水シートで覆った。グリッパー巡査とロンドン警視庁の警察車の運転手が、ベイリー巡査部長とトンプソン巡査部長の助けを借りて、カータレット大佐の死体を柳の木立から運び出して、土手沿いにワッツレーンへ向かった。ワッツレーンでは、スエブニングス病院のワゴン車が待機していた。

「大佐はとても感じのよい紳士でした」と、オリファント巡査部長が言った。「犯人をぜひとも捕まえたいものです」

「もちろん、捕まえるとも」そう言って、フォックス警部補はアレン警部を見た。

「おそらく」と、アレン警部が言った。「殺人犯は反対側の土手から、カータレット大佐が獲物の上にしゃがんでいるのを見たのだろう。そして、小舟が遠いほうの土手から離れていく流れに乗って横に流され、本流を横切って柳の木立の小さな入り江に流れ込むことを知っていた。舟は浅瀬に乗り上げて止まった。そして、土手に船首の傷跡がついた。さらに、舟が小石を擦る音を立てれば、大佐は立ち上がるのではなく、頭だけ上げることも知っていた。小舟は、かなりしっかりと浅瀬に乗り上げている。もし私がここらへんに立ったら――舟の真ん中より、かなり船尾のほうだ――大佐が獲物の上にかがんでいた場所に対して、充分な一撃を加えるだけの距離をとれる」

「〝もし〟です」と、フォックス警部補が言った。

「わかっている、〝もし〟だ。もっとましな説があれば、聞かせてもらおう」と、アレン警部が陽気に言った。

「いいえ、今のところありません」と、フォックス警部補。

「なんともとらえどころがないのが、切り取られた三本のヒナギクの茎と花だ」と、アレン警部が続けた。「それに適した道具の一振りで、三本とも切り取ったのは間違いない。そのうちの一本が大佐の上に、二本目が土手の上に、そして、三本目が小舟のなかに落ちた。だが、この一振りは大佐へは達しなかった」

オリファント巡査部長が小舟に横たわっている棒を鋭い目つきで見つめた。

「いいや、オリファント巡査部長」と、アレン警部が言った。「この小舟のなかで立ったまま、あのような重そうな棒を振り回してヒナギクの花を切り取ったり、しゃがんでいる男のこめかみに一撃を加えたりできると思うか？　殺人犯は、ケイバー・トス（丸太投げ。スコットランドの伝統的なスポーツ。電柱のような重い棒を使った投てき競技。飛距離ではなく、棒の向きの制御を競う）の選手だとでも？」

「ヒナギクの花は、二度目の一撃によってか、あるいは、もっと早くに切り取られていたのでは？」と、フォックス警部補。

「ですが、そもそもヒナギクの花が切り落とされたことは、本件と関係があるのでしょうか？」と、オリファント巡査部長。

「私は関係あると考えている」と、アレン警部が答えた。「三つのヒナギクの花はいずれもまだ瑞々（みずみず）しかった」

「ですが、警部」血気盛んなオリファント巡査部長が気色（けしき）ばんで続けた。「そもそも、小舟が本件と何か関係あるのですか？」

「もし左利きの容疑者を見つけられなければ、小舟は有力な仮説として考えなければならない。小舟と、死体が横たわっていたあいだの場所を見てみろ。そして、草が切り取られていた茂みと、魚が横たわっていたあいだの小石がごろごろしている場所を。小舟から小石だらけの場所へは踏み出せるだろう。そうすれば、大佐の頭のすぐ近くに立つことができる。おまけに小石だらけだから、そこにいた痕跡はほとんど残らないだろう。一方、柳の木立の側は地面が柔らかい。だから、カータレット大佐自身の、そして、ケトル看護師やドクター・マークの足跡がはっきりと残っている。だが、四番目の人物――すなわち殺人犯――の足跡は残っていない。カータレット大佐に一撃を食らわせたあと、殺人犯は小石だらけの場所へやって来てとどめをさしたか、あるいは、大佐がすでに死んでいることを確かめにきたのかもしれない。この仮説は、マスがなくなったことや小舟やヒナギクの花とも合致しないか？」

アレン警部は、オリファント巡査部長からフォックス警部補へ視線を移した。オリファント巡査部長は、まさに困惑した表情を浮かべていた。フォックス警部補は単に驚いていた。フォックス警部補が意味を理解したときは、このような表情をするのだ。

アレン警部は、マス、小舟、そしてヒナギクの花の仮説を詳しく説明して、カータレット大佐が殺されたいきさつの全体像を描いてみせた。

「もちろん、多くのもしもを含んでいることは承知している。ほかのいかなる仮説についても、喜んで検討する」と、アレン警部が言った。

「そうだとすれば」フォックス警部補が疑わしそうに言った。「いささかおかしな話ではありませんか？」

「小舟については、私の仮説どおりだと思う。舟の底に、刈り取られた草がいくつかあった。そして、魚の臭いがした」

「すると、殺人犯は小舟に乗って大佐に近づいて打ちのめし、殺しただけでは飽きたらず、舟から降りて、別の道具でさらに一撃を加えたというのですか？　さらに、大佐が釣り上げた魚と〝伝説の大物〟のマスを取り換えたのはなぜでしょう？　こうするためには、殺人犯は小舟で戻って、〝伝説の大物〟のマスを持ってこなければなりません。さらに、殺人犯はヒナギクの花を切り取った。切り取るための道具は、どこで手に入れたのでしょう？」と、フォックス警部補が言った。

「私もそのことに引っかかっているんだ。オリファント巡査部長、なくなった魚を探してくれ」

そして、アレン警部はフォックス警部補のほうを向いた。「向こう側の土手で落ち合おう。君に見せたいものがあるんだ」

アレン警部は長い係船索を手繰り寄せると、川の流れのなかへ舟を進めてボート小屋へ戻した。フォックス警部補はボトム橋をぐるっと回ってきて、警部と合流した。

「オリファント巡査部長と彼の部下たちがサイの群れのように地面を探していて、面白いものを見つけたんだ。見てくれないか、フォックス警部補」と、アレン警部が言った。

アレン警部は左側の土手の空洞の奥へ入っていった。レディー・ラックランダーが残したスケッチ用のスツールと画架の跡を、雨も消し去ってはいなかった。アレン警部がそれらを指した。

「だが、とりわけ興味深いのは、小丘のこの部分だ。こっちへ来て、見てみたまえ」

踏み荒らされた跡がわずかに残っている草の上を、フォックス警部補は警部のあとに続いた。警部と警部補は芝地の穴を見た。かろうじて、穴とわかる程度のものだった。穴にはまだ水が残っていて、そばの草は踏みつけられていた。

「あの穴をじっくり見れば、穴の周りにぎざぎざの刻み目がついているのが見えるだろう?」と、アレン警部が言った。

「ええ、見えます」しばらく見入ってから、フォックス警部補が答えた。「大佐の傷口と同じもののようです」

「二番目の凶器の跡だろう。狩猟用ステッキの跡だよ、フォックス警部補」と、アレン警部が言った。


「感じのよい屋敷だな」一同が雑木林を出てナンスパードン邸全体を見渡したとき、アレン警部が言った。「そう思うだろう、フォックス警部補?」

「立派な邸宅です。ジョージ王朝時代の様式ですね?」と、フォックス警部補が言った。

「おそらく、そうだろう。以前は女子修道院だったが、改築してラックランダー家に贈呈された。ここでは、礼儀正しく振る舞わなければならないぞ、フォックス警部補。ラックランダー家の住人は朝食を食べ終わった頃だろう。レディー・ラックランダーは、朝食をみんなと一緒に食べたのかな?　それとも、自室で食べただろうか?」そのとき、レディー・ラックランダーが六匹のイヌを連れて、屋敷から現れた。

「なんと、夫人は男物のブーツを履いている！」と、フォックス警部補が言った。

「捻挫しているとのことだ」

「なるほど。しかも、夫人は狩猟用ステッキを持っていますよ」

「確かに、ステッキを持っているな。だが、狩猟用ステッキではないかもしれない」アレン警部は帽子を脱ぐと、挨拶するように高々と持ち上げた。「どうやら、狩猟用ステッキのようだ」

「夫人がこちらへやって来ます。いや、違うようです」

「夫人は座るつもりのようだな」

レディー・ラックランダーはアレン警部たちのほうへ歩き始めたけれど、気が変わったようだ。夫人は厚手のガーデニング用手袋を警部に振って応えた。それから、立ち止まると狩猟用ステッキを据えて、その上に腰を下ろした。

「夫人のあの体重では、ステッキが埋まってしまうのではないかな。とにかく、行こう」と、アレン警部が言った。

アレン警部たちが声の届くところまで近づいてくると、レディー・ラックランダーが声をかけた。「皆さん、おはようございます」警部たちがさらに近づいてくると、夫人は狩猟用ステッキに座ったまま、警部たちを見つめた。（夫人は、わざとわれわれにきまりの悪い思いをさせようとしているのだろうか）と、アレン警部は思った。そして、不快な思いをさせないように曖昧に笑みを浮かべて、夫人を見つめ返した。

「徹夜されたのですか?」レディー・ラックランダーが尋ねた。

「ご心配いただいて恐縮です。ちょっと、困った事態に陥っているものですから……」

「途方に暮れているということですか?」

「それに近い状態です」と、アレン警部が答えた。「それで、午前九時に押しかけてきてしまいましたが、少しあなたのお知恵をお借りできないでしょうか?」

「あなたほどの人が人の知恵を借りて何をしようとしているのか、ぜひとも知りたいものだわ」

そう言って、夫人は目を輝かせて警部を見つめた。

「カータレット大佐の殺人犯は、殺人を犯す前に、しばらくのあいだ近くに潜んでいたのではないかと考えているのです」と、アレン警部が答えた。

「そのように考えているんですか?」

「ええ」

「わたしは見ませんでしたよ」

「まさしく、じっと隠れていたのでしょう。どこか特定の場所について言及しているわけではありません。いずれにしても、ボトム橋と柳の木立を見渡せるどこかだと考えています。そして、あなたが絵を描いていた空洞も見える場所です」と、アレン警部。

「そのような場所を見つけたんですね?」

「目星はついています。あなたは画架とスケッチ用のスツールを使いましたね?」

「ええ、使いました。わたしの体重で、スケッチ用のスツールの跡が残っているはずです」夫人は狩猟用ステッキの上で体を前後に動かしながら答えた。

「この人物は、あなたが空洞から出てくるまで身を潜めていたのではないかと考えています。あなたは空洞のなかにずっといましたか？」

「いいえ。空洞から出て、何度も遠くから、自分の描いたスケッチを見ました。結局は、つまらない絵だとわかりましたけど」

「あなたがご自分のスケッチを見た場所は、どこですか？」

「空洞とボトム橋のあいだにある高台です。あなたは入念に調べなかったようですね。入念に調べていれば、見つけられたはずです」

「そうなんですか？　なぜ、そう言えるのですか？」と、アレン警部が尋ねた。

「なぜなら、警部。わたしはこの狩猟用ステッキを使って歩きました。そして、ステッキを地面に突き刺して、そのままにしておきましたから」

「あなたが帰宅するときは、ステッキを突き刺したまま、その場に置いてきたと言うのですか？」

「そうです。使用人がわたしの絵の道具を回収するときの目印になるようにと思って、突き刺した狩猟用ステッキのそばに、絵の道具一式をまとめて置いておきました」

「レディー・ラックランダー、あなたがその場を離れたときのことを、もう一度整理したいので、あなたの狩猟用ステッキと絵の道具一式を、一時間ほどお借りしてもかまわないでしょうか？

細心の注意を払って扱いますので」

「あなたが何をしようとしているのかはわかりませんが、聞かないほうがよさそうね。どうぞお使いください」

　夫人が立ち上がった拍子に狩猟用ステッキが地面にさらにめり込み、ステッキは突き刺さったままだった。

　アレン警部はそれこそ細心の注意を払って、狩猟用ステッキを自分で引き抜きたかった。だが、それはかなわなかった。レディー・ラッククランダーが振り返ると、力ずくで狩猟用ステッキを引き抜いてしまった。

「さあ、どうぞ」夫人はステッキを無造作にアレン警部に渡した。「絵の道具一式は家にあります。戻って、持ってきましょうか？」

　アレン警部は夫人にお礼を言ってから、絵の道具一式は自分たちで取りにいくと言った。警部が狩猟用ステッキを手に取ると、三人はナンスパードン邸へと向かった。

　ジョージ・ラッククランダーが玄関広間に出てきて、警部たちを迎えた。彼の接し方が一夜にして変化していた。いまや、彼は教会の礼拝に参列するような厳粛な雰囲気で話し、治安判事としての自分の活動についても言及した。そうでないときは、不機嫌そうに口を閉ざしたけれど。

「ねえ、ジョージ」ジョージ・ラッククランダーが警部たちと別れると、母親のレディー・ラッククランダーが薄ら笑いを浮かべて声をかけた。「あの人たちがわたしを釈放するとは思えないけれど、あなたがわたしを訪れることは許されると思うわ」

「本当！」

「取ってつけたような理由をつけて、アレン警部はわたしの絵の道具一式を見せるように要求してきたわ。でも、わたしが権利の告知と理解していることを、彼はまだ述べていません」

「本当！」と、ジョージが繰り返した。

「警部がやって来たわ」レディー・ラックランダーは、アレン警部を玄関広間から傘やオーバーシューズ（防水や保温のため靴の上に履くビニールやゴム製の靴）やブーツやラケットやゴルフクラブなどが所狭しと置いてあるクロークへ案内した。

「すぐに持ち出せるように、たいていのものはここに置いてあります。水彩画を描く人間として、わたしはどんな場所よりも草原にいるほうがいいんだけど。あなたの奥さまもそう言うでしょう」

「私の妻は審美眼のあるほうじゃありませんので」と、アレン警部が答えた。

「奥さまは素晴らしい絵描きですよ。さあ、どうぞ。お好きなように探してください」

アレン警部は、画架に載っていたカンバスとパラソルを持ち上げた。「パラソルを使いましたか？」

「使用人が持っていったのです。太陽が沈み始めると、パラソルはいらなくなります。ですから、帰路に就いたときは、閉じて置いてきたのです」

「アレン警部。傷は、正確には何だったのですか？」と、レディー・ラックランダーが尋ねた。

「あなたのお孫さんが話しませんでしたか？」

「話していたら、お聞きしません」

「傷は頭部です」

「ちょっと待ってください。まだ聞く準備ができていません。ケトル看護師があとでわたしに話すでしょう」

「もちろん、話すでしょう。私から聞くよりもいいかもしれません」と、アレン警部が同意した。

「この仕事のために、あなたは外交官を辞めたのですか？」

「もうずいぶん昔の話です」と、アレン警部が言った。「ですが、事実が好きであるというのは、少し似ているように思います……」

「どちらも、真実と混同してはいけないということでも同じね」

「事実というのは、真実の材料だと考えています。すなわち、真実の情報です。これ以上あなたをお引止めしないほうがいいでしょう。ご協力に感謝します」そう言うと、アレン警部は脇へよけて夫人を通した。

警部たちが雑木林へ戻るとき、レディー・ラックランダーが玄関先の階段に立っているのを、アレン警部とフォックス警部補が気づいた。アレン警部は狩猟用ステッキを手にし、フォックス警部補は絵の道具一式を携（たずさ）えていた。

「後ろからじっと見られているというのは、気持ちのいいものではないな」と、アレン警部が言った。

雑木林のなかへ入って外から見えなくなったところで、警部と警部補は持ってきたものを調べ始めた。

アレン警部は狩猟用ステッキを土手の上に置いて、そばにしゃがんだ。

「円盤が継ぎ手にねじ込まれている」と、アレン警部が言った。「円盤全体、および、円盤の環の下まで柔らかい土がついていることから、明らかに数週間は外されていない！　もしこれを凶器として使ったなら、チェーン川で洗って拭き取ってから、柔らかい地面に突き刺したのかもしれない。だが、これは分解されていない。円盤の環の部分から、血痕を採取できるかもしれない。警察医のドクター・カーティスにすぐに見せるんだ。さあ、今度は絵の道具一式を見てみよう」

「絵の道具一式のなかで凶器になりそうなのは、どれでしょうね？」

「何とも言えないな。画架には釘を打ちつけた脚が付いているし、大きな傘も釘で打ちつけた棒を継ぎ足している。多くの釘が手近にあるんだ。しかし今回のような場合、狩猟用ステッキのほうが状況に当てはまるだろう。さて、今度は絵の道具一式の中身を見てみよう」

アレン警部がくるんである紐をほどいて、なかを覗き込んだ。

「大きな水彩絵の具の箱。絵筆の箱。鉛筆。水差し。スポンジ。スケッチ用のぼろ切れ。スケッチ用のぼろ切れ」警部は繰り返すと、かがんで匂いを嗅いでから、染みのついたぼろ切れをじっくりと見た。水彩絵の具の染みに混じって、茶色っぽい赤い汚れが見えた。ぼろ切れは何かに巻きつけられていたかのようにしわくちゃだった。

アレン警部がフォックス警部補を見上げた。「匂いを嗅いでみろ、フォックス警部補」

フォックス警部補は警部のそばにしゃがんで、匂いを嗅いだ。

「魚の臭いですね」と、警部補が言った。

戻る前に、アレン警部とフォックス警部補は二番ホールのティーグラウンドを訪れた。そして、ナンスパードン邸側から渓谷を見下ろした。二人はボトム橋の突き当りと、橋より上流のチェーン川の景色を見渡した。渓谷の反対側からは、柳の木立、チェーン川の下流、そして、ナンスパードン邸は木々に遮られて見えない。しかし、木々のあいだからは、レディー・ラッククランダーがスケッチを描いていた空洞が見えた。

「見てみろ」と、アレン警部が口を開いた。「ここからミセス・カータレットとジョージ・ラッククランダーはミスター・ダンベリーフィンがボトム橋の下で密漁をしているのを見た。そして、レディー・ラッククランダーが空洞から見上げたときに、ミセス・カータレットとジョージを見たんだ」

アレン警部は、ゴルフコースの木の茂みを振り返って見た。「そして、ミセス・カータレットにゴルフを教えていたというのは、二人がいちゃいちゃしていたことを隠すためのでっちあげだ」

「そのように考えますか、警部？」

「驚くようなことではないだろう」と、アレン警部が言った。「ところで、オリファント巡査部長がボトム橋にいたな？　彼にこれをすぐさまドクター・カーティスのところへ届けさせよう。病理学者はそろそろチャイニング村に着く頃だろう。彼は検視を午前十一時から始めることになっている。ドクター・マークが、ドクター・カーティスのために病院の遺体安置所を使わせてくれることになっているんだ。できるだけ早く、ぼろ切れと狩猟用ステッキについての報告書を手に入れたい」

「ドクター・マークは検視に立ち会うのですか？」

「やむを得ないだろう。さて、次はサイス中佐を調べよう」と、アレン警部が言った。

「ケトル看護師が話していた、腰痛持ちの人物ですね。彼は高台に住んでいます。何か見ているかもしれませんね」と、フォックス警部補が言った。

「サイス中佐のベッドが、どこにあるかによるだろうな」

「腰痛というのは厄介ですからね」と、フォックス警部補。

ドクター・カーティス宛ての説明書を添えて、ぼろ切れと狩猟用ステッキがオリファント巡査部長に手渡された。さらに、渓谷を探して、なくなったマスを見つけるよう巡査部長は指示された。そして、アレン警部とフォックス警部補は川沿いの小道を上って、高台へ向かった。

二人はハンマー農場の雑木林を抜けて、サイス中佐のほうの雑木林へ入った。掲示が釘で木に打ちつけられていた。真新しいものだった。〝アーチェリーの矢にご注意〟と書かれていた。

二人はサイス中佐の雑木林から出て、彼の庭へと進んだ。ビーンという鋭く響く音と、貫くような音が聞こえてきた。

「今の音は何ですか！　まるで弓矢の矢を放ったような音でしたが」と、フォックス警部補が言った。

「おそらく、そうだろう」と、アレン警部が答えた。

二人が立っているところからさほど離れていない木を、警部は顎で示した。木に埋め込まれた的に、矢が命中していた。矢はまだかすかに震えていた。

「それで、先ほどの掲示が打ちつけられていたわけだ」と、アレン警部が言った。

「だからといって！」フォックス警部補が不満そうに言った。

アレン警部は矢を引き抜くと、じっくりと眺めた。「どうやら、サイス中佐の腰痛は治ったようだな。さあ、行こう」

二人が雑木林から出たところで、五〇フィート（約一五メートル）ほど離れたところにいるサイス中佐を見た。手に弓を持って、赤い顔をしていた。

「これは失礼！」と、サイス中佐が大声で言った。「お怪我はありませんか？　ですが、注意書きがあったでしょう？」

「ええ、ありました。われわれが勝手にここまでやって来たんです」と、アレン警部が言った。

アレン警部とフォックス警部補が、サイス中佐に近づいた。アレン警部が自分自身とフォックス警部補を紹介したとき、サイス中佐は慣らされていない子馬のように尻込みした。

「昨晩の事件については、ご存じだと思いますが……」と、アレン警部が言った。

「事件だと？」

「カータレット大佐です」

「カータレット大佐がどうした？」

「殺されました」

「なんてこった！」

「それで、われわれはご近所を訪ねているのです」

「何時に殺されたんだ？」

「午後九時頃です」

「どのように殺されたんだ？」

「傷から判断して、頭部の傷が致命傷と思われます」

「誰が見つけたんだ？」

「ケトル看護師です」

「なぜ、彼女は私を呼びにこなかったんだろう？」と、サイス中佐が言った。

「彼女がそうすることを期待していたのですか？」

「いいや」

「では、なぜ」

「立ち話もなんでしょうから、なかへお入りください」と、サイス中佐が言った。

アレン警部とフォックス警部補は殺風景な応接室へ通された。いかにも間に合わせで作ったと思われるベッドやテーブルが、製図用具や水彩絵の具と共に整然と並んでいた。描き始めたばかりの大きな絵地図が、画板に留められている。スエブニングス村と、そこに住んでいる多くの人々が描かれていた。

「こいつは傑作だ」アレン警部が絵地図を見入りながら言った。

サイス中佐が慌てて絵地図とアレン警部のあいだに体を割り込ませて、警部の視線を遮った。

　このような事件が起こった場合、通常の仕事として、警察が被害者の近所を訪れることを、アレン警部はサイス中佐に説明した。

「いわゆる、聞き込み捜査です」と言って、アレン警部は締めくくった。

「容疑者は見つかりましたか？」

「いいえ。ですから、カータレット大佐の近くにいた人たちに、いろいろと聞いて回っているのです」

「私は近くにいませんでした」

「カータレット大佐が、どこで発見されたのか知っているのですか？」と、アレン警部が尋ねた。

「もちろん、知っている。先ほど、あなたは大佐が午後九時に殺されたと言いました。大佐を発見したというケトル看護師は、午後九時五分前にここを去りました。彼女が大佐を発見したのが午後九時なら、大佐は渓谷で発見されたに違いありません。彼女が渓谷のほうへ下っていくのを見ていましたから」

「どこからですか？」

「ここからです。この窓から。ケトル看護師は渓谷を下っていくと言っていました」

「そのとき、あなたは立っていたのですか？　腰痛で立ち上がれなかったのでは？」

　サイス中佐が気まずいような表情を浮かべた。「なんとか立ち上がったんです」

「そして、今朝はすっかり回復したのですか？」

「痛みが出たり消えたりです」

「それは変ですね」と、アレン警部が言った。警部の手には、相変わらず矢が握られていた。

「あなたは、このようなものをしばしば自分の雑木林へ向けて放っているのですか？　どれくらいの強さの弓を使っていますか？」

「六〇ポンドです」と、サイス中佐。

「本当ですか？　六〇ポンドの強さの弓で、どれくらい矢を飛ばせるのですか？」

「二四〇ヤード（約二四〇メートル）ほどです」

「なんとまあ、そんなに飛ばせるんですか？　ところで、あなたはカータレット大佐をよくご存じだと思います」

「まあ、隣人ですから」

「確かに。そして、大佐が極東にいたとき、あなたは彼とよく衝突していました。香港でしたね？」と、アレン警部が尋ねた。

「シンガポールです」

「そう、シンガポール。あなたにお尋ねしたいのは、まさにそのことです。犯罪の性質やはっきりとした動機が見当たらないことから考えて、大佐が極東にいた頃に遡（さかのぼ）るのではないかと思われます」

「そんなばかな……」

「どのようなことでもかまいませんから、極東にいた頃の大佐の生活についてお聞かせ願えませんか？　現地で、カータレット大佐と最後に会ったのはいつですか？」

「最後に会ったのは四年前だったと思います。当時、私はまだ現役でした。われわれの船は、シンガポールを本拠地にしていました。そして、入港中にカータレット大佐が訪ねてきたんです。私は六カ月後に退役しました」

「現地で、カータレット家の人たちに会いましたか？」

「カータレット家の人たちですって？」

「そうです、カータレット家の人たちです」

サイス中佐はアレン警部をにらみつけた。「そのときはまだ、カータレット大佐は結婚していませんでした」

「それで、こちらへ戻ってくるまで、あなたはカータレット大佐の二番目の奥さんに会っていなかった」

サイス中佐は両手をポケットに突っ込んだ。そして、窓のほうへ歩きだした。「私は現地で彼の二番目の奥さんに会っています」と、サイス中佐が呟いた。

「二人が結婚する前にですか？」

「そうです」

「あなたが二人を引き合わせたのですか？」と、アレン警部は陽気に尋ねた。そして、顔をそむけたサイス中佐の首の筋肉が赤くなりこわばるのを、見逃さなかった。

「たまたま、二人を紹介したんです」顔をそむけたまま、サイス中佐が答えた。

シンガポールでのサイス中佐とカータレット大佐の接触について、アレン警部はさらに聞き出そうとしたけれど、うまくいかなかった。サイス中佐は両手がときおり震えだし、肌が汗ばんできて、顔色もまだら模様になっていることに、アレン警部は気づいた。（アルコール依存症か？）

「私にいろいろと尋ねるのは賢明とは思えません」サイス中佐がぶっきらぼうに言った。「誰も私には何も話しません。私は嫌われ者ですから」

「われわれは物事の背景というか、遠因を探っています。そのことについて、あなたは何か提供できるかもしれません。スエブニングス村の人たちはお互いがとても密接にかかわっていると、昨晩、ケトル看護師が言っていました。サー・ハロルド・ラックランダーが若いルードビック・ダンベリーフィンを秘書にしたことといい、とても封建主義的に聞こえます。何か言いましたか？」

「いいや、何も。気にしないでください」

「あなた方の船が入港してすぐに、カータレット大佐はあなたを訪ねてきたのですね。そして、カータレット大佐を引き合わせた。ミス……すみません、カータレット大佐の二番目の奥さんの旧姓を知らないものですから」

サイス中佐は口をつぐんだままだった。

「あなたは言うことができるはずです。われわれは詳細を知る必要があります。いずれにしても、ミセス・カータレットに尋ねればわかることです」

アレン警部は優しくサイス中佐を見つめた。サイス中佐は苦しそうな目をして、警部を見つめ返した。そして、押し殺したような声で話し始めた。「ドゥ・ベール」

沈黙が訪れた。フォックス警部補が咳払いをした。

「わかりました。ありがとうございます」と、アレン警部が言った。

「二番目のカータレット夫人――キティー――は貴族の生まれだと思いますか、警部？」アレン警部とフォックス警部補がミスター・ダンベリーフィンの雑木林を抜けてジャコブ荘へ向かう途中で、フォックス警部補が尋ねた。

「そうとは思わないが」

「ですが、ドゥ・ベールですよ？（フランス革命以前、フランスでは法律で貴族の名前にde(ドゥ)を付けたとのこと）」

「ばかばかしい」

「おそらく、彼女は没落した貴族ですよ」と、フォックス警部補が言った。

「逆に、出世するんじゃないか？」

「なるほど。いまや、ジョージ・ラックランダーは准男爵ですからね。それに、キティにいたくご執心のようですから。そうすると、ジョージとキティにとって、このことはカータレット大佐を亡き者にしようとする充分な動機になり得るとお考えですか？」

「ジョージは、多くの彼のような男にありがちなばかげたことに陥っているような気がする。だが、いくらのぼせているからといって、殺人を犯すとは思えないが。まあ、何とも言えない。カータレット夫人には、スエブニングス村での生活がかなり退屈なのだろう。サイス中佐の振る舞いから、何かつかめたかね、フォックス警部補?」

「彼がミセス・カータレットを実際のところどう思っているのか、もう一つはっきりしません。二人は古くからの知り合いですよね? サイス中佐はキティが結婚する前の肖像画を描いたと、ケトル看護師が言っていました。それに、サイス中佐は結婚願望があまりないようです。そのことに触れると、彼はたいそう機嫌が悪くなります。私の勘では、サイス中佐とキティのあいだには何かあるような気がします」

「そうであれば、そのことを突きとめなくてはならない」と、アレン警部が言った。

「痴情ざたの殺人でしょうか?」

「何とも言えない。ロンドン警視庁へ電話して、海軍要覧でサイス中佐を調べてもらってくれ。そして、彼がいつシンガポールへ赴任し、機密報告書を入手したのか突きとめるのだ」

「サイス中佐はキティがお気に入りのようでした。カータレット大佐にキティを紹介したとき、サイス中佐はキティと結婚の約束をしていたのかもしれません。サイス中佐は海軍を退役して、帰国します。そして、カータレット大佐の二番目の妻となっていたキティ・ドゥ・ベールと再会します。それで酒に溺れ、強迫観念を抱くようになったのかもしれません」と、フォックス警部補が言った。

「サイス中佐の腰痛の具合はどうなんだ? 彼はケトル看護師にちょっかいを出しているように思えるが」

フォックス警部補は気分を害したようだ。「まことにけしからんことです」

「ここがミスター・ダンベリーフィンの雑木林だ」と、アレン警部が言った。

ネコのトマシーナ・ツイチェットが歩いていた。ネコは二人を見ると、しっぽを持ち上げてから座った。

「おはよう、ネコちゃん」と、アレン警部が言った。

警部はしゃがんで、手を差し出した。けれど、ネコは前足を差し出さなかった。代わりに、ゴロゴロと喉を鳴らした。

「おまえがゴロゴロと喉を鳴らしたり、ニャーと鳴いたりする代わりに、われわれが求めている情報を教えてくれたらな。昨晩、おまえはボトム牧草地にいた。そうであれば、そのとき何が起こったのか、すべて見ていただろうし、すべて聞いていただろうから」

ネコは半分目を閉じて、伸ばした前足の匂いを嗅ぐと舐め始めた。

「ネコに聞いてもしかたありませんよ」フォックス警部補が皮肉を込めて言った。

アレン警部は自分の手の匂いを嗅ぐと、ネコの顔に自分の顔を近づけた。ネコは鼻を警部の顔に軽く押し当てた。

「なんてネコだ！」と、フォックス警部補が言った。

「このネコからは、もう魚の臭いがしない。代わりに、ミルクの匂いがする。昨晩、われわれがこのネコとどこで出合ったか覚えているか？」

「丘のこちら側を上り始めてすぐです」

「そうだ。ひょっとすると、この場所全体を見渡せるかもしれない。行ってみよう」

アレン警部とフォックス警部補は、ミスター・ダンベリーフィンの雑木林を抜けて上っていった。そして、ジャコブ荘の前の芝地に出た。

「感じのいい家だ」と、アレン警部が言った。

「ダンベリーフィンとサイス中佐は、うまくやっていたのでしょうか？」

「どうかな。あまりうまくはやっていなかったんじゃないかな。おっと、ダンベリーフィンがやって来るぞ」

「おやおや、これはまたお揃いで」と、フォックス警部補が言った。

ミスター・ダンベリーフィンが、たくさんのネコと一緒に家から出てきた。

「もういいから。さあ、みんなネズミでも捕まえてこい！」と、ミスター・ダンベリーフィンが言った。

ダンベリーフィンは持ってきた空の皿を下に置いた。胸のポケットから何かが落ちた。彼は慌ててそれを拾って、胸のポケットに戻した。ネコの何匹かはその場を離れ、残りのネコはダンベリーフィンをじっと見つめていた。ダンベリーフィンはアレン警部とフォックス警部補を見ていた。二人を見つめたまま、ダンベリーフィンは機械仕掛けのおもちゃのように両手をはたいた。

ダンベリーフィンの帽子の飾り房が彼の鼻をかすめたけれど、彼の青ざめた顔色のせいで、笑える雰囲気ではなかった。先ほど彼が隠した何かの取っ手が、胸のポケットから覗いている。ダンベリーフィンがアレン警部とフォックス警部補のほうへやって来た。お供のネコたちは散り散りになった。

「おはよう」ダンベリーフィンがくぐもった声で言った。そして、おぼつかない手つきで飾り房を脇へどけると、薄汚れたハンカチを引っ張り出して突き出している取っ手を隠した。

「警察の方々がいったい何の用でしょう？　おまけに、雑木林から現れるとは！　捕まえにくいハマドリュアデス（ローマ神話。木の精）を追いかけるファウヌス（ローマ神話。ヤギの角と脚を持った、半人半獣の森や牧畜の神）のように。しかも、武器を持って！」ダンベリーフィンは、アレン警部が手にしているサイス中佐の矢をちらっと見て言った。

「おはようございます、ミスター・ダンベリーフィン。そこにいる、あなたのかわいらしいネコにまた会えて、嬉しく思っています」と、アレン警部が言った。

「それはそれは、恐れ入ります」ダンベリーフィンが舌の先で唇を湿らせて言った。

アレン警部はトマシーナ・ツイチェットのそばにかがんだ。母ネコは子ネコの一匹を優しく舐めていた。

「トマシーナ・ツイチェットの毛並みは、授乳期間中の母親として申し分ありませんね」母ネコを撫でながら、アレン警部が言った。「何か特別な餌を与えているのですか？」

「月曜日と金曜日に魚の餌を、火曜日と土曜日に肉の餌を、木曜日と日曜日に調理したパンを、そして、水曜日にはネズミを与えています。餌が偏らないように工夫しています」ダンベリーフィンが甲高い声で、自慢そうに言った。

「魚は週に二回だけですか。ときどき、あなたはトマシーナ・ツイチェットのために、チェーン川で魚を捕まえたりはしないでしょうね？」アレン警部が物思いにふけるように言った。

「魚が釣れたときは、ネコと分けます」と、ダンベリーフィンが言った。

「そうなんですか？」アレン警部はネコのほうを向いて問いかけた。「昨晩、おまえは新鮮な魚を分けてもらったのかい？」トマシーナ・ツイチェットは、ばかにしたように子ネコのほうを向いた。

「いいえ、違います！」と、ダンベリーフィンが答えた。

「例の〝伝説の大物〟以外の魚は捕まえなかったのですか？」と、アレン警部が尋ねた。

「いいえ！」

「少しお話したいのですが？」

ダンベリーフィンはしばらく黙っていたが、通用口を抜けて小道を通り、かなり大きな書斎へ警部と警部補を案内した。

アレン警部はほかの人たちの家を思い出していた。カータレット大佐の書斎は、心地よくて上品だった。サイス中佐の応接室は、清潔で整然としていた。荒涼とした感じさえした。ダンベリーフィンの書斎は雑然としているうえに汚れていて、おまけに手入れもされていなかった。ジョージ王朝時代の優雅さやビクトリア朝の尊大さ、そして、エドワード王朝時代の混沌(こんとん)が混在しているかのようだ。

アレン警部はダンベリーフィンの書棚のなかのある本に目を留めて、カータレット大佐との思いがけないつながりを見つけた。釣りに関する本のなかに、モーリス・カータレットが書いた『鱗に覆われた生き物』があったからだ。だが、それ以上に警部の興味を惹いたのは、正面がへビのように波打っている書き物机の乱れた様子だった。すべての引き出しが半開きになっていて、そのうちの一つは床に転がっていた。ぶちまけたかのように、机の上は雑多なもので覆われていた。近くの絨毯の上にも、同様にいろんなものが散らかっている。不意を突かれた押し込み強盗でさえ、これほどまではっきりとした痕跡は残さないだろう。

「さて、どうしましょう？　何かお飲み物でも？　シェリー酒などいかがですか？　ティオ・ペペ（スペインのゴンザレス・ビアス社製の辛口シェリー酒）などお勧めですが？」

「こんなに朝早くからはやめておきましょう。お気遣いありがとうございます。これは職務による訪問ですので」

「なるほど。協力は惜しみません。なんせ、この近辺に殺人犯がいるなどと考えると、不安で夜も眠れません。でも、本当に殺人犯がいるのでしょうか？　たちの悪い噂じゃないですか？　スエブニングス村の人間は、皆さんまともな人たちです。チェーン川の水面に、さざ波は立ちませんん！」

ダンベリーフィンは急に歯が痛みだしたかのように、顔をしかめた。

「さざ波は一つも立ちませんか？　〝伝説の大物〟をめぐる争いは、どうなのですか？」と、アレン警部が尋ねた。

「ありません」と、ダンベリーフィンは語気を強めて言った。「確かに、カータレット大佐は釣り人としては、とてもいらいらさせられる人物です。しかし、釣りにささいな過ち(あやま)はつきものです。どんなに高貴なスポーツでも、嘆かわしい違法行為は避けられません」

「ボトム橋から、あなたの隣人の領地へ釣り糸を投げ入れるようにですか?」と、アレン警部が尋ねた。

「そのことについては、判事席の前で、しかるべき理由を述べるでしょう。そして、そのことは容認されるでしょう」

「あなたとカータレット大佐は、何かほかのことについて話をしませんでしたか?」と、アレン警部が尋ねた。

　ダンベリーフィンはアレン警部をにらみつけると、口を開きかけて再び閉じてしまった。おそらく、レディー・ラックランダーのことを考えたのだろう、とアレン警部は思った。(ダンベリーフィンとカータレット大佐が言い争っていたと、レディー・ラックランダーは言っていた。だが、何について言い争っていたのかについては話すのを拒んだ。もしダンベリーフィンがモーリス・カータレットの殺人容疑で裁判にかけられたり、あるいは、単に証人として招かれたりした場合、何について言い争っていたのかを拒んだレディー・ラックランダーの証言では不充分だ)アレン警部は危険を冒してみることにした。

「われわれは、あなたとカータレット大佐が言い争っていた事実をつかんでいます」と、アレン警部が言った。

　長い沈黙が訪れた。

「何かおっしゃることはありませんか、ミスター・ダンベリーフィン?」

「待っているんです」と、ダンベリーフィンが言った。

「何を待っているんですか？」

「〝権利の告知〟というのがあるでしょう」と、ダンベリーフィンが言った。

「逮捕の際、警察は〝権利の告知〟を読み上げる義務があります」と、アレン警部。

「だが、あなたはまだその決定には達していないのでしょう？」

「まだです」

「当然、あなたはレディー・ラッククランダーから情報を仕入れたでしょう」突然、ダンベリーフィンの顔が紅潮した。そして、アレン警部を通り越して、警部の後ろにあるものを見据えると、
視線は釘づけになった。

「夫人の言葉は彼女の体重の計算と同じように、ある面において正しくありません。夫人は、私とカータレット大佐の言い争いの内容については話さなかったのでしょう？」

「話しませんでした」

「では、私も話しません。少なくとも、今はまだ。話す義務がないのであれば、話しません」

ダンベリーフィンの凝視している視線は、揺るがなかった。

「いいでしょう」そう言って、アレン警部はダンベリーフィンから目をそらした。

アレン警部は机に背中を預けて立っていたが、たまっている埃の先に、変色した銀の額縁に収められた二枚の写真を見つけた。一枚は女性の肖像写真。そして、もう一枚は女性にとてもよく似ている若い男で、余白に〝ルードビック〟と書いてあった。ダンベリーフィンが先ほどから
じっと見つめていたのは、その写真だった。

第八章　ジャコブ荘

　アレン警部は好機をいかすことになるのかならないのかわからないものの、徹底的にやることに決めた。そして、あまり気がすすまなかったけれど、そのことを実行にうつした。警部は警察勤務に就いて二十年以上になる。さまざまな困難を経験して、警部の精神は鍛えられていった。だが、角氷の表面は溶けても内部は凍ったままであるように、彼の本質的なものは変わっていなかった。今回のように、気が進まない捜査を行わなければならないとき、警部はある決まりを自らに課していた。それはある種の節制だ。

　アレン警部は写真を見ながら、口を開いた。「これはあなたの息子さんですね？」

「息子のルードビックです」そう答えたダンベリーフィンの声は、どこか上ずっていた。

「息子さんにお会いしたことはありませんが、一九三七年に、私はロンドン警視庁の公安課にいましたので、息子さんの痛ましい事件は存じています」

「よくできた息子でした。私が息子をだめにしてしまったのかもしれません。おそらく、そうでしょう」とダンベリーフィンが言った。

「そのことについては、なんとも言えません」

「ええ、なんとも言えません」

「息子さんのことについて話すのをお許し願いたい。殺人事件の場合は、あいにく制限がありませんので。息子さんのルードビックの名前を口にして、そして、カータレット大佐に預けていた〝記憶〟を公表するかどうかについて懸念を残して、サー・ハロルド・ラックランダーが息を引き取ったことを、われわれ警察は確認しています。あなたの息子さんはハロルド卿の秘書官でした。そして、ハロルド卿の信頼のおける経歴を書くとするなら、息子さんの悲劇について触れないわけにはいかないでしょう」

「それくらいでけっこうです」ダンベリーフィンが手を振りながら言った。「あなたが考えていることはよくわかります」ダンベリーフィンはフォックス警部補を見た。警部補はノートを手にしていた。「こそこそメモをとる必要はありません。どうぞ、ご自由に。アレン警部、ハロルド卿の〝記憶〟を公表することで、私の息子の破滅を公(おおやけ)にされることを嫌って、私がカータレット大佐と言い争いをしたと、あなたは考えているようですね。これほどばかげた話はありません」

「レディー・ラックランダーが立ち聞きした話し合い――立ち聞きしたことがばれることを、夫人は気にしていないようですが――については、慎重に扱うべき要因を含んでいます」と、アレン警部が言った。

ダンベリーフィンは突然、ずんぐりした手を打ち鳴らした。「夫人があなたに話すことを気にしないなら、私も気にしないでしょう」

「ですが、あなたの真意と夫人の真意が同じとは限らないでしょう」

「あなたはよけいなことに首を突っ込まないほうがいいですよ、アレン警部。タマネギの皮を剝(む)

けば、涙が出ます。心の機微に触れて真意を探るようなことは、警部の仕事ではないでしょう」と、ダンベリーフィンが言った。

ダンベリーフィンが口元に少し勝ち誇ったような笑みを浮かべたので、彼の右のまぶたがかすかに痙攣（けいれん）しているのに気がつかなければ、アレン警部はダンベリーフィンが落ち着きを取り戻したと考えたかもしれない。

「あなたが昨日チェーン川で使用した釣り具を、すべて見せてもらえないでしょうか？」と、アレン警部が言った。

「かまいませんよ。ですが、本件において、あなたは私を疑っているのかどうかお聞かせ願いたいですね」

「今の段階で、捜査上の秘密を漏らすわけにはいきません。あなたの釣り具を拝見させてもらいますよ」

ダンベリーフィンがアレン警部をにらんだ。「ここにはありません。取ってきましょう」

「フォックス警部補がお手伝いしましょう」

ダンベリーフィンはこの申し出を快く思わなかったようだが、すぐに考え直した。ダンベリーフィンはフォックス警部補と一緒に出ていった。アレン警部は、本が並んでいるほうの壁に向かった。そして、モーリス・カータレットが書いた『鱗に覆われた生き物』を手に取った。本扉（書名・著者名などを印刷した最初のページ）に、一九三〇年一月。ビッキー、一八歳の誕生日に。幸多かれ。そして、大物が釣れるように、と書かれていた。そして、著者の署名が記されている。カータレット大佐は、実の父親よりもこの若者と親身に接していたようだ。

アレン警部はページをぱらぱらとめくった。本は一九二九年に出版された。淡水魚の生態や珍しい行動について書かれたエッセーのような読み物だった。そして、民俗の珍しい融合や博物学についても触れられている。見たところ、かなり科学的事実を踏まえているようだ。余白には、なかなか魅力的なスケッチが描かれていた。アレン警部は本扉に戻って、スケッチはジェフリー・サイス――サイス中佐――が描いたものだとわかった。スエブニングス村の人々がいかに密接にかかわりあっているかを示す新たな事例だと、警部は思った。そして、二十六年前、連隊にいたカータレット大佐と、海軍にいたサイス中佐は、『鱗に覆われた生き物』について、そして、二人の本をどのような本にしようかと、お互いに手紙のやりとりをしていたのではないかと、アレン警部は考えた。警部の目は、〝同じものは二つとない〟という見出しに止まった。そして、警部にとっては熟知しているものを食い入るように見つめた。それは根本的な相違点を示している、拡大された二つの指紋の略図だった。どうやら、犯罪捜査の手引書からの引用のようだ。しかし、さらによく見てみると、略図の下に、何か書かれていることに気がついた。〝マイクロ写真、図一：ブラウントラウトの鱗。年齢：六年。重量：二と二分の一ポンド（一ポンドは約四五四グラム）。チェーン川。注記：四年間の成長はかんばしくなかったが、続く二年間で素晴らしい成長を遂げた。図二：マスの鱗。年齢：四年。重量：一と二分の一ポンド。チェーン川。注記：鱗の年輪に差がある。産卵の形跡あり〟興味を覚えた警部は本文を読み始めた。

カータレット大佐は次のように書いていた。『同じ指紋が二つとないように、同じ鱗を持ったマスはいないということは、あまり知られていない。群れから離れたマスが、〝裁きの鱗〟とでも呼べそうな有罪を示す証拠を残すことになるかもしれないと考えると興味深い』

余白に、パイプを咥えて鳥打ち帽子をかぶったゴキブリが、いかつい外見のマスの鱗を虫眼鏡で調べている滑稽な絵を、サイス中佐が描いていた。

アレン警部は時間をかけて、そのページを読み直した。警部は口絵に戻った——カータレット大佐自身のスケッチだ。素朴な田舎者であっても、大佐の顔には、兵士と外交官の両方を見てとることができる。（大佐が私に重要な情報を与えてくれたと知ったら、大佐は面白がるだろうか）

アレン警部は本を元に戻すと、大量のパンフレットやカタログ、開封してある手紙としていない手紙、新聞、そして雑誌を抱えて机に戻った。ざっと目を通してから手紙の山を掻き回しているうちに、警部はオクタウィウス・ダンベリーフィン宛ての手紙を見つけて開封した。間違いなくカータレット大佐の筆跡だ。

タイプ打ちされた、十二ページにもおよぶ手紙だった。七ページ目まで読んだところで、フォックス警部補の声が階段のほうから聞こえた。アレン警部は手紙から目を離して、肖像画の前に進み出た。

ダンベリーフィンとフォックス警部補が、釣り具を持って現れた。

「このとても魅力的な肖像画を楽しんでいたところです」と、アレン警部が言った。

「妻の肖像画です」

「ドクター・マーク・ラックランダーに似ているような気がするんですが……」

「確かに」と、ダンベリーフィンが答えた。「遠い親戚なんです。これが私の釣り具です」

ダンベリーフィンはカタログ等で紹介される新しい釣り具や疑似餌に目がない、根っからの釣り人だった。彼のびくや、かぎざおや、網や、毛針の箱や、そして釣りざおは、いずれも高価なものだった。

「〝伝説の大物〟を釣ったときは、どの毛針を使いましたか？　おそらく、激しい格闘になったことでしょうね？」アレン警部がダンベリーフィンに尋ねた。

「仮に橋にいるとして、ご説明しましょう」と、ダンベリーフィンが言った。

「かまいませんよ」と、アレン警部は請け合った。「われわれも、あなたの話についていけるでしょう。どうぞ、話してください」

ダンベリーフィンはすぐに話し始めた。恐怖や苦悩や怒りといった感情は、すべて釣り人としての情熱の前では忘れ去られてしまったようだ。ダンベリーフィンは〝伝説の大物〟との格闘を、目の前で繰り広げられているかのように鮮やかに語った。〝伝説の大物〟にあやうく逃げられそうになったが、ダンベリーフィンは機転をきかせてしとめ、ようやく釣り上げたとのことだ。

アレン警部は釣りざおを手に取った。「この釣りざおは何というのですか？」

「理由はわかりませんが、司祭と呼ばれています」と、ダンベリーフィンが答えた。

「おそらく、告別の働きがあるのでしょう」アレン警部は釣りざおを机の上に置き、そのそばにサイス中佐の矢を置いた。ダンベリーフィンは目を見開いて矢を見たけれど、何も言わなかった。

「サイス中佐の矢の話に戻ります。それを雑木林のなかで見つけました。木の幹に突き刺さっていました」

にわかにダンベリーフィンの顔が紅潮した。そして、トマシーナ・ツイチェットの母ネコがサイス中佐に殺されたことを思い出して、サイス中佐や彼のアーチェリーのことを罵倒し始めた。サイス中佐は化け物で、血に飢えたアルコール中毒の、残忍な人間だと罵った。トマシーナ・ツイチェットの母ネコが殺されたことに対するサイス中佐の言い訳は、滑稽だった。強迫観念によるものだというのだ。サイス中佐は正体がなくなるほど酒を飲んでは、気が狂ったように矢を放つ。昨晩も、ダンベリーフィンとカータレット大佐とのあいだに不和が生じたあと、ダンベリーフィンがチェーン川から戻ってきたとき、アーチェリー用の芝地でサイス中佐が弓をはじく音が聞こえ、まさしくダンベリーフィンのすぐそばの木の幹に矢が突き刺さったのだった。午後八時十五分だった。そのとき腕時計を見たので、ダンベリーフィンは時刻を正確に覚えていた。

「あなたは誤解されているようです」と、アレン警部が穏やかに言った。「ケトル看護師によれば、昨晩サイス中佐は腰痛に見舞われて、満足に歩くこともできなかったとのことです」

「ばかな！」と、ダンベリーフィンが声を荒らげた。「彼女はサイス中佐とぐるか、愛人かなんかでしょう。いや、騙されやすいのかもしれない。誓って、昨晩サイス中佐は動けました。間違いありません。チェーン川へついてきたトマシーナ・ツイチェットが、母ネコと同じ運命を辿らないかと、私は身震いしましたから。チェーン川から戻るときは、トマシーナは私についてきませんでした。夜気のなかにいるのが好きなので、心配になったんです。実際、深夜にハンマー農場へ出向いたのは、昨晩私と一緒に戻らなかったトマシーナを探しにいったからです」ダンベリーフィンは話し終えると、どうせ信じてもらえないと示すかのように目をそらした。

「なるほど」とアレン警部は答えたものの、ダンベリーフィンの話を信じているようには見えなかった。「うち続く不幸というわけですね。少しのあいだ、あなたの釣り具をわれわれに預けてもらえないでしょうか？　型どおりの捜査ですので」

ダンベリーフィンは返答に窮した。「ずいぶんと異例ですね！　ですが、拒否はできないのでしょう？」

「それほど長くお預かりすることはないでしょう」と、アレン警部が請け合った。

フォックス警部補は釣り具をまとめて、大きな肩にかついだ。「ああ、それに」アレン警部が申し訳なさそうに言った。「あなたが釣りをするときの服と靴もご提供ください」

「服に靴だって！　なぜそんなものが必要なんですか？　それはお断りします」

「ほかの四人の方々にも同様の要求をしたからと言えば、納得していただけるでしょうか？」

ダンベリーフィンは少し落ち着いたようだ。「血痕ですか？」

「必ずしもそうではありません」と、アレン警部が冷ややかに言った。「あれやこれやありますので。服と靴も、お預かりしてよろしいですか？」

「かなり使い込んでいますよ」と、ダンベリーフィンがぶつぶつ言った。「もし拒んだりしたら、私が身につけるものすべてを持ち去るのでしょうね。率直に言って、釣りのときに着用する服も靴も、吹き溜まりの雪のようにきれいですよ」

アレン警部がそれらを手にしたとき、なるほど、と思った。服も靴も汚れていて、魚臭かった。使い古したニッカーボッカー（膝のすぐ下でまとめる、ゆったりした半ズボン）の右脚に、ねばねばした付着物がついているのを見て、アレン警部は満足した。靴も汚れていた。そして、靴下は穴があくほど擦り切れていた。それらの上に、ダンベリーフィンはツイードの帽子を乱暴に放り投げてきた。

「お好きにどうぞ。そして、受け取った順番に返してください」ダンベリーフィンは威厳を込めて言った。

アレン警部はそのことを請け合うと、衣服や靴を包んだ。フォックス警部補が受領書を書いた。

「あなたが夜中にぶらぶらと出かけた本当の理由を教えてくれれば、あなたにこれ以上のお手間はとらせません」と、アレン警部が言った。

ダンベリーフィンは〝伝説の大物〟を見つめたときと同じように、呆然とアレン警部を見つめた。

「なぜなら」と、アレン警部が続けた。「実際は、そうではなかったからです。明かりのついた窓が見えたからとか、〝伝説の大物〟を釣ったことを話すためにカータレット大佐を訪ねたというあなたの話を、レディー・ラックランダーが否定しているからです。さらに、昨晩、われわれは家へ戻るトマシーナ・ツイチェットと午前零時三十分頃に出合いました。トマシーナを探しにいったという話が事実なら、なぜ最初にそのことを言わなかったのですか？」アレン警部はしばらく待った。

「これ以上何も話すことはありません。黙秘します」

「昨晩、何が起こったのか、私が考えていることをお話ししてもかまいませんか？　ハンマー農場の観音開きの窓に立ったときにあなたがおっしゃったことは、事実に近いものでした。あのとき、あるいは夕方早くに、あなたは〝伝説の大物〟を探しに出かけました。カータレット大佐と言い争ったときに、ボトム橋の上に放り出した〝伝説の大物〟が惜しくなったのです。〝伝説の大物〟に触れたりしないと言って大佐が立ち去ったことを、あなたは知っています。ですから、〝伝説の大物〟はボトム橋の上に残っているはずだと、あなたは考えた。しかし、あなたがボトム橋に戻ったところ、〝伝説の大物〟はなくなっていた」

　ダンベリーフィンの顔が、みるみる赤く染まっていった。そして、アレン警部をにらみつけたが、何も言わなかった。

「沈黙が肯定を示していると解釈します。それで、あなたは一目散にハンマー農場へ引き返し、窓に明かりがついているのを見てとると、大佐が〝伝説の大物〟をくすねたと非難するためにおしかけようとしたのではありませんか？　カータレット大佐が亡くなったことを知っていれば、〝伝説の大物〟のことでカータレット大佐を訪ねたなどという作り話をでっちあげる必要もなかったでしょう。あなたとカータレット大佐の〝伝説の大物〟をめぐる口論についてのレディー・ラックランダーの話や、あなたが長いあいだ隣人を訪れていないという事実を考えれば、あなたの先ほどの話は事実と違うことは明らかです」

ダンベリーフィンが顔をそむけた。アレン警部はダンベリーフィンの周りを回って、再び面と向かった。

「あなたの行動について、私の考えを説明させてもらってかまいませんか？　午前一時五分頃にハンマー農場に着いたとき、あなたはすでにカータレット大佐が死んでいるのを知っていた」

ダンベリーフィンは沈黙を続けた。

「またもや、沈黙が肯定を示していると解釈させてもらいます。午前一時に、ハンマー農場へやって来る直前にボトム牧草地へ戻ったように、あなたは思わせようとした。ですが、あなたのコートはからからに乾いていた。ということは、ボトム橋へ〝伝説の大物〟を取りにいったけれど、目当てのものがなかったのは、雨が降るより前の夕方早くだったに違いありません。そして、カータレット大佐が釣りをしていることを、あなたは知っていました。もしあなたが何か行動を起こすなら、誰も見ていないときでしょう。すなわち、レディー・ラックランダーもミセス・カータレットもドクター・マークも帰ったあとです。レディー・ラックランダーは午後八時十分前にカータレット大佐との話し合いを終えて、家路に就きました。ミセス・カータレットは、午後八時五分頃にハンマー農場へ着きました。ドクター・マークは、午後八時十五分頃に帰宅しています。レディー・ラックランダーは〝伝説の大物〟をボトム橋の上で見たと言っていますが、ミセス・カータレットとドクター・マークの二人は見ていません。私の考えでは、午後八時十五分以降、そして、ケトル看護師がチェーン川の渓谷を訪れた午後八時四十五分のあいだに、あなたはチェーン川の渓谷を訪れました。そして、柳の木立でカータレット大佐の死体を見つけたんです。死体のそばには、〝伝説の大物〟が横たわっていました。そして、柳の木立のなかで、あなたは危うくケトル看護師と鉢合わせしそうになったのではありませんか？」

「ばかな。ケトル看護師がそんなことを……」ダンベリーフィンは反論しようとしたけれど、言葉をのみ込んだ。

「いいえ、違います」と、アレン警部が言った。「ケトル看護師が言ったのではありません。あなたは柳の木立のなかで身を潜めてケトル看護師を見張り、彼女がいなくなってからこっそり立ち去ったと、私は考えています。そのとき、あなたは帽子の上に載せていた眼鏡を落としてしまった。けれど、慌てていたあなたは、家に帰るまで、眼鏡がなくなっていることに気がつかなかったのでしょう。それで雨がやんでから、あなたはなくした眼鏡を見つけようと、先ほどの場所へ戻ってきた。そのとき、ハンマー農場に明かりが見えたので、あなたはそれ以上先へは進まなかった。カータレット大佐が発見されたかどうか、知るのが怖かったから。そのとき、オリファント巡査部長の懐中電灯の明かりを目にした」

　アレン警部は窓のほうを向くと、ダンベリーフィンの雑木林を見下ろし、それからチェーン川の上流のほうを見て、木々のあいだから、ボトム橋の端に近いところをちらっと見た。

「昨日の夕暮れと夜中に、あなたはこのように動き回ったのではありませんか？」アレン警部はコートの胸のポケットから眼鏡を取り出すと、ダンベリーフィンの前でぶらぶらさせた。「申し訳ないが、まだこれをお返しするわけにはいきません。今は代用として、ルーペを使っていらっしゃるようですが」アレン警部がダンベリーフィンの胸のポケットを指した。

ダンベリーフィンは黙ったままだった。

「あなたの行動について、以上がわれわれの見解です。あなたの挙動といくつかの事実に基づいています。間違いないのであれば、そのようにおっしゃっていただきたい」

「話さないことを選んだとしたら？」と、ダンベリーフィンが聞き取りにくい声で言った。

「もちろん、かまいませんよ。その場合、われわれ自身の結論を下すことになるでしょう」

「あなたは、まだ権利の告知を行っていませんね？」

「行っていません」

「私は気の小さい男です。ですが、この事件に関しては無実であると申しあげておきましょう」

「なるほど。それなら、あなたは怖いものなしだ」と、アレン警部が言った。

だが、言葉とは裏腹に、ダンベリーフィンはかなり動揺しているように見えた。そして、観念したかのように、甲高い声で話し始めた。

「さすがですね、警部。事実や推測を交えて、論理的に考えられています。いいでしょう！　すべてを認めます。おっしゃるとおりです。私はカータレット大佐と言い争いをしました。〝伝説の大物〟をボトム橋に放り出して帰宅しましたが、家のなかへは入りませんでした。心ここにあらずといった状態で、庭のほうへ向かったんです。そして、〝伝説の大物〟をボトム橋の上に放り出してきたことを悔やんで、引き返したのです。ですが、〝伝説の大物〟はすでになくなっていました。私はカータレット大佐を探しました。彼のイヌが吠えているのを聞いたからです。それで、大佐の死体を見つけました」ここで、ダンベリーフィンは目を固く閉じた。「たとえ大佐の帽子が顔を覆っていても、一目で大佐だとわかりました。そして、イヌが誰にとはなく、吠えていました！　私は大佐には近づきませんでしたが、私の〝伝説の大物〟が、大佐のそばに横たわっているのがわかりました。そのとき、ケトル看護師の足音に気がついたんです。看護師は柳の木立のなかを歩いていました。私は急いで身を隠しました。そして、ケトル看護師が立ち去るのをじっと待って、それから帰宅しました。そのとき、私は眼鏡をなくしたことに気がつきました。あとはあなたがおっしゃったとおりです、警部」

「それでは」と、アレン警部が言った。「今の内容で供述書に署名しますか？」

「しますとも。うんざりですが、仕方ありません」

「けっこう。それでは、〝伝説の大物〟を釣り上げたことへ話を進めましょう」

ダンベリーフィンが頷いた。

ダンベリーフィンが再び頷いた。

「あなたは、まだカータレット大佐との口論の中身について話したくないのですか？」

ダンベリーフィンは背中を窓のほうへ向けていた。そして、アレン警部は窓を見つめていた。そのとき、オリファント巡査部長が雑木林から出てきて、庭の端にやって来た。アレン警部が窓に近づいた。巡査部長は警部を見ると親指を立てて、再び雑木林のなかへ戻っていった。

フォックス警部補が服の包みを持ち上げた。

「後ほど、供述書を取りに伺（うかが）います。それとも、今晩、チャイニング村の警察署まで持ってきていただけますか？」と、アレン警部が言った。

「いいでしょう。お持ちしましょう」ダンベリーフィンが答えたとき、彼の喉仏がごくりと動いた。「やはり、私は〝伝説の大物〟を諦めきれないのです。諦められると思いますか？」

「以前、あなたは諦めましたよね。なぜもう一度諦めることができないのですか？」

「私はまったくの無実です」

「わかりました。これ以上お邪魔するつもりはありません。チャイニング村の警察署で、午後五時までお待ちしています。供述書を忘れないでください」

アレン警部とフォックス警部補は通用口から外へ出ると、雑木林へ向かって庭を進んだ。小道は木々のあいだを縫うように踏み段へ向かって下っていた。そして、踏み段は川沿いの小道へと続いている。踏み段のところで、オリファント巡査部長が警部と警部補を待っていた。オリファント巡査部長に預けられていたアレン警部の鞄が、踏み段の上に置いてあった。警部と警部補が近づいてくる音で巡査部長が振り返ると、巡査部長のそばに、一枚の新聞紙が敷かれていた。

新聞紙の上には、ぼろぼろになったマスが横たわっていた。「マスを見つけました」と、巡査部長が言った。


「ボトム橋の上流のこちら側で、マスを見つけました」と、オリファント巡査部長が説明した。「長い草のなかに横たわっていました。そこまで引きずられてきたようです。ネコのしわざでしょう。歯形でわかります」

「おそらく」と、アレン警部が言った。「トマシーナ・ツイチェットのしわざだろう」

「みごとなマスです。二ポンド（約九〇〇グラム）はあったでしょう。ですが、〝伝説の大物〟ではありません」と、オリファント巡査部長が言った。

アレン警部はマスを覗き込んだ。トマシーナ・ツイチェットのしわざであったとして、そして、これまたカータレット大佐が釣りあげたマスであったとして、ネコはさっさとマスをたいらげたようだ。マスは、ほとんど食べ尽くされていた。そして、小骨も噛み砕かれていた。マスの頭は食いちぎられ、尾もちぎれかかっている。だが、肋骨のあいだに肉片が、そして、脇腹と腹を覆っていた皮がわずかに残っていた。アレン警部はピンセットを使ってマスを平らにすると、ぎざぎざの傷跡を指した。傷は幅四分の一インチ（一インチは約三センチ）ほどで、弧を描いている。先の鋭く尖ったものが突き刺さったかのようだ。

「頼むぞ。これが捜査の役に立たないようなら、目も当てられない。ここを見てみろ、フォックス警部補。これは、われわれが見つけようとしていた傷跡じゃないかね？　そして、ここだ」

アレン警部は慎重にマスをひっくり返すと、マスの反対側の脇腹に、三角形の裂け目のついた皮の切れ端がくっついていた。

「これを見てみろ」と、アレン警部が言った。

オリファント巡査部長は嬉々とした表情で彼の鞄を開けると、エナメルの平皿と、ねじ式の蓋のついた小さなガラス瓶を取り出した。そして、ピンセットを使って、平皿の上に三角形の裂け目のついた皮を広げた。次に、巡査部長は〝伝説の大物〟の下から見つかった鋭い石に付着していた皮をガラス瓶から取り出すと、慎重に今回見つけた皮の切れ端のそばに広げた。そして、あたかもジグソーパズルのピースのように二つの皮の切れ端をくっつけた。二つはぴたりと一致した。

「それで、昨晩われわれがネコのトマシーナに出合ったとき、魚臭かったんだ」と、アレン警部が言った。そして、生気のないまなざしをしているオリファント巡査部長に向かって言った。「巡査部長、よくやった。素早い対応だった。さて、それでは私の考えを説明しよう」

アレン警部は微に入り細を穿つように説明した。そして、警部が読んだカータレット大佐の本の一節を引用して締めくくった。「いずれにしても、魚の専門家に尋ねよう。もしカータレット大佐が正しくて、彼が良心的な博学者だったとしたら、同じ鱗のマスは存在しないことになる。大佐を殺した人物は両方のマスを扱えた。衣類を集めて、戻るとしよう」

オリファント巡査部長は咳ばらいをすると、イバラの茂みの後ろにしゃがんだ。「もう一つ問題があります、警部。丘の麓のやぶのなかで、これを見つけました」と、オリファント巡査部長が言った。

巡査部長が立ち上がると、手に矢が握られていた。「血がついています」

「本当か?」そう言って、アレン警部は矢を受け取った。「よし、わかった。捜査は順調だ。もし私が考えているとおりだとしたら、事件の全体像が見えてくるだろう。なあ、フォックス警部補?」

「そう願いたいものです、警部」と、フォックス警部補が陽気に答えた。

「さて、オリファント巡査部長。ロンドン警視庁へ電話をかけられる駅まで、フォックス警部補を車で送ってやってくれ。君が見つけた矢は、ドクター・カーティスへ渡すんだ。夜になる前に、残りの証拠を入手できたらなあ。この事件も、いよいよ山場を迎えたようだ」

アレン警部は渓谷を見渡した。そして、オリファント巡査部長とフォックス警部補が収穫物一式と一緒に走り去るのを見ていた。それから、警部は丘を登って、ナンスパードン邸へと向かった。

大きな家の前のポーチは真昼の太陽の陰になっていて、そこにラックランダー家の三人と、キティ・カータレットと娘のローズがいた。時刻は十二時三十分。カクテルの載ったトレイが運ばれてきて、重苦しい雰囲気の人々の顔つきがいくぶん明るくなった。レディー・ラックランダーは不可解な表情を残して、うわべは平静を装っているように見える。ジョージ・ラックランダーは片手を上着のポケットに入れて、もう一方の手は椅子の背に載せ、半ズボンから出た脚を、片方はまっすぐに伸ばし、もう一方は曲げて立っていた。マーク・ラックランダーはローズ・カータレットを見て顔をしかめていた。ローズは青白いうえに、泣きはらした顔をしていた。そして、悲しみに加えて絶望的なまでに悩んでいる。ツイードのスーツを着て、ハイヒールを履き、刺繍を施した手袋をはめたキティ・カータレットは、ジョージと話していた。まるで悲劇がキティの活力を奪ってしまったかのように、彼女は疲れているようで、いくぶんむっつりしていた。彼女は甲高い声で話していたので、アレン警部は彼女の「そのとおりよ」という話し終わったときの言葉を耳にした。キティはアレン警部に気がつくと、いかにも迷惑そうな態度をとったので、一同の目が警部に集まった。

（このような気まずい視線にさらされて、あと何回この人たちに近づかなければならないのだろう）と、アレン警部は嘆いた。だが、ある意味では、警部はそのことを楽しみ始めていた。

アレン警部が現れたことで、レディー・ラックランダー以外の人たちは少なからず動揺したようだが、平静を装った。その場を去ろうとするかのように、キティは立ち上がりかけた。それからジョージをやるせなさそうに見ると、再び椅子に座った。

「作戦会議ですか？」と、アレン警部が言った。

しばらく間を置いてから、マークが意を決したように顔を上げて言った。「これはこれは、アレン警部」そして、マークはアレン警部のほうへ歩きだした。二人が互いに近づいているとき、警部はローズの顔を見た。用心した顔つきをしていて、心配そうだった。

「おはようございます。厄介者が朝早くからお邪魔して申し訳ありません。それほどお手間はとらせませんので」と、アレン警部が言った。

「それはよかった」と、マークが愛想よく言った。「誰とお話ししたいのですか？」

「よろしければ、このような形で、皆さん全員とです」

マークはアレン警部と歩調を合わせた。そして、一緒にみんなのほうへ向かった。

「まあ、アレン警部」アレン警部の姿を見つけると、すぐさまレディー・ラックランダーが声をあげた。「あなたが現れると、ろくなことがありません。今度は何ですか？　わたしたちの服まで剝ぎ取ろうというのかしら？」

「そうです、レディー・ラックランダー。多かれ少なかれ」

「どういう意味ですか？　多かれ少なかれとは？」

「よろしければ、昨晩の皆さんの衣服を提出願います」

「これは捜査の一環なの？」と、レディー・ラックランダー。

「もちろんです」

「服なんか調べてどうするのかしら？」キティが疲れたような声で呟いた。

居心地の悪い間があいたので、キティがそれを穴埋めしようとするかのように軽い冗談を言った。だが、せっかくの彼女の努力も、その場の雰囲気を和ませることはできなかった。ジョージでさえ困惑した表情を浮かべて、無理やり声をあげて笑った。レディー・ラックランダーは眉を吊り上げ、マークは顔をしかめた。

「モーリス・カータレットが殺されたときに、わたしたちが着ていた服ということですか？」と、レディー・ラックランダーが尋ねた。

「そうです」

「わかりました。ところで、ジョージ。昨日、わたしは何を着ていましたか？」

「残念ながら、覚えていません」

「わたしも忘れてしまったわ。マークは覚えている？」

マークがレディー・ラックランダーににっこりと微笑んだ。「緑色の上っ張りにトーピーをかぶって、祖父のブーツを履いていましたよ」

「そうだったわ。女中に言って、持ってこさせましょう。どうぞお持ちになってください、警部」

「ありがとうございます」アレン警部はそう言ってから、ジョージを見た。「あなたの服と靴もお願いできますか？」

「かまいませんよ。スパイクシューズに靴下、それにプラスフォーズ（男性用のゴルフズボン）です。かなり古いものですが……」と、ジョージが言った。

「でも、上等な代物よ」と、キティが言った。

ジョージが口ひげを触った。しかし、キティのほうは見なかった。ジョージは不機嫌そうだった。

「わたしはセーターの上にカーディガンをはおって、チェックの柄のスカートだったわ。ジョージとわたしは、ゴルフをしていたんですもの」と、キティが言った。

「そして、靴は？」と、アレン警部。

キティは自分の足を見た。彼女の足は小さかった。そして、トカゲの革のハイヒールを履いていた。「まさか、これを履いてゴルフをするわけないじゃない」

ジョージは明らかに居心地が悪そうだった。そして、キティの靴をちらっと見てから、母親のレディー・ラックランダーを見て、それから、遠くの雑木林を見た。

「服と手袋と靴下をお借りします、ミセス・カータレット。チャイニング村へ戻るときに、ハンマー農場でそれらを受け取ります」と、アレン警部が言った。

キティはそのことを承知した。彼女はアレン警部を真剣なまなざしで見つめていた。

「わたしは急いで家に戻って、それらのものを準備します」

「僕はワイシャツを着ていました。そして、ブローグ（穴飾りのついた靴）を履いて、手にはテニスシューズを持っていました」と、マークが言った。

「ラケットも持っていましたか？」

「ええ、持っていました」

「そして、ボトム橋を過ぎてからは、レディー・ラックランダーのスケッチ道具一式と狩猟用ステッキを持ってきたんですね？」

「そうです」

「ところで、あなたはナンスパードン邸からまっすぐにテニスコートへ向かいましたか？」と、アレン警部が尋ねた。

「村の患者の家を訪れました」

「庭師の子どもを診察したのよね？」と、キティが言った。「子どもの歯ぐきが腫れて膿が出ているって、親御さんが言っていました」

「ええ、歯肉膿瘍です、かわいそうに」と、マーク。

「あなたは医療用の鞄も持っていたのですか？」と、アレン警部が尋ねた。

「ええ、あまり大きくないやつを」

「それでも、けっこう重いでしょう？」

「ええ、まあ」

「それなのに、あなたはレディー・ラッククランダーのスケッチ道具一式を持ちかえってきたのですか？　スケッチ道具はきちんと一つにまとめられていましたか？」

マークは祖母を見て、苦笑いを浮かべた。「おおよそは」

「失礼な」と、レディー・ラッククランダーが言った。「わたしはきちんとした人間です。おおよそなんてことはありません。すべてのスケッチ道具を、きちんと一つにまとめておきました」

マークは口を開いて何かを言いかけたが、口を閉じた。

「たとえば、スケッチ用のぼろ切れです」アレン警部がそう言ったとき、マークは警部を鋭く見た。

「確かに、荷物をまとめているとき、ぼろ切れは見落としていました。ですが、きちんとたたんで、ショルダーバッグのストラップの下に押し込んでおきました。どうしてそんな目で見るの、マーク？」と、レディー・ラッククランダーが不機嫌そうに言った。

「でも、僕がスケッチの道具のところへ着いたとき、ぼろ切れは六ヤード（約六メートル）ほど離れたイバラの茂みのところにありましたよ。それを拾って、ショルダーバッグのなかへしまったんです」

アレン警部がこのことについて何か言うかと、一同は警部を見た。だが、警部は何も言わなかった。しばらく沈黙が続いてから、レディー・ラッククランダーが口を開いた。

「どちらにしても、大したことじゃないわよ。さて、持っていってもらうものを集めなくては。フィッシャーに、わたしが着ていたものを持ってこさせましょう」

「僕の分も頼んでくださいよ、母さん」と、ジョージが言った。それを聞いて、いまどきのイギリスに、このような命令をくだす家があることに、アレン警部は驚いた。

レディー・ラックランダーがローズのほうを向いた。「あなたは何を着ていたの？」

だがローズは再び目に涙を浮かべて、見るとはなしにぼんやりと見ていた。そして、ハンカチで目を押さえると、顔をしかめた。

「ローズ？」レディー・ラックランダーが再び静かに声をかけた。

ローズはわれに返ったように振り向くと、レディー・ラックランダーを見た。そして、「ごめんなさい」と言った。

「あなたが着ていた服を、警察の人たちが知りたがっているのよ」

「テニスウエアでしょう？」と、アレン警部が言った。

「ええ、もちろん。テニスウエアです」と、ローズ。

「今日は洗濯の日よ。あなたのテニスウエアが、洗濯籠のなかに入っているのを見たわ」と、キティが言った。

「ええっと、そうです。自分でテニスウエアを洗濯籠のなかへ入れました」

「ローズの家に行って、取ってきましょうか？」と、マークが尋ねた。

ローズはためらっていた。マークはローズをしばらく見つめてから、平静な声で言った。「僕が取ってきましょう」そして、家のなかへ入っていった。

ローズは立ち上がって、マークのあとを追おうとした。

「任せておきなさいよ」キティが、思いのほか思いやりのある声で言った。そして、今度は自分自身を守ろうとするかのように、シェリー酒をすすった。

「何か見つかることをお祈りしているわ、アレン警部」と、キティが言った。「でも、臭うわよ」

「どうしてですか?」と、アレン警部が尋ねた。

「おそらく、魚の臭いがプンプンするでしょうから」

アレン警部は無表情なキティの顔を見つめて、自分もこのような顔をしているのだろうと思った。そして、ほかの人たちを見た。レディー・ラッククランダーは平静を装っていたが、ジョージがなにやら動揺し始めた。そして、ローズは背を向けていた。

「ミセス・カータレット、あなたも釣りをされるのですか?」と、アレン警部が尋ねた。

「とんでもない! 釣りなんかやりませんよ。昨晩、わたしはネコから魚を取りあげようとしました」ほかの連中はキティを呆然と見つめた。

「キティ。あなた、発言には気をつけたほうがいいわよ」と、レディー・ラッククランダーが口を挟んだ。

「どういうこと?」と、キティが気色ばんで言った。「だって、本当のことよ。何が言いたいの? スカートで魚をつかんだと言ったら、何か問題かしら?」

「キティ……」と、レディー・ラッククランダーが話し始めた。だが、アレン警部が口を挟んだ。

「すみません、レディー・ラッククランダー。ですが、ミセス・カータレットのおっしゃるとおりです。事実を述べることに、何も問題はありません。どこでネコと魚を見たのですか、ミセス・カータレット？」

「ボトム橋の上です。みごとなマスでした。そして、ネコが、そのマスを捕まえたのではないと思いました。ネコは、ダンベリーフィンが飼っている一匹でした。わたしは、マスをネコから取りあげようとしました。しかし、ネコは、なかなか放そうとはしません。ようやくネコからマスを取りあげたとき、すでに半分ほど食べられていました。それで、マスをネコにくれてやったのです」と、キティが説明した。

「マスに、何か特徴のある印とか傷のようなものはありませんでしたか？」と、アレン警部が尋ねた。

「とくに何もなかったと思います。いずれにしても、半分ほど食べられていましたから」

「なるほど。ですが、残った半分のほうに、何かありませんでしたか？」

「なかったと思います。印のようなものですか？」キティが心配そうに言った。

「かまいません。おっしゃってください」

「それはみごとなマスでした。おそらく、夫のモーリスが捕まえたのを、ダンベリーフィンが横取りして、ネコに与えたんじゃないかしら。とにかく、彼はネコに何でも与えたがるから。そうでしょう、ジョージ？」

「そのとおり！」ジョージはキティを見ずに、ほとんど反射的に答えた。

「あり得ない話ではありませんね」どちらにしても大した問題ではないかのように、アレン警部が言った。

マークが家から戻ってきた。「服は箱詰めして、あなた方が乗ってきた車に積み込みます。そして、ハンマー農場へ電話して、洗濯しないように頼んでおきました」

「ありがとう」そう礼を言うと、アレン警部はレディー・ラックランダーのほうを向いた。「ご理解いただけると思いますが、このような事件の場合、日々の、ときには各週の、あるいは各月の、できるだけ完全な全体像をつかむ必要があります。そして実際、九十九パーセントの情報が役に立ちません。ですから、警察はなんて無駄なことをしているのだろうと思われがちです。ですが、一見なんの関係なさそうなことが、ときとして真実に辿り着いたりするのです」

レディー・ラックランダーが、突き刺すようにアレン警部を見据えた。「何が言いたいの、警部？　回りくどい言い方はしないで、どうしたいのか、はっきり言ってちょうだい」

「それでは、お言葉に甘えて。サー・ハロルド・ラックランダーの〝記憶〟について、話し合いましたか？」

一同が息をのむように静まり返ったのを見て、アレン警部は的を射た質問をしたことを悟った。突然の恐怖に襲われた人たちがしばしばそういった反応をするように、誰もが無表情を決め込んでいた。

レディー・ラックランダーが、真っ先にショックから立ち直った。

「確かに、そのことについて話し合いました。地獄耳ですね」

「カータレット大佐は〝記憶〟を公表するように委ねられていたのでしょう？」と、アレン警部が尋ねた。

しばらく沈黙が続いてから、マークとローズが答えた。「そうです」

「大佐にとって、そのことは誇らしいことだったと思うのですが……」と、アレン警部が言った。

ジョージは押し殺した声で何か言うと、アレン警部に飲み物を勧めた。

「ジョージ」レディー・ラックランダーがいらついた声で言った。「警部は勤務中ですよ」

ジョージはきまり悪そうに赤面して、なんとか気を取り直そうとキティを見た。

「とにかく、まずはお座りになったら、アレン警部。椅子が**あります**よ」と、レディー・ラックランダーが愛想よく言った。

「ありがとう」と言って、アレン警部は椅子に座った。「できればこれ以上お邪魔したくはないのですが、私があなた方に近づくたびに、なにかと結束を固められたのでは、私もいい顔ばかりはしておれません」

「ばかげています」と、レディー・ラックランダーが軽口をたたいた。だが、夫人の顔色が変わったのを、警部は見逃さなかった。そして、息子のジョージにも同じような変化が見られた。ローズ・カータレットがジョージを苦悩に満ちた表情で見た。そして、マークはローズの手を握りしめていた。

「そのようなことはばかげているというのであれば」と、アレン警部が陽気に言った。「気軽にいろいろなことを聞けるのですが。たとえば、自叙伝についてです。幸いこの場に、ミスター・ダンベリーフィンはいません。ですので、ハロルド卿がダンベリーフィンの息子さんの悲劇について充分に説明したのかどうかお聞きしたのですが。ハロルド卿は、この説明をしないわけにはいかなかったでしょう？」

アレン警部は無表情の顔を一人ひとり見て回った。

「わたしは夫の〝記憶〟を読んでいません。おそらく、モーリス・カータレット以外は、誰も読んでいないでしょう」と、レディー・ラックランダーが言った。

「それは〝記憶〟の全文を読んでいないという意味ですか、それとも一文字も読んでいないということですか？」

「夫とわたしは、ちょくちょくそのことについて話し合いました。そして、ときには、夫のまさしく〝記憶〟をよみがえらせたりもしました」

「ルードビック・ダンベリーフィンの出来事については話し合いましたか？」

「いいえ、一度も！」レディー・ラックランダーが強い調子で否定した。そのとき、ジョージが喉で奇妙な音を鳴らした。

アレン警部はキティとローズのほうを向いた。

「カータレット大佐は〝記憶〟について何かおっしゃっていませんでしたか？」

「わたしには何も」と、キティが答えた。

ほかの人たちのあいだに、ざわめきが起こった。

「しつこいようで申し訳ありませんが、はっきりさせておきたいのです。つまり、サー・ハロルド・ラックランダーもカータレット大佐も、〝記憶〟に関してルードビック・ダンベリーフィンの出来事を、あなた方の誰にも何も話していないというのですか？」

「あなたのおっしゃりたいことはわかります。そして、父の〝記憶〟がカータレット大佐の殺人と関係があると、あなたが考えていることも理解できます」と、ジョージが言った。

「ルードビック・ダンベリーフィンが自殺したのは、彼が一八歳のときでした。戦争が始まっていたので、多くの人たちがルードビックの悲劇を忘れつつありました。ですが、それを覚えていた人物の一人である彼の父親は、その話が蒸し返されることをひどく恐れたに違いありません」

アレン警部はそう言うと、身を乗り出した。すると、警部につられるように、ほかの人たちも身を乗り出した。ジョージ・ラックランダーは相変わらず顔を紅潮させていたけれど、ほかの人たちは青白い顔をしていた。だが、誰もが驚いた表情をしていた。そして、キティとジョージ、おそらくレディー・ラックランダーも、どこかほっとしたように、アレン警部は感じた。

アレン警部が話を続けた。「〝記憶〟がルードビックの悲劇について触れていないのであれば、この件は何も問題ありませんが」

警部の言葉が呼び水になったかのように、ジョージが口を開いた。「あなたはなんの権利があって、そのようなことを言うのですか……」ほとんど同時にマークとローズが口を挟んだ。

「触れていないと思います……」そのとき、レディー・ラックランダーが、マークとローズに鋭い視線を投げかけた。

「アレン警部、あなたはオクタウィウス・ダンベリーフィンと話をしましたか？」と、レディー・ラックランダーが尋ねた。

「もちろんです。わたしはジャコブ荘からまっすぐこちらへやって来ました」

「母さん、ちょっと待って」と、ジョージが口を挟んだ。「オクタウィウスは、何も話さなかったはずだよ。さもなければ、アレン警部がわれわれから何か聞き出そうとするはずがない」

レディー・ラックランダーがジョージのほうを向くと、驚いたように目をみはった。

「ジョージ、あなたは救いようのないおばかさんですね」

オクタウィウス・ダンベリーフィン、カータレット大佐、そして、サー・ハロルド・ラックランダーの〝記憶〟について、アレン警部は真実を知ったような気がした。

第九章　チャイニング村と高台

レディー・ラックランダーの言葉を聞いて、マークが口を開いた。「僕にもしゃべらせてもらえませんか、おばあさん。それに、父さんも。僕がしゃべろうと思っていたことは、ほとんど出尽くしてしまいましたけど」

「それなら、何を話そうというの？」と、レディー・ラックランダーが言った。

「ひとえに主義の問題です。ローズと僕は、そのことで意見が一致しています。あなたの意向を汲んで僕たちは黙っていましたが、アレン警部にすべてを話すのが最良だと、ローズも僕も考えているんです。ほかに道はありません」

「わたしの気持ちは変わりませんよ、マーク。そのことはちょっと待って」

「そうよ、マークの言うとおりよ」と、キティが語気を強めて言った。「彼も、そう言ってたわ。彼というのは、もちろんモーリスのことよ」だが、キティは突然唇を震わせると、ハンカチをいじくり回した。ローズも、なにやらそわそわし始めた。

ジョージが反抗的な目つきで母親をにらんで、言った。「まさに僕が言おうとした言葉だよ。待て」

「いずれにしても、待ちますよ」アレン警部が口を挟んだ。そして、立ち上がった。一同も、つられるように立ち上がった。

「まずはミスター・ダンベリーフィンと相談されてはいかがでしょう?」と、アレン警部がレディー・ラックランダーに話しかけた。「そして、この問題が危機的状況にあることを考慮すべきです」警部は夫人をまっすぐ見つめた。「重大な犯罪が起こるときは、長いあいだ埋もれていた秘密が明らかになるものです」

だが、レディー・ラックランダーは無言のままだった。それで、アレン警部が続けた。「おそらく、あなたの腹が決まれば、あなたは私に教えてくれるでしょう。われわれは、〈ボーイ・アンド・ドンキー〉に滞在しています。それでは、自分の仕事にかからせてもらいますので」

アレン警部はレディー・ラックランダーにおじぎをすると、立ち去ろうとした。そのとき、マークが口を開いた。「お車までお送りしましょう、警部。ローズ、来るんだ」

ローズはためらっていた。けれど、残りの三人の思いを振りきって、結局、マークについていった。

大きな家の正面には、高台が開けていた。家の両翼のうちの東側へ、マークとローズはアレン警部を案内した。フォックス警部補が警察車のなかで待っていた。もう少しおしゃれな感じのマークの車が隣に止まっている。召使いのウィリアムがスーツケースを持って、車から出てきた。

ウィリアムはスーツケースをフォックス警部補に渡すと、家のなかへ戻っていった。

「ところで、君はテニスのラケットを持ち、ジョージはゴルフバッグを担いでいましたね? それらをお借りしてもかまいませんか?」

「もちろん、かまいません。持ってきましょう」と、マークが言った。

マークが踏み段を駆け上がって、家のなかへ消えていった。アレン警部はローズのほうを向いた。ローズはさきほどマークが通り抜けていった玄関口を、まるで何かに怯えるように見つめていた。

「なんだか、とても怖いんです。なぜだかはわかりませんが……とにかく、怖いんです」

「何を恐れているんですか？」と、アレン警部が優しく尋ねた。

「自分でもわからないんです。こんなのは、初めてです。父が、突然いなくなってしまいました。何者かに殺されたんです。今はもう、誰も信じられません」

テニスのラケットとゴルフバッグを持って、マークが戻ってきた。

「防水カバーのなかに入っていませんでしたか？」と、アレン警部が尋ねた。

「なんですって？　ええ、そうでした」

「それもお借りしてよろしいですか？」

マークは再び家のなかへ入ったけれど、なかなか戻ってこなかった。先ほどよりも、長く時間がかかった。「どちらなのかよくわからないんです。おそらく、こちらだと思うのですが……」と、マークが言った。

アレン警部はテニスのラケット、そして、ゴルフバッグと一緒に防水カバーを警察車へ積み込んだ。

マークがローズの手を握りしめた。ローズが少し尻込みした。

「警部」と、マークが言った。「こんな状況にもかかわらず、僕たちは婚約しています」

「本当ですか？」と、アレン警部が言った。

「本当です。ですが、ローズが結婚を急いでいないことを理解しているつもりです。彼女は大変なショックを受けているのですから。それに……」

「やめて」と、ローズが言った。「マーク、お願いだから、やめて」

マークがローズを見つめた。話の腰を折られたような顔をしたが、気を取り直した。

「あなたとわれわれラックランダー家とカータレット家が協力し合えば、きっと物事は前に進むはずです。あれこれ言うつもりはありません。だけど、物事がどんなふうに進展するのか、とても気になります。オクタウィウス・ダンベリーフィンのことを言ってるんです。それというのも、彼がこの犯罪を犯すいかなる理由もないことを、僕たちは知ってしまったからです。僕が言おうとしていることをあなたがどのように推測するかは勝手ですけれど、警部」

「あなたもこのことに同意しますか、ミス・カータレット？」と、アレン警部が尋ねた。

ローズは、少し気持ちが離れてしまったかのように黙っていた。頬には、涙を流した跡が残っている。彼女は気を取り直すと、慎重に言葉を選んで話し始めた。

「アレン警部。父とオクタウィウス・ダンベリーフィンは、マスを巡って何年も言い争いを続けてきました。それゆえ、オクタウィウス・ダンベリーフィンには動機があるように思えるかもしれません。しかし、二人のけんかは、ある種の悪ふざけのようなものなのです。ですから二人がどれほど罵（ののし）り合ったり、胸に一物（いちもつ）を持っていたとしても、腹の底ではお互いを認め合っていただろうと思います。父はオクタウィウスに会いに出かけたのです」

「それは、あなたのお父さんが、ダンベリーフィンの家へ行ったということですか？　昨日の午後ですか？」

「そうです。父が出かけるまで、わたしは父と一緒にいました。父はダンベリーフィンの家へ行くと言っていました」

「何をしにいくとは言っていませんでしたか？」

「ええ、言ってました。何かオクタウィウスに見せたいものがあるとか……」

「それが何かわかりませんか？」

「わかりません」ローズはとても残念そうだった。「ですが、父は机の引き出しから封筒を取り出していました。そして、それをポケットにしまいました……でも、あの封筒は今、どこにあるのかしら？」

「封筒は、机の引き出しのなかにあったのですか？」と、アレン警部が尋ねた。

「左側の、一番下の引き出しだと思います。いつも鍵をかけていましたから」

「なるほど。ところで、オクタウィウス・ダンベリーフィンは、家にいなかったのでしょう？」

「いなかったのだと思います。家にいないことがわかったので、父はチェーン川へ向かったのでしょう。父の用事が何だったのかはわかりませんけど。ひょっとすると、何か重大なことを打ち明けるつもりだったのかもしれません」ローズは世間知らずのような顔つきをしていた。

「気にしないでください。われわれのほうで対応します」と、アレン警部が優しく言った。

「お優しいんですね」と、ローズが言った。マークが小声で悪態をついた。

アレン警部が警察車へ向かって歩き始めたとき、ローズが声をかけた。「誰か気がふれてしまったのに違いありません。狂人でなくては、あのようなことをできるはずがありません。発狂した何者かが、理由もなくやったのでしょう。そう思いませんか？」

「あなたはご自分が思っている以上にショックを受けて、混乱しています。昨晩は眠れましたか？」

「あまり眠れませんでした。ごめんなさい、マーク。あなたがくれた睡眠薬を飲まなかったの。父のために、起きていなければならないような気がしたんです。父がわたしを探しているような……」

アレン警部がマークに話しかけた。「どうでしょう？　あなたがミス・カータレットをハンマー農場へ車でお連れして、昨日の彼女自身のと、ミセス・カータレットの衣服を探してもらっては？　靴やストッキングなども含めてすべてを。取り扱いには細心の注意を払ってください」

「それほど大げさなことですか？」と、マークが尋ねた。

「無実かどうかの決め手になるかもしれません」

「わかりました。充分注意して扱いましょう」と、マークが言った。

「あなたについていって、それらを受け取りましょう」

「承知しました」そう言って、マークはローズに微笑んだ。「これが終わったら君をナンスパードン邸へ連れ戻して、特別なネムブタル（催眠薬）を処方しよう。キティは自分で車を運転して帰宅するだろう。おいで、ローズ」

ローズが嫌がるしぐさを見せた。「わたしはハンマー農場に残ったほうがいいと思うの、マーク」

「だめだよ」

「だって、キティをあのままにはしておけないもの」

「キティはわかってくれるよ。それに、彼女が帰宅する前に、僕たちはここへ戻ってこられるだろうから。さあ、おいで」

ローズは諦めたような表情を浮かべた。マークは彼女の手を取ると、連れ出した。

マークとローズがマークの車に乗り込んで走り去っていくのを、アレン警部は見ていた。そして、少し頭を振ってから、警察車のフォックス警部補の隣に座った。

「二人を追ってくれ、フォックス警部補。だが、ゆっくりとだ。行き先はわかっているのだから。ハンマー農場だ」

道中、アレン警部は、ナンスパードン邸での出来事をかいつまんでフォックス警部補に説明した。

「〝記憶〟のことで何かあったのは明らかだと思わないか？」と、アレン警部が締めくくった。

「サー・ハロルド・ラックランダーが大使を務めていた頃に起こった情報の漏洩を、彼は見過ごすことができなかったのだろう。ルードビック・ダンベリーフィンが背信行為を白状し、ハロルド卿がそのことを叱責した。結果、ルードビックが自殺した。ルードビックの名前を口にしながらハロルド卿は亡くなった。そして同時に、〝記憶〟について深い憂慮を示した。カータレット大佐は〝記憶〟の公表を託された。大佐は引き出しから封筒を取り出すと、決心したかのようにオクタウィウス・ダンベリーフィンに会いにいった。彼が家にいないとわかると、大佐は彼を追ってチェーン川へ向かった。そして、密漁のことで口論になった。レディー・ラックランダーは二人の口論を聞いたことは認めたが、話の内容については話さないつもりだ。それにしてもフォックス警部補、ラックランダー家の人間にしても、カータレット家の人間にしても、そして、オクタウィウス・ダンベリーフィンも、なぜこの件について、これほどまでに神経質なんだろう？　君がどう考えているかわからないが、私は一つだけ思い当たる節がある」

フォックス警部補はハンマー農場へ向かう私道へゆっくりと車を進めていきながら、警部の話に頷いた。

「警部がそうおっしゃるのなら、そのとおりなのでしょう。ですが、殺人の充分な動機になり得ますか？」

「殺人の充分な動機など、誰にわかるというのだ？　だが、動機の一つにはなるかもしれない」

「警部は、いつもそうおっしゃいます」と、フォックス警部補。

「わかった、わかった。私もいよいよもうろくしてきて、同じことを何度も言うようになったかな。マークとローズがミセス・カータレットとローズの服を持ってくるのを、ここで待つとしよう。カータレット夫人の服はブランド品で派手なツイードだろう。そしておそらく、魚臭いだろう」

「孤独なんでしょうね」と、フォックス警部補が呟いた。

「誰が？」

「ミセス・カータレットです。ずっと昔から、お互いを知っている閉鎖的な土地へ嫁いできたよそ者ですから。彼女が合わせようとすればするほど、周囲から浮いてしまっていたのでしょう。周囲の人間が優しく接すれば接するほど、彼女のほうはよそよそしく感じたのではないでしょうか」と、フォックス警部補が言った。

「おそらく、そうだろう。ラックランダー家の人たちが知らないふりをしたがる不快な悲劇に、警部補の指摘は一石を投じるだろう。だが、頭の片隅に入れておかなくてはならないのは、仮にミセス・カータレットが自分の夫を殺したと判明すれば、多少なりともほっとしない人間は一人もいない、いないということだ」

　フォックス警部補は驚いた顔をした。「本当ですか？」

「いない」アレン警部が語気を強めて言った。「一人もいない。彼らにしてみれば、カータレット夫人はよそ者であり、厄介者であり、邪魔者だ。カータレット夫人のために費やした彼らの努力が、彼らの腹立たしい思いを増幅させる。チャイニング村では、何かつかめたか？」

「ドクター・カーティスに会いました。遺体安置場で奮闘していました。傷について、新たなことは何も見つかっていません。魚の鱗については、そのとおりだと思うので注意を払う、それから、すべての証拠物件を顕微鏡で調べると言っていました。ロンドン警視庁は、故サー・ハロルド・ラックランダーの〝記憶〟と、サイス中佐のシンガポールでの行動について調査するようです。海軍要覧で、当時シンガポールで軍務に就いていた人間の概要がわかれば、それほど時間はかからないだろうとのことです。ロンドン警視庁のほうで調べがついたら、電話をかけてくるそうです。それで、〈ボーイ・アンド・ドンキー〉とチャイニング署の連絡先を教えておきました」

「よし」と、アレン警部が言った。「ん？　誰か来たようだ。よし、行くぞ」

フォックス警部補が答える間もなく、アレン警部は警察車から降りると、ハンマー農場へ向かう私道を歩き始めた。手にはパイプを持って、忙しそうにたばこを詰めていた。

アレン警部はたばこをパイプに詰めながら、村の郵便配達員が横に並ぶのを待った。

「おはよう」と、アレン警部が声をかけた。

「おはようございます」郵便配達員が自転車にブレーキをかけながら答えると、片足を地面について立ち止まった。

郵便配達員はお悔やみの言葉を述べると、鞄から長い封筒を取り出した。「故人宛てです」

「私が預かろう」アレン警部が封筒を受け取った。

「恐ろしいことです。カータレット大佐は大いに尊敬されていました。大佐があんなことになって、誰もが動揺しています。そして、カータレット夫人とローズを気の毒に思っています。かわいそうなローズ」

苦悩に満ちた郵便配達員は、同時に田舎者らしい好奇心を持ってアレン警部を横目で見た。

「あなたは親戚だそうですね、警部」

「ご親切にどうも。あなたの思いやりのある言葉を伝えましょう」アレン警部は、郵便配達員の質問に気がつかないふりをして答えた。

「ありがとうございます」と、郵便配達員が言った。

郵便配達員が立ち去ると、アレン警部はフォックス警部補のほうを向いた。

「私が手にしているものを見てみろ」と、アレン警部が言った。

フォックス警部補が長い封筒をじっと見つめた。アレン警部が封筒の反対側を見せると、フォックス警部補は封筒の折り込み部分に印刷されている文字を読んだ。「差出人はベントウッド。住所はロンドン、セント・ピーターズ・プレイス、W1」

「出版社ですか?」と、フォックス警部補が尋ねた。

「そうだ。われわれはこれが何だか知らなければならない。折り込み部分の糊付けが、かなり大ざっぱだ。おっと、ミス・カータレットがやって来たぞ」

ローズはマークに付き添われてやって来た。マークはスーツケース、テニスラケット、そして、とても新しいゴルフバッグとクラブを抱えていた。

「お待たせしました」と、マークが言った。「クリーニングに出す籠から衣服を掻き集めなければならなかったものですから。でも、すべて揃っています。こちらがローズのテニスラケットです」

「ありがとう」と、アレン警部が言った。そして、フォックス警部補がマークから荷物を受け取ると、警察車へ積み込んだ。アレン警部がローズに封筒を見せた。

「これはあなたのお父さん宛ての封書です。恐れ入りますが、最近のお父さんの手紙のやりとりを提出していただくようお願いします。もちろん、お預かりしたものは調査が済み次第お返ししますし、われわれは秘密を厳守します。令状なしでは応じられないということであれば、拒否することもできますが」と、アレン警部が説明した。

アレン警部は封書を差し出した。ローズは封書をぼんやりと見ていた。

「どうぞ持っていってください。おそらく、パンフレットだと思います」ローズがアレン警部に言った。

アレン警部はローズに感謝の意を述べ、彼女がマークと一緒に彼の車に乗り込むのを見ていた。

「ちょっとやりすぎのような気もしますが……」と、フォックス警部補が言った。

「カータレット大佐が生きていたら、わかってくれると思うよ」

アレン警部は封筒を開けると、同封物を引っ張り出して広げた。

カータレット大佐様
スエブニングス村、ハンマー農場

拝啓
故サー・ハロルド・ラックランダーが彼の〝記憶〟について話し合うために、亡くなる三週間前に私を訪ねてこられました。そして、私のところで出版するべきと仰せになられました。〝記憶〟の第七章において、難しい問題が生じていました。この問題について、ハロルド卿はあなたに助言を得るようにとおっしゃいました。さらに、こうおっしゃいました。〝記憶〟が出版されるまで自分が生きられなかった場合は、もちろんあなたが受け入れてくれたらですが、あなたに〝記憶〟の編集を任せるとのことでした。ハロルド卿が亡くなられたときは、あなたと直接連絡をとり、ほかの誰とも接触しないようにとも言われました。そして、あらゆる点において、あなたの決定を最終的なものとするようにとのことでした。

サー・ハロルド・ラックランダーが亡くなられた今、もはやハロルド卿からさらなる指示を受けることはできません。あなたがハロルド卿の〝記憶〟の編集にたずさわる気持ちがあるかどうか、そして、この原稿を受け取って、厄介かつ重要な第七章について結論をくだすかどうか、ハロルド卿の意思に従って、あなたにお尋ねしている次第です。

できるだけ早いご回答をお待ちしています。次にあなたがロンドンへ来られるときには、昼食をご馳走させてください。日にちをお知らせくだされば幸甚です。

敬具

ティモシー・ベントウッド

「そして、この〝記憶〟の第七章の厄介かつ重要な問題について、私は二つの仮説を考えた」アレン警部が、手紙を再び折りたたんで封筒へ戻しながら言った。

マークの車がナンスパードン邸に近づいたとき、ローズは彼に私道のどこかに車を止めてほしいと言った。

「家のなかへ入る前に言っておきたいことがあるの。だから、止めて」

「わかったよ」マークは私道の途中で車を脇に止めた。車のエンジンを切ると、ローズのほうを向いた。「さあ、話してごらん」

「マーク、あの人は、浮浪者が犯人だとは思ってないわ」

「あの人って、アレン警部のこと?」

「そうよ。あの人は、犯人はわたしたちのなかの誰かだと考えている。間違いないわ」

「われわれのなかの誰かって、誰のこと?」

ローズは口ごもりながら答えた。「カータレット大佐を知る人物よ。たとえば、隣人とか。あるいは、大佐の家族の誰かかも」

「君が考えることじゃないだろう、ローズ。アレン警部の仕事だ。彼が解決すべき事件だよ」

「とにかく、あの人は、浮浪者が犯人だとは思ってないわ。わたしたちのなかの誰かだと考えている」ローズが繰り返した。声が少し甲高く(かんだか)なった。

マークがようやく口を開いた。「ようするに、アレン警部は僕たち全員を疑っているわけだ。結局……」

「あの人には、疑う理由があるでしょう?」と、ローズ。

「どういう意味?」

「よ〜く考えてみて。あなたはわからないふりをしているわ。あの人が、〝記憶〟の第七章について調べているのは明らかじゃないの」

　マークの顔がみるみる蒼白になっていくのを、ローズは見ていた。「まあ、わたしとしたことが。出過ぎたことを言ったわね」

「今のところは、何もつかんでいないだろう。この点をはっきりさせよう。アレン警部はわれわれの誰かを疑っていると言ったね――僕や僕の父や、あるいは僕の祖母が、君のお父さんを殺したかもしれない。なぜなら、君のお父さんは僕の祖父の〝記憶〟を公表しようとしていた。そうだろう？」

「そうね」

「確かに、君の言うとおりかもしれない。アレン警部には、何かしらの考えがあるんだろう。僕が知りたいことは……いや、だめだ。今はだめだ。君がこれほどのショックを受けているときに……」

「悠長（ゆうちょう）なことを言ってられないわ。今のような状態がこれ以上続くなんて、我慢できないもの。ナンスパードン邸へ戻って、何事もなかったかのように振る舞うなんてできっこないわ」

「ローズ、僕を見て。いいから、僕を見るんだ」

　マークはローズの顔を両手で挟むと、自分のほうへ向けた。「僕を怖がらないで」

　ローズは逆らわずに、マークの顔を見た。彼女の涙がマークの両手を濡らした。「いいえ、あなたを怖がってなんかいないわ。あなたを愛してるもの」

「本当かい？　君のお父さんが亡くなった今、君がお父さんの意志を継ぐつもりなんじゃないのかい？　あの〝記憶〟が公表されれば、僕の家族は僕と君との結婚に反対するだろう。そして、僕の名前は汚されるだろう。君は、僕を本当に疑ってないかい、ローズ？」

「疑っていないわ。当たり前じゃないの」

「それなら、誰を？　僕の祖母かい？　僕の父かい？　思っていることを言ってごらんよ」

「それが言えたら、どんなに気が楽かしら」と、ローズが絶望したように言った。「実際、誰かがわたしの父を殺したいと思っていたなんて、いまだに信じられないの。でも、結局、父は殺されてしまったわ。この事実を受け入れなければならないのよ。昨晩、何者かが父を殺した」

ローズは、マークの両手から顔を引き離した。「受け入れられるまで、少し時間がかかりそう」

「僕に何かできることはないかい？」と、マークが言った。

「ないわ。何もないわ。あなたはわたしをあなたのほうへ向かせて、あなたのなかにわたしの安らぎを求めさせようとしているでしょう、マーク？　そして、わたしもそうしたいと思っている。わたしも、どれほどそうしたいと思っているか。だけど、今はできないわ。だって、誰が父を殺したのかわからないままでは、そんなこと無理よ」

長い沈黙のすえ、ようやくマークが口を開いた。「ローズ、こんなことは言いたくないけど、結局、誰もが疑わしいんだ。僕の祖母や僕の父や僕、それにオクタウィウス・ダンベリーフィンも。嫌疑をかけられていない人物なんているかい？」

「あなたはキティも疑わしいって言うの？」と、ローズが言った。

「もちろんだよ。ほかの人たちと同様に」

「やめて！」と、ローズが大声をあげた。「聞きたくないわ」

「いや、聞くんだ。ここでやめるわけにはいかない。だって、僕の父は……」

「やめて！　マーク、お願いだからやめて！」ローズが叫んだ。そして、再び涙が頬を伝った。

互いに惹かれ合っている者同士のあいだには、しばしば共通の感情が起こることがある。不思議と片方がいらいらしていると、もう片方も同じような感情を抱く。涙に汚れた顔、身を引き裂かれるような苦しみに襲われながらも、どうすることもできないもどかしさ、こういったローズの様子や感情がマークにも影響を及ぼしていく。

マークも同様の感情を抱いて苦しんでいることに、ローズは気がついた。マークは暗い顔をして、彼女から離れていった。「どうすることもできないわ、マーク」と、ローズが口ごもった。

マークが何かぶつぶつ呟く声を、ローズは聞いた。そして、彼の声のなかに、押し殺したようないら立ちを感じたような気がした。

「よく考えてごらん」と、マークが言った。「キティは？　そして、サイス中佐やケトル看護師についてはどうなんだ？　ラックランダー家の人間だけに容疑者を絞るべきではないだろう？」

ローズは顔をそむけて開いている車の窓に寄りかかると、両手で顔を覆って泣き崩れた。

「なんてこった！」そう叫ぶと、マークは自分のほうの車のドアを押し開けて外へ飛び出し、どうしたものかと行ったり来たりし始めた。

そのとき、キティがナンスパードン邸から車に乗って戻ってきた。マークの車を見かけたので、キティは自分の車を隣に止めた。ローズは心を落ち着けようと必死だった。しばらくためらっていたけれど、キティは車を降りて、ローズのもとへ向かった。マークは両手をポケットに突っ込むと、その場を離れた。

「おせっかいを焼くつもりはないけれど」と、キティが言った。「わたしに何かしてほしいことがある？　何の役にも立たないなら、立ち去るわ」

ローズはキティを見上げた。このとき初めて、うろたえている継母の姿を目にした。そして初めて、キティに仲間としての親近感を抱いた。

「ありがとう、お母さま。声をかけてもらって嬉しかったわ」

「お安い御用よ。あなたの様子にびっくりしたものだから」そう言って、キティは珍しく恥じらった様子を見せた。

「こんなことを言うのもなんだけど、あなたさえよければ、この家を出てもいいのよ。あなたの将来のことじゃなくて、今のことを言ってるの。マークの申し出を受けて、ナンスパードン邸へ行ったらどうかしら。わたしのことは気にしないでちょうだい」

ローズがナンスパードン邸へ行けば、キティが一人になってしまうかもしれないことを、ローズは考えてはいなかった。いろいろな思いや考えが交錯(こうさく)して、ローズは混乱していた。キティは今苦しみを懸命にこらえていること、さらに、ローズについても責任を負おうとしていることを、ローズは改めて知った。継母がマークの父親といちゃいちゃするのも、自分はのけ者扱いされているという思いからではなかったのかもしれない。ローズは疲れた顔をしたキティを見つめた。

（結局、お母さまもわたしも、カータレット大佐を当てにしてたのね）

「とにかく、わたしは行くわ」と、キティがぎこちなく言った。

突然、ローズは『お母さまと一緒に戻るわ。家に帰りましょう』と言いたい衝動に駆られた。ローズは車のドアの取っ手を手探りしていたが、口を開いたり、何か行動を起こしたりする前に、マークに気がついた。マークは車へ戻ってくるとローズのそばへやって来て、キティに話しかけた。

「僕がローズと話していたのは、まさにそのことです。実際、彼女の担当医として、彼女がナンスパードン邸へ来ることを要請します。あなたが僕を応援してくれるのであれば、ありがたいのですが」

キティは、男に見せるいつもの体裁のいい顔つきをした。「とにかく、ローズのことはお任せするわ」そう言って、キティは自分の車に戻っていった。

惨めな気持ちと後悔の念にさいなまれながら、ローズはキティが車で走り去っていくのを見守っていた。

チャイニング村へ行く途中、アレン警部は〝記憶〟の第七章についての自分の考えを述べた。

「今までのいろいろな話のなかから、カータレット大佐という人物を考えると、大佐はなかなか気難しい男のようだが、それでいて、良識のある人物のようだ。死を前にして、サー・ハロルド・ラックランダーは〝記憶〟のことと、その扱いについて悩んでいた。そして、ルードビック・ダンベリーフィンの名前を口にして亡くなった。〝記憶〟のことや、あるいはルードビックの名前がいつ出てこようと、誰もが動揺を隠そうとするだろう。オクタウィウス・ダンベリーフィンとカータレット大佐が言い争いをしたあと、話し合っていたことを、オクタウィウス・ダンベリーフィンとレディー・ラックランダーの両方が認めている。レディー・ラックランダーは、話の内容を打ち明けるのを拒んだ。そして、ダンベリーフィンは、夫人が話さないのであれば、自分も話すつもりはないと言った。カータレット大佐は、長いあいだ仲たがいしていたオクタウィウス・ダンベリーフィンを訪ねるつもりで家を出た。ルードビック・ダンベリーフィンが死んだときの状況や、〝記憶〟がルードビック・ダンベリーフィンの潔白を証明することを、ジョージ・ラックランダーは認めたも同然であること、父親であるカータレット大佐がオクタウィウス・ダンベリーフィンを訪ねたのは重大なことを打ち明けるつもりだったのかもしれないと、ローズ・カータレットが証言していること、そして、出版社からの手紙の内容。それらを一緒に考えると、何が得られる？」

「〝記憶〟の第七章は、ルードビック・ダンベリーフィンが潔白であることを述べているのでしょう。そして、カータレット大佐はそのことを公表するように求められた。しかし、カータレット大佐はどうするか決めかねた。それで、オクタウィウス・ダンベリーフィンを訪ねた。だが、ダンベリーフィンは釣りに出かけていて留守だった。それで、大佐はダンベリーフィンのあとを追った。二人が言い争ったあと、カータレット大佐はどうしたんでしょう？」

「カータレット大佐はダンベリーフィンに対して、『あんたほどの密漁者は見たことがない。まあ、いいだろう。私が何をしに来たのか教えてやろう！』と言って、〝記憶〟の第七章について話した。大佐の死体から第七章が見つからなかったことから、われわれは大佐が第七章をダンベリーフィンにその場で渡したと考えた。こう考えたのは、オクタウィウス・ダンベリーフィンの机から、カータレット大佐による手書きのダンベリーフィン宛ての封筒が見つかったからだ。そして、封筒のなかにはタイプ打ちの原稿の束が入っていた。そうなると、どういうことだと思うかね、フォックス警部補？」

「〝記憶〟の第七章についてですか？」

「そうだ」

「警部の考えをおっしゃってください」と、フォックス警部補。

アレン警部が話した。

「なるほど」と、フォックス警部補が言った。「そのことは、ラッククランダー家の人間がカータレット大佐を亡き者にしようとする充分な動機になりますね」

「われわれの推測が正しいかどうかは別にしても、カータレット大佐がオクタウィウス・ダンベリーフィンに第七章を渡そうとしていることを、レディー・ラッククランダーが聞いていた」

「ですが、レディー・ラッククランダーは、彼らのやりとりをそれほど聞いてはいなかったかもしれません」

「それなら、なぜ夫人はそのことを話したがらないのだ？」

「それは、おそらく〝記憶〟や第七章や機密漏洩が、本件とは関係ないからでしょう」と、フォックス警部補が言った。

「私の感触では、それらは関係していると思う」と、アレン警部。

「それが合理的な唯一の説明であると?」と、フォックス警部補。

「おそらく。そして、多くの場合がそうであるように、動機は後からついてくる。ガソリンスタンドがあるな。そして、ケトル看護師が、新たに塗装した車にガソリンを給油している」警察車が止まると、アレン警部が声をかけた。「おはよう、ミス・ケトル」

「おはようございます、アレン警部」アレン警部とフォックス警部補ににこやかな顔を向けて、ケトル看護師が言った。看護師は、車の後部をお尻でも叩くように叩いた。「お元気ですか?」

「まあ、なんとか」アレン警部は警察車から降りて、答えた。「フォックス警部補が、いささか気が短くなりましたが」

「いい車ですね、ミス・ケトル」と、フォックス警部補が言った。

「ありがとうございます」と、ケトル看護師は嬉しそうに答えた。「腰痛持ちの人のところへ向かうところなんです」

「サイス中佐のところですか?」と、アレン警部が尋ねた。

「そうです」

「彼の腰痛は完治したのでしょう?」

「まさか!」ケトル看護師がいささか慌てたように答えた。「昨晩、サイス中佐はひどく混乱していました」

「昨晩八時頃、あなたがサイス中佐の家を辞去したとき、彼はベッドに寝ていたのでしょう?」

と、アレン警部が言った。

「ええ、そうです」

「それなのに、午後八時一五分頃、サイス中佐は弓矢を放っていたと、ダンベリーフィンが供述しています」

ケトル看護師は、髪の毛の根元まで赤く染めていた。

「よく考えてください！」ケトル看護師が甲高い声をあげた。「腰痛ですよ！」看護師は身ぶりを交えてこのことを説明した。

「サイス中佐が、あなたに嘘をついたってことはありませんか？」と、フォックス警部補が尋ねた。

ケトル看護師が、にらむようにフォックス警部補のほうを向いた。

「なぜ、そんなことをする必要があるのですか？　たとえそうであったとしても、あなた方が考えているような理由ではないと思います」

ケトル看護師は素早く車に乗り込むと、明らかに腹を立てた様子で走り去っていった。

「彼女を怒らせてしまったようだ」と、アレン警部が言った。

「いい女なのに。もったいない」と、フォックス警部補。

警部と警部補は警察車にガソリンを入れると、警察署へ向かった。

二人を出迎えたオリファント巡査部長は、ロンドン警視庁から二つの伝言を受け取っていた。

「すばやい対応だ。よくやった」と、アレン警部が言った。

アレン警部は声に出して、一つ目の伝言を読んだ。「マスの鱗について、自然史博物館、および、マスの研究についての第一人者であるドクター・ソロモンが調べた。顕微鏡検査の結果、鱗から、二匹は同一のマスではないことが判明した。カータレット大佐の見解と同じだ」

「すばらしい。これで申し分なしですね」と、フォックス警部補。

アレン警部は二つ目の伝言を手にした。「故サー・ハロルド・ラッククランダーの遺言についての報告だ」アレン警部はしばらく黙読してから、顔を上げた。「通常の遺産分配が認められている扶養家族を除いて、すべての遺産は未亡人と息子へ譲渡される」

「まさしく。そして、三つ目がある。ジェフリー・サイス中佐に関する報告書だ。サイス中佐はシンガポールでキティ・ドゥ・ベールと出会い、同棲を始めた。だが、キティは、のちにサイス中佐に紹介されたモーリス・カータレット大佐と結婚する」

アレン警部は、報告書をオリファント巡査部長の机の上に置いた。

「カータレット大佐は気の毒だな。そして、サイス中佐も」と、アレン警部が呟いた。

「ある意味では、キティも」と、フォックス警部補が言った。

スエブニングス村へ戻る前に、アレン警部とフォックス警部補はチャイニング病院でドクター・カーティスに会おうと、遺体安置場を訪れた。遺体安置場は地方の病院に隣接された小さなものだった。ドクター・カーティスはまさに検視を行っている最中だった。医師は刺し傷より先にカータレット大佐が一撃を受けていることを突きとめていた。だが、最初の一撃は致命傷にはなっていない。医師はサイス中佐の弓矢やレディー・ラックランダーの傘の先端も排除するつもりはないが、致命傷となったのは、夫人の狩猟用ステッキがもっとも可能性が高いと考えていた。狩猟用ステッキの血痕を調べた結果だ。スケッチ用のぼろ切れのほうにも血が付いているが、まだ結論は出ていなかった。ぼろ切れからは、強烈な魚の臭いがした。アレン警部は収集してきたものを手渡した。

「それが終わり次第、魚の件に取りかかろう。その後、ほかの件を進めよう」と、アレン警部が言った。

「ジャズバンドのティンパニー奏者のように、私にあれもこれも演奏させようとしますね。こちらが終わり次第、始めます。そして、サー・ウィリアム・ロスキルが鱗について調べます。ロスキル卿は内務省の著名な分析官です」

「今すぐ、彼に電話するとしよう」と、アレン警部が言った。

「それにはおよびません。先ほど、私が電話しました。何かわかり次第、警察署へ電話してくれることになっています。何が気に入らないんですか、警部？　あなたは、いつも慌ただしく動き回る者を小ばかにしてきました。何をそんなに急ぐんですか？　昨晩、男が一人、殺されただけです」

「いやな事件だ」と、アレン警部が言った。

「ほかの事件と、何が違うのですか？」

しかし、アレン警部は何も答えなかった。警部は関係者の所持品を見ていた。それらは解剖台と反対側の棚に、整然とグループ分けされて並べられていた。カータレット大佐とダンベリーフィンの服や長靴や釣り具、そして、帽子。キティの新しいツイードのスカート。ジョージ・ラックランダーのゴルフズボンや靴下、そして、靴。マークとローズのテニスウエア。レディー・ラックランダーの衣服、絵の道具一式、そして、年代物だが美しいブローグ（靴）。アレン警部は立ち止まると、ブローグの片方を手に取った。

「サイズは四インチ（一一・五センチ）だ。レディー・ラックランダーがまだゴルフをやっていた頃に、ロンドンの有名な靴職人の手作りだ。ここに夫人の名前が刺繍されている。ここだけまだ湿っている。そして……」警部は靴をひっくり返して靴底を見た。靴底には、小さなスパイクが付いていた。アレン警部がフォックス警部補に目配せすると、警部補は棚の端からカータレット大佐の魚の残骸が載っている平皿を持ってきた。魚の皮膚のたるみが丁寧に広げられていた。

「スパイクの跡と一致するだろう。そして、一致すればするほど、いやな予感がする」

このような気分を抱いたまま、アレン警部は遺体安置場をあとにした。

「警部は何を気にしているんだ？」ドクター・カーティスがフォックス警部補に尋ねた。

「私に聞かないでくれ、ドクター。なんとなくしっくりこないことがあるのだろう」と、フォックス警部補が言った。

「どういったことですか？」

「私は調査するのが苦手なんだ。しかし、警部は得意とされている。さて、死体はあなたに任せますよ」

「承知しました」と、ドクター・カーティスがうわの空で言った。そして、フォックス警部補はアレン警部と合流した。二人は警察署へ戻った。そこでは、オリファント巡査部長が待機していた。アレン警部はオリファント巡査部長に告げた。「ここに残ってくれ、巡査部長。サー・ウィリアム・ロスキルはおそらく直接病院へ向かうだろう。何かわかり次第、ロスキル卿かドクター・カーティスがここへ電話をくれることになっている。私が会う予定の人たちのリストだ。私はこのなかのどこかにいるから、連絡をくれ。令状が取れ次第、うまくいけば夕方までに犯人を逮捕できるだろう」

「それはすばらしい。犯人はいったい誰なんです？」と、オリファント巡査部長が尋ねた。

オリファント巡査部長が眺めているリストのなかのある人物の名前を、アレン警部が指した。

「まだ確信していないが」と、アレン警部が言った。「だが、治安判事に令状を急がせてくれ。それから、ベントウッドに電話してくれないか？　これが電話番号だ」

アレン警部はオリファント巡査部長が電話をかけるのを見守っていた。「ベントウッドの手が塞がっていたら、これはサー・ハロルド・ラックランダーの〝記憶〟の第七章を明らかにする話だと伝えろ」

「少しお待ちください」と、オリファント巡査部長が言った。

「どうした？」と、アレン警部が尋ねた。

オリファント巡査部長が手で受話器を覆った。「ミスター・ベントウッドは入院中だそうです。彼の秘書とお話しになりますか？」

「なんてことだ！」と、アレン警部が言った。「いや、やめておこう。出かけるぞ、フォックス警部補。ぐずぐずしておれん。オリファント巡査部長。時間があれば、われわれは〈ボーイ・アンド・ドンキー〉で軽く食事をするかもしれないが、いずれにしても途中で、一度電話を入れるから」警部の指がリストの上でさまよった。巡査部長の目が警部の指を追った。

「高台ですか？　サイス中佐ですか？」

「そうだ」と、アレン警部が言った。「私から連絡があったら、すぐに応援をよこしてくれ。これは逮捕という意味だ。さあ行くぞ、フォックス警部補」

ワッツヒルを越える途中、アレン警部は静かだった。

丘の頂上を曲がり、ジャコブ荘へ近づいていくと、子ネコを肩に載せて門から身を乗り出しているダンベリーフィンに出会った。

「遅かれ早かれ伝えなければならないな。車を止めてくれ」と、アレン警部が言った。

フォックス警部補が門の近くに車を止めると、アレン警部に続いてフォックス警部補が車から降りた。二人が門へ近づいてきたので、ダンベリーフィンは驚いて目をぱちくりさせた。

「これはこれは、警部」ダンベリーフィンは子ネコを抱き直して撫でながら、呟いた。「今日は、いったいどのようなご用件ですか？」

「不意に現れるのがわれわれの仕事ですので」と、アレン警部は穏やかに答えた。

ダンベリーフィンは目をしばたたかせてから、にやっと笑った。「どうやら、私はあなた方の関心の的（まと）のようですね？　あるいは、別の目的地へ行く途中に立ち寄られたのか？　たとえば、ナンスパードン邸へ向かう途中とか。あなた方は私を忌まわしい人物と考えているようだが、うさんくさい人間はほかにもいます。私が何かお役に立てますか？」

アレン警部は、ダンベリーフィンの青白い顔と落ち着きのない目を見ていた。

「ミスター・ダンベリーフィン、〝記憶〟の第七章の写しを見せてもらえませんか？」

子ネコが大きな声をあげて口を開き、舌を出した。ダンベリーフィンは子ネコをなだめるとキスをして、足元に下ろした。

「失礼しました。子ネコが興奮してしまって。さあ、お母さんのところへお戻り」

ダンベリーフィンが門を開けた。「なかへどうぞ」警部と警部補はダンベリーフィンのあとについて、庭へ入っていった。庭には、飾り気のない家具が点在していた。

「もちろん、あなたは拒否できますが、その場合は別の手段に打って出ることになるでしょう」と、アレン警部が言った。

「おそらく、あなたは読んではいないけれど、私の机の上にあった第七章をご覧になったのでしょう。ですが、あなたは間違っています。第七章を読んでも、動機の解明にはつながらないでしょう」と、ダンベリーフィンが言った。

「私に第七章を読ませたくないということですか？」と、アレン警部。

長い沈黙のあと、ダンベリーフィンが口を開いた。「レディー・ラッククランダーの同意なしでは」

「確かに正論です。ですが、〝記憶〟の第七章には、書き手の告白のようなものが記されているとは考えられませんか？　サー・ハロルド・ラックランダーが大使館にいた頃、彼は情報の漏洩に多大な責任を負っていたのではないでしょうか？」

「なぜそのように考えるのですか？」

「あなたに今朝お話ししたと思うのですが、私は大使館での出来事について多少なりとも知っています。第七章に、たとえば、息子さんの疑いを晴らすようなことが書かれていたとしたら、公表できますか？」

ダンベリーフィンは何も言わなかった。

「あなたにその気があるなら、見込みのある出版社にかけ合ってみましょう」と、アレン警部が言った。

「出版社は何も知らされていないでしょう……」

「いいえ、故サー・ハロルド・ラックランダーがすでに出版社へ連絡しています」

「本当ですか？　もし出版社が公正を重んじるなら、内容を暴露するのを拒むでしょう」

「あなたなら、そうしますか？」

「私なら、そうします。この件について、いかなる公表も拒否します。たとえ、どのような圧力をかけられたとしても」

ダンベリーフィンが脇へよけたとき、庭木戸がきしんだ。アレン警部が静かに言った。「もう一度、ご挨拶を申し上げましょう。レディー・ラックランダー」

ダンベリーフィンが驚いて、振り返った。

夫人はまばたきをしながら無表情で陽光のなかにたたずみ、少し怯えているようだった。「アレン警部。あなたにお話があります」

第十章　スエブニングス村への帰還

レディー・ラックランダーが、ゆっくりと彼らのほうへ歩み寄った。

ダンベリーフィンが、しどろもどろに話し始めた。「いや、だめだ。何も言うな！　話すことを禁じる」

夫人は近くの椅子に腰を下ろした。

「どうか何もおっしゃらないでください、レディー・ラックランダー」ダンベリーフィンが懇願するように言った。

「お黙りなさい、オクタウィウス」夫人はしばらくダンベリーフィンを見つめると、笑みを浮かべた。

「あなたは、わたしがやったと思っているのですか？」

「とんでもない」と、ダンベリーフィンが答えた。

夫人はアレン警部のほうを向くと、警部に話しかけた。「わたしはまさしく夫の代理として、ここへ来ています、アレン警部。わたしの告白は、すなわちサー・ハロルド・ラックランダーの告白です」

「〝記憶〟の第七章についてですね？」

「いかにも。あなたが何を聞かされ、どの程度知っているのかは知りませんが」

「私は何もしゃべっていません！」と、ダンベリーフィンが言った。

「ふん！　どうかしら。いずれにしても、ほかにも情報源はありますからね」と、夫人が続けた。

「カータレット大佐の妻は知らされていたでしょうね」そう言って、夫人はアレン警部を見つめた。

（ジョージ・ラックランダーが第七章のことをキティ・カータレットに話したことを、レディー・ラックランダーは知っている。そして、キティが私に話したと、夫人は考えているようだ）と、アレン警部は自問した。だが、警部は何も答えなかった。

「いずれにしても、わたしは重要な役どころのようね」と、夫人が続けた。

アレン警部が頷いた。

「まず初めに、わたしたちはあなたへある種の責任があります、オクタウィウス」と、夫人が言った。

「やめてください！」と、ダンベリーフィンが叫んだ。「あなたがこれ以上話すというなら……」

「ミスター・ダンベリーフィン」と、アレン警部が口を挟んだ。「おしゃべりをやめないなら、あなたに思いきった手段を講じることになりますよ。黙っていてください」

「そうよ、オクタウィウス」と、夫人が言った。「静かにしていられないなら、立ち去ってちょうだい。わたしは充分に考えたうえで、ここへやって来たのよ。だから、口出ししないでちょうだい」

ダンベリーフィンはためらったまま、アレン警部をちらっと見たり、自分の唇に触れたりしていた。夫人は両手で鷹揚（おうよう）な態度を示すと、アレン警部に話し始めた。「警部、わたしの夫は裏切り者でした」


奇妙な集団ができていた。一同はあまり座り心地のよくない長椅子に座っていた。フォックス警部補が手帳を取り出し、ダンベリーフィンは両手で頭を抱え、レディー・ラックランダーが話している。ネコたちは人間たちの緊迫した状況におかまいなく、無邪気にじゃれ合っていた。

「わたしが話すことは、〝記憶〟の第七章に書かれていることです」レディー・ラックランダーは少し間を置いた。「このような告白は、決してわたしにとってたやすいことではありません。ですから少し取り乱すかもしれませんが、お許しください」

「もちろんです」と、アレン警部が言った。そして、一同は固唾（かたず）をのんで見守った。

「大使館に勤務していた頃、夫はドイツのファシズム支持者のグループと極秘の交渉を行っていました――ヒトラーに心酔している連中です。そのなかに、イギリスの外交官がいました。祖国では少しは名の知られた人物です。彼はナチスの協力者だったのです。イギリスの軍事情報活動第五部――略称ＭＩ５――でも見抜けませんでした。そうでしょう、アレン警部？」

「ええ、そうです」

「今朝まで、わたしはあなたが知っているものと思っていました」

「疑ってはいました」

「彼女は何も言わなかったのですか?」

「彼女?」

「カートレット大佐の妻のキティです」

「いいえ、何も」

「こういった人たちが何をしているのか、まったくご存じないようね」

「こういった人たちに限らず、詮索はしません」

レディー・ラッククランダーが顔を赤らめた。

「いずれにしても」と、ダンベリーフィンが口を挟んだ。「ハロルド卿は、なぜそのようなことをしたのですか?」

「戦争に突入するか、共産主義体制に属するかを迫られたとき、彼のような貴族階級が生き残れる道は、ナチスと手を組むことだということですか? あの当時、かなり広まった考えです」と、アレン警部が言った。

「あなたは夫を許さないでしょうね、アレン警部」夫人が小声で言った。

「第七章で、ご主人はご自分を許していないのではありませんか?」

「夫はひどく悔やんでいました。夫の後悔の念はすさまじいものでした」

「そうです」と、ダンベリーフィンが口を挟んだ。「そのことははっきりしています」

「そうですね、オクタウィウス。確かに、そのとおりです。そして、なによりも夫があなたの息子さんに行ったひどいことのために——なによりも、そのことのために悔やんでいました」

「ひどいこと?」と、アレン警部が繰り返して、ダンベリーフィンが口を挟もうとするのを妨げた。「すいません、ミスター・ダンベリーフィン。今のことをはっきりさせなければなりません」

「なぜわたしの話を妨げようとするの、オクタウィウス?」と、夫人が言った。「あなたは第七章を読みました。あなたはそのことを公にしたいに違いありません」

「ハロルド卿が、ルードビック・ダンベリーフィンの潔白を明らかにしているのですか?」

「そういうことです」

「なるほど」

レディー・ラックランダーが小さなぽっちゃりした手で顔を覆った。夫人のいつもの態度からすれば似つかわしくない行為だが、それだけショックが大きいのだろう。

「ハロルド卿の当時の行動はイギリス政府からの指示に基づくものだったのでしょうが、ドイツ——すなわちナチスとの交渉において、主導権を握るためのものだったのですか?」と、アレン警部が尋ねた。

アレン警部は今の発言が間違っていないと思い、先を続けた。「そして、このもっとも微妙な交渉のさなかに、ハロルド卿の個人秘書から、ドイツの諜報員が重要な電報を入手してしまった。電報には暗号の解読の方法が記されていた。イギリス政府から情報が漏洩したことを知らされたハロルド卿は、事態を収拾しなければならなかった。そのため、ルードビック・ダンベリーフィンを呼び寄せるしかなかった。そして、この不祥事のことで彼を責めたてた。その結果、若いルードビックは自ら命を絶った。そうではないですか?」

アレン警部は一人ひとりの顔を見回した。

「そういうことです」と、レディー・ラッククランダーが言った。「ルードビック・ダンベリーフィンは自分が殺したも同然だと、夫は書いています。ナチスの幹部からの指示で、夫はルードビック・ダンベリーフィンに情報漏洩の責任を負わせたのです。その後、夫は自分のやったことを後悔し始めました。そして、自分をそのように仕向けたナチスを憎みました。ですが、それ以上に、ルードビックの死と、自分の背信行為に苦しみました。裏切ったのは夫のほうだったのよ、オクタウィウス。あなたの息子のルードビックは、早まったことをしてしまったのよ」夫人がダンベリーフィンを見て、つらそうな顔をした。「昨日、あなたがマスのことでカータレット大佐と言い争いをしたあと、大佐がわたしのところへやって来て話したの。〝記憶〟の第七章の写しをあなたの家に置いてきたと。なぜそれを提出しなかったの、オクタウィウス？　なぜわたしが話そうとしたら、止めようとしたの？　それは……」

「別に罪の意識や心の痛みから出たものではありません。あえて言うなら、息子の意思に敬意を表したのです。息子は自殺する前、私と母親に手紙を書いてきました。自分は無実であることを信じてもらいたいと。そして、このあと何が起ころうともサー・ハロルド・ラッククランダーを責めないでほしいと。信じられないかもしれませんが、息子はあなたの夫を英雄視していたのです、レディー・ラッククランダー。ですから、私たちは息子の意思を尊重することにしたのです」

　ダンベリーフィンが立ち上がった。「ラッククランダー家の良心や動機や悔恨の念には関心ありません。ラッククランダー家の人たちには、息子の死のことでこれ以上苦しんでほしくはないのです。私は第七章を三十分前に焼却しました、アレン警部」

ダンベリーフィンが帽子を持ち上げ、レディー・ラックランダーにおじぎした。そして、自分の家のほうへ歩き始めた。ネコたちが彼のあとについていった。

レディー・ラックランダーは立ち尽くしていた。夫人は門のほうへ歩きかけたけれど、自らを取り戻したようにとどまった。「わたしはナンスパードン邸へ戻ります」

アレン警部が門を開けた。夫人は警部を見ずに門を抜けると、自分の車に乗り込んで走り去っていった。

「いやな仕事ですね」と、フォックス警部補が言った。

「まったくだ」

「カータレット大佐殺しについて言えば、ダンベリーフィンの容疑は晴れましたね」と、フォックス警部補が言った。

「いいや、まだだ」と、アレン警部。

「まだ?」

「必ずしも容疑が晴れたとは言えない。カータレット大佐は、第七章をダンベリーフィンの家に残していった。ダンベリーフィン自身の供述によれば、彼は大佐との口論のあと家に戻っていない。柳の木立へ戻って大佐の死体を見つけた。そして、眼鏡をなくした。ダンベリーフィンは今朝初めて、おそらく虫眼鏡を使って、第七章を読んだのだろう」

サイス中佐の私道にさしかかったとき、フォックス警部補が口を開いた。「ダンベリーフィンが読んだのは、〝記憶〟の第七章の写しだったでしょう。カータレット大佐は原紙を渡さなかったでしょうから」

「渡さなかっただろう。私の推測では、カータレット大佐は彼の机の左側の一番下の引き出しに、原紙をしまっておいたのだろう」と、アレン警部。

「おそらく」と、フォックス警部補。

「カータレット大佐の家族の誰か、ラックランダー家の人間、あるいは興味を持っている何者かに奪われ、消えうせたのかもしれない。ひょっとすると、大佐の机の左側の一番下の引き出しは、空っぽだったかもしれない。そして、原紙はカータレット大佐の銀行にあるかもしれない。いずれにしても、大した問題ではない。出版社のベントウッドからカータレット大佐へ宛てた手紙に書かれていたように、ハロルド卿自らが出版社に彼の〝記憶〟の出版と第七章の扱いを相談しているのだから。われわれは証拠として原紙を持ち帰らなくてもかまわないだろう」

「レディー・ラックランダーの本当の動機がわかったのですか？」

「うんざりするくらい多くの動機がある。まさに選り取り見取りだよ、フォックス警部補」

「確かに」

「おや、誰かいるぞ」と、アレン警部が呟いた。

ケトル看護師だった。サイス中佐に付き添われて、看護師が玄関から出てきたところだ。ケトル看護師は自分の車に乗り込もうとしているところだった。警察の車が近づいてきていることに気がついたサイス中佐がケトル看護師の車のドアを開け、看護師に早く車に乗るように促しているようだ。看護師は急いで車に乗ると、エンジンをかけた。

「われわれが腰痛の件を見抜いたことを、看護師はサイス中佐に話したようだな」と、アレン警部が言った。

「そのようですね」と、フォックス警部補。

ケトル看護師が警察の車のそばを通りすぎようとしたとき、アレン警部が帽子を持ち上げて挨拶した。看護師の顔が赤くなった。サイス中佐がその様子を見ていた。

フォックス警部補が車を止め、アレン警部と警部補は警察車から降りた。アレン警部はゴルフバッグを肩から吊り下げると、サイス中佐に話しかけた。

「なかでお話ししてもかまいませんか？」と、アレン警部が尋ねた。

何も言わずに、サイス中佐は警部と警部補を居間へ案内した。居間には、質素な食事が小さなテーブルの上に用意されていた。そして、食事のそばにウイスキーと水のグラスがあった。

急造のベッドがまだ使用されていた。ドレッシングガウンが、ベッドの上にきれいにたたまれていた。

「座りますか？」と、サイス中佐が尋ねた。だが、明らかに本人は座るつもりはないようだ。そして、アレン警部もフォックス警部補もサイス中佐に倣（なら）って座らなかった。

「今日は何のご用ですか？」と、サイス中佐が尋ねた。

「いくつかお尋ねしたいことがあるのです。あなたがシンガポールにいた頃のことです。今朝のお話では、あなたがミス・キティをカータレット大佐に紹介したと伺いました」

サイス中佐は何も答えなかった。彼は両手をコートのポケットに突っ込んだまま、窓の外を眺めていた。

「このことを、もう少し詳しくお尋ねしなくてはなりません。はっきり申し上げれば、あなたとミス・キティ・ドゥ・ベールとの関係を」

「ずいぶんと無礼ですね」

「無礼は承知のうえです。人が殺されているのです」

「何が言いたいのですか?」

「とぼけないでください。私が何を言いたいのか、あなたはよくご存じのはずです。確かな筋から聞いているのです。ミス・キティ・ドゥ・ベールがカータレット大佐と結婚する前に、彼女はあなたとシンガポールで一緒に暮らしていたことを。あなたが彼女をカータレット大佐に紹介したとおっしゃいました。あなたはこちらへ戻ってきて、カータレット大佐とキティが夫婦であることを知った。それで、あなたがキティをカータレット大佐に紹介したことにしたのではありませんか?　昨晩、カータレット大佐はボトム牧草地で殺されました。大佐の頭には、弓矢によるものと思われる穴が開いていました。あなたは腰痛を患っていたとおっしゃった。ですが、あなたがベッドでおとなしくしていたはずの時間に、あなたが弓矢を放つ音を聞いたという証言があるのです。弁護士を呼びたければ、そして、弁護士が来るまで供述を拒否するのなら、それでもかまいません。ですが、後生ですから、私が何を言いたいのかわからないふりをするのはやめてください」

「やれやれ！　私はカータレット大佐が好きだった」と、サイス中佐が言った。

「あなたはカータレット大佐が好きだったかもしれません。ですが、彼の妻、つまりキティを愛していたのではありませんか？」

「愛していただって！」サイス中佐は顔を紅潮させて繰り返した。「なにをばかなことを」

「では、言い方を変えましょう。彼女はあなたを愛していましたか？」

「彼女が私に気を持たせるような、あるいは、私が彼女をそそのかすようなことをしたかどうか確かめようとしているのですか？」と、サイス中佐が言った。

「そのように聞こえましたか？」

「いずれにしても、弁護士を呼びます」

「恐れ入りますが、昨晩、あなたが着ていた衣服をご提出ください」

「何のために？」

「カータレット大佐の血があなたの衣服に付着していないかどうか、確認するためです」

「ばかばかしい」

「では、衣服をお預かりしてかまいませんね？」

「今、着ているのがそうです」

「ほかの衣服に着替えてもらえませんか？」

サイス中佐は青い、そして少し充血した目で遠くの景色を眺めた。「着替えてきます」

「ご協力に感謝します。腰痛のあいだ、こちらを寝室代わりに使われているようですね。差し当たり、ドレッシングガウンとスリッパに着替えられたらいかがでしょう？」

サイス中佐はその言葉に従った。ウイスキーの匂いがかすかに漂ってきた。そして、両手は震えている。しかし、船乗りだった頃に身につけた動きで、なんとか着替え終えた。まるで捨て去るかのように、サイス中佐は衣服を雑にたたむと、フォックス警部補に手渡した。警部補は受領書を書いた。

「腰痛の具合はいかがですか？」と、アレン警部が尋ねた。

サイス中佐は答えなかった。

「昨晩、なぜあなたは腰痛を患っているふりをしたのですか？　ある女性のためにですか？」

すでにウイスキーで赤らんでいたサイス中佐の顔が、さらに赤くなったようだ。

「そうなんですか？」アレン警部が繰り返し尋ねた。

「そのようなものです」サイス中佐がハンマー農場のほうを指した。「キティはあの家で孤立無援なのです。彼女は安心を求めていた。彼女は高い窓から身を投じたこともありました。かわいそうに」

「『第二のタンカレー夫人』（英国の劇作家、アーサー・ウイング・ピネロ：一八五五～一九三四の戯曲。過去を持った女が社会に受け入れられない様子を描いた）のようなことをおっしゃっているのですか？」

「あえて言うなら、カータレット家が彼女への接し方を変えなければ、彼女は同じことを繰り返すでしょう」

サイス中佐がテーブルの上のタンブラーを見た。「何か飲み物でも？」

「いいえ、けっこうです」

サイス中佐がタンブラーの中身を飲み干した。「実は、お酒をやめようと思っているんです」

「それは、それは。良い習慣です」と、アレン警部が言った。

「ですが、そんな人間はつまらない」

「そうかもしれません。ですが、アルコールについて話し合うつもりはありません。あなたの腰痛について話していたのです」と、アレン警部が言った。

「わかっています」

サイス中佐は食器棚へ行くと、半分ほど空になったウイスキーのボトルを持って戻ってきた。

「こいつは実に扱いが厄介だ」サイス中佐はウイスキーを飲み始めた。

「お酒なしではいられないのでしょう？」と、アレン警部。

「彼女は大丈夫でしょう」と、フォックス警部補が言った。

「誰が？」サイス中佐は怯えたような目で警部補を見て、ウイスキーを飲むのを中断した。

「そう思いますか？」

「ケトル看護師です」

「看護師が何だって？」

「ウイスキーのボトルを下に置いたらどうですか？」

「ケトル看護師なら、私を止めたければどうすればいいか知っています。というか、彼女は止めませんん。私は彼女に話すつもりはありません。何があっても、そのことを彼女に話さないでしょう」と、サイス中佐が低い声で言った。

「そんなに思いつめるものではありません。ケトル看護師のために、昨晩、あなたは腰痛のふりをしたのですか?」と、アレン警部が尋ねた。

「ほかに誰がいると言うんですか?」と、サイス中佐が認めた。

「ケトル看護師はそのことを知っていますか?」

「彼女はうすうす気づいていたでしょう」

「あなたは、そのことで彼女と言い争いましたか?」アレン警部が思いきって尋ねた。

「そのことではもめなかったが、こっちのほうでもめました」サイス中佐がタンブラーを指した。

「だけど、今日からはこっちのほうもやめます」

「幸運をお祈りします」

アレン警部はすばやく動いてゴルフバッグから弓矢を取り出すと、サイス中佐の鼻先へ突きつけた。「これが何かご存じですか?」

「私の弓矢です。あなたが持ち去りました」

「いいえ、これはあなたの別の弓矢です。ワッツヒルの麓のボトム牧草地で、これが見つかりました。弓矢をご覧いただけば、別の弓矢だとわかるでしょう」

アレン警部は弓矢の先端の覆いを取り外した。「ご覧ください」サイス中佐がしかつめらしい顔をして、弓矢の先端を見た。

「血が付いている」と、サイス中佐が言った。

「そのようです。何の血ですか？」

サイス中佐が薄くなった髪の毛に指を突っ込んだ。「ネコの血です」


それは、数週間前に、サイス中佐がうっかりしてトマシーナ・ツイチェットの母ネコを殺したのと同一の弓矢だった。サイス中佐は殺してしまったネコから弓矢を引き抜くと、近くの茂みに放り投げた。ネコの死骸を持ってサイス中佐はダンベリーフィンの家を訪れ、状況を説明し謝罪した。けれど、ダンベリーフィンは受け入れなかった。手当たり次第に近くの雑木林へ弓矢を放てば、このようなことが起こり得るとは考えなかったのかと、アレン警部が尋ねた。サイス中佐はきまり悪そうに、顔をしかめた。飲んだらサイス中佐は自分を抑えられなくなることを、アレン警部は理解していた。サイス中佐はだんまりを決め込んでしまい、これ以上は何も聞きだせなかった。

アレン警部とフォックス警部補はサイス中佐の家を辞去して、車で走り去った。

「ケトル看護師は、自分の手に余ることをしたように思うのですが」と、フォックス警部補が言った。

「それを言っては気の毒だ」と、アレン警部が言った。

「ある意味では、彼女は鍛えられているとも言えますね」と、フォックス警部補。

ないな」

「看護師ということもあるが、彼女は人の面倒をよくみるというか、少し甘やかしがちかもしれないな」

「これからどうしますか、警部?」

「ドクター・カーティスからの報告を見るまでは、何も決定的なことは言えない。だが、ジョージ・ラッククランダーにも、同じように面談するつもりだ。ルードビック・ダンベリーフィンのことを聞いてみようと思う。今、午後一時半だ。そろそろラッククランダー家の昼食も終わっているだろう。われわれも〈ボーイ・アンド・ドンキー〉で昼食を取ろう」

　警部と警部補はコールドミート、ポテト、そして、サラダを食べた。二人が食べ終わる前に、ドクター・カーティスから電話がかかってきた。医師は中間報告を伝えた。医師は、鈍器のようなもので殴られたカータレット大佐のこめかみの傷を調べているところだった。それに続く傷は、大佐が横向きに倒れてから、先の尖ったものでつけられたものだ。そのときには、大佐は意識がなかったか、あるいは、すでに死亡していたと思われる。あとからの傷が、最初の傷をわからなくしてしまっている。最初の傷が何でつけられたのかはわからないが、あとからの傷は間違いなく狩猟用ステッキによるものだと、医師は伝えた。サー・ウィリアム・ロスキルが、狩猟用ステッキに血が付着しているのを見つけた。ロスキル卿は何の血なのか調べているところだった。

「了解した。その後、狩猟用ステッキは使用されているか?」と、アレン警部が尋ねた。

「普通に使われています」

「そうか。恐ろしい行為だな」

「残忍です」と、ドクター・カーティスが言った。

「極めて残忍だ。ロスキル卿は魚の鱗と取り組んでおられるのか？」

「ええ、始めたところです。時間がかかるでしょう。報告書はまだです」

「われわれはナンスパードン邸を訪れるから、もし何かわかったら電話をもらいたい」

「了解」と、ドクター・カーティス。

アレン警部は電話から離れると、ベイリー巡査部長を探した。巡査部長は警部を待ち受けていた。何かしらの知らせがあることを期待しているようだ。実際、巡査部長は、カータレット大佐の書斎を隅々まで調べ終えたところだった。机の左側の一番下の引き出しからは、ジョージ・ラックランダーの指紋が見つかった。

「引き出しは拭き取られていますが、下のほうにわずかに指紋が残っていました。ジョージ・ラックランダーのグロッグ酒の指紋と照合して一致しました。間違いありません」

「よくやった」と、アレン警部が言った。

フォックス警部補は爽やかな顔をしていた。事件解決が近づいてきたときに彼が見せる、いつもの表情だ。まるで何かに心を奪われてしまったようになるのだ。

「意識を現実に引き戻せ、フォックス警部補。ナンスパードン邸へ乗り込むぞ」と、アレン警部が言った。

ナンスパードン邸の敷地を表す長い壁に沿って警察車を進めるにつれて、フォックス警部補はじっくりと考え始めた。「連中は例のものを公表すると思いますか？　しかし、公表せざるを得ないでしょう?」

「連中は奇人変人として振る舞うかもしれない。とにかく、連中には金がある。連中は競走馬の馬主だし、イギリスでも有数の宝石の収集家だ。いずれにしても、連中は現存する裕福な旧家の一つだ」

「そうなんですか? そして、今なお高い地位にいるというのですか?」と、フォックス警部補が尋ねた。

「そう言えるだろう」と、アレン警部が言った。

「ケトル看護師によれば、ラックランダー家は昔から文句のつけようのない一家と言われているようです。えこひいきの感は否(いな)めませんが」

「警部補はいつケトル看護師と、そのようなおしゃべりをしたんだね?」

「昨晩、警部が書斎にいたときです。レディー・ラックランダーとあることについておしゃべりしたことがあると、看護師が話しました!」フォックス警部補は口を閉じると、ほかのことに心を奪われたような表情を浮かべた。

「どうしたんだ? 何の話をしたんだ?」

「階級の義務とか責任です。そのときは、ぼんやり聞いていました。ラックランダー家のことと関係があるとは思っていませんでしたので」と、フォックス警部補が言った。

「続けてくれ」

「レディー・ラックランダーは、貴族や上流階級に生まれた者は、社会に対して果たすべき責任が重くなる、と話していたと、ケトル看護師は言いました」

「そして、〝記憶〟の第七章の公表によって、文句のつけようのないラックランダー家が実は偽りであったことが暴かれることを夫人は恐れていると、警部補は考えているのだな？」

「そうです」と、フォックス警部補が答えた。

「おそらく、そうだろう」アレン警部が同意した。二人はナンスパードン邸の敷地内へ入っていった。

「レディー・ラックランダーは偉大な貴族であるということです」と、フォックス警部補が言った。

「夫人の性格や、社会的地位、そして、体重はどうだったかな？」

「夫人の体重は、一〇〇キロを超えているでしょう。そして、息子のジョージのほうも、夫人と同じ年齢のときには一〇〇キロを超えるでしょう」と、フォックス警部補が答えた。

「親子で似るものだな」

「ミセス・カータレットのほうは、そんなことにはならないでしょうけど」

「ジョージ・ラックランダーはミセス・カータレットにいろんな合図を送っているし、ミセス・カータレットもジョージに送っている」

「ミセス・カータレットは、ジョージ・ラックランダーを愛しているとでも？」

「それはなんとも言えないが、とにかく、ジョージ・ラックランダーは厄介な魅力を持っている」

「確かに」そう言って、フォックス警部補は遠くを見つめた。ジョージ・ラックランダーの魅力や、あるいは、キティ・カータレットの思わせぶりな態度について思いを巡らせているかのようだ。「どれくらい時間をあければキティにプロポーズしても問題ないか、ジョージは考えているかもしれません」

「それは考えにくいな。キティは当てにしていないんじゃないかな」

「腹は決まったのですか、警部？」と、フォックス警部補が尋ねた。

「ああ、ある一つの答えを見つけた。すべての証拠と合致するだろう。だが、専門家の承諾を得られなければ、どうにもならない」

警部と警部補は私道の最後の曲がり角を回って、ナンスパードン邸の正面に到着した。

執事が二人を出迎えた。そして、サー・ジョージ・ラックランダーは、まだ昼食中だと伝えた。それで、二人はジョージの書斎へ通された。書斎にはサー・ハロルド・ラックランダーの名残が残っていた。アレン警部がまだ外交官だった四半世紀前頃に作られた、かつての上司の肖像画を、警部は興味深く見た。見ているうちに、サー・ハロルド・ラックランダーの人となりが鮮やかによみがえってきた。

アレン警部が瞑想にふけっていると、ジョージ・ラックランダーが書斎へ入ってきた。明らかに不愉快そうな表情を浮かべていた。

「昼食の時間にまで押しかけてくるとは、いったいどういうつもりですか？」

「申し訳ありません。昼食は、もうお済かと思ったものですから」

「まあ、それほどお腹がすいていたわけではありませんので」

「あなたの昼食の邪魔をしたのでなければ、幸いです」

「何が言いたいのですか？　はっきりおっしゃってください」

「真実が知りたいのです。昨晩、あなたが行ったことについてです。昨晩、あなたがハンマー農場で行ったことについてです。そして、お父さまの〝記憶〟の第七章についてです。人が殺されました。そして、私は警察の人間です。事件を解決しなければなりません」

「カータレット大佐が亡くなったこととは、何も関係ありません」ジョージはそう言って、唇を湿らせた。

「あなたの昨晩の行動について話し合いを拒否するなら、私は納得しないでしょう」

「話し合いを拒否するとは言っていません」

「わかりました。それでは、本題に入りましょう。昨晩、カータレット大佐の机の引き出しを壊して開けたのは、〝記憶〟の第七章の写しを見つけようとしたからですか？」

「私を侮辱しているのですか？」

「カータレット大佐の机の引き出しを壊して、開けてはいないと？」

ジョージはあくびをしそうになって、こらえた。「カータレット大佐の家族の要望で、壊したのです。おそらく鍵をなくしたのでしょう。ミセス・カータレットは、大佐の事務弁護士の名前も知りませんでした。大佐の住所録がなかにあったのでしょう」

「鍵のかかった引き出しに？　住所録が？」

「そうです」

「それで、大佐の住所録はありましたか？」

ジョージは少しためらってから、「いいえ」と答えた。

「われわれが到着する前に壊して開けたのですか？」

「そうです」

「ミセス・カータレットの要望ですか？」

「そうです」

「ミス・カータレットも一緒でしたか？」

「いいえ」

「引き出しのなかには、何が入っていたのですか？」

「何も、何も入っていませんでした」ジョージは我慢強く答えた。彼の顔は次第に無表情になっていった。

「ミセス・カータレットの要望で壊して開けたのではなく、あなたのほうから、壊して開けようと持ちかけたのではありませんか？　なぜなら、あなたは血眼（ちまなこ）になって第七章を探していたでしょうから。あなたとミセス・カータレットの関係を考えると、あなたの言うことなら、ミセス・カータレットは拒んだりしないでしょう」

「とんでもない。われわれはそのような関係ではありません」

「告白とも言える第七章をお父さまが書いたことを、あなたはよくご存じのはずです。この第七章で、あなたのお父さまはルードビック・ダンベリーフィンの自殺に責任があることと、次に祖国を裏切ってドイツ政府の一部の人間と陰謀を企てたことを述べています。もしこれが公にされれば、あなたのお父さまの名声は地に落ちます。あなたは、そのことをなんとしても阻止したかった。あなたはうぬぼれの強い人間です。おまけに、一家の名声を守ろうと必死だ。何か言いたいことはありますか？」と、アレン警部が言った。

ジョージの手が震え始めた。両手が震えているのを自覚すると、ジョージは恥ずかしいものを隠そうとするかのように、両手をポケットに突っ込んだ。ジョージが笑い始めた。ぎこちない笑い声が虚ろに響いた。

「ばかばかしい。話になりませんね」と、ジョージが言った。

「なぜ笑っているのですか？」アレン警部がゆっくりと尋ねた。

「これは失礼しました」ジョージが目を細めた。「まさか私が……」ジョージは片手をひらひらさせながら、口をつぐんだ。

「……あなたがカータレット大佐を殺したと、言おうとしたのですか？」と、アレン警部があとを継いだ。

「あきれてものが言えないとは、このことです。私が、いつ、どうやって、カータレット大佐を殺したというのですか？」

アレン警部は黙って、ジョージを見つめていた。

「笑ったことは謝ります。ですが、あまりに滑稽で、笑わずにはいられなかったのです。私が、いつ、どのように、殺したというのですか?」

「殴打され、そして、刺されて、カータレット大佐は殺されました」と、アレン警部が言った。犯行は昨晩の八時五分です。殺人犯は古いパント船(平底小舟)に乗っていました。どのようにしてに関しては……」

アレン警部がジョージの顔を見据えた。ジョージの顔は、能面のように無表情だった。

「刺し傷は、あなたのお母さまの狩猟用ステッキによるものです。そして、最初の殴打は、ゴルフクラブによるものです。おそらく、ドライバーでしょう」

そのとき、机の上の電話が鳴った。ドクター・カーティスからアレン警部宛ての電話だった。

書斎のドアが開いて、レディー・ラックランダーがマークを伴って入ってきたとき、警部はまだ電話中だった。夫人とマークはジョージの隣に並び、三人は警部を見ていた。

「まだ話していて大丈夫ですか?」と、ドクター・カーティスが尋ねた。

「ああ、かまわないよ」アレン警部が陽気な声で言った。「申し訳ないが、私のほうは手が塞がっているから、独りで進めてくれないか?」

「警部は今、ラックランダー家にいらっしゃるのですね?」と、ドクター・カーティスが尋ねた。

「そうだ」

「承知しました。それでは、鱗についてお知らせしましょう。サー・ウィリアム・ロスキルからの報告では、衣服からも絵の道具一式からも、二種類の鱗は見つかりませんでした」

「見つからなかった?」

「ええ、見つかりませんでした。ただし、ぼろ切れから――スケッチ用のぼろ切れから見つかりました」

「二種類ともか？」

「そうです。それに、小舟からも」

「小舟から？」

「話を続けましょうか？」

「頼む。続けてくれ」

ドクター・カーティスが話を続けた。アレン警部がラックランダー家の人たちに気がついて、お互いに顔を見合わせた。

第十一章　ハンマー農場とナンスパードン邸のあいだ

　ケトル看護師はスエブニングス村での午後の仕事を終えた。しかし、チャイニング村へ戻る前にハンマー農場の庭師のコテージへ寄って膿瘍(のうよう)の子どもの様子を診たほうがいいと思った。看護師は静かに庭師の家に近づくと、足音をしのばせるようにそっとコテージへ向かった。

　サイス中佐との最近のやりとりで、ケトル看護師は少し動揺していた。明らかに疲れているサイス中佐を目の当たりにして、思いのほかがっかりしたのだ。がっかりしたから中佐に対して不機嫌な態度をとったり、がみがみ言ってしまったりした。それというのも、ワッツヒルを車で登っているとき、ケトル看護師はサイス中佐のことが気になって仕方なかった。彼が腰痛のふりをしていることを、もちろん、看護師は知っていた。サイス中佐は、彼女にまた訪ねてきてもらいたいのだ。ケトル看護師は悪い気がしなかった。だけど、あのアレン警部は、サイス中佐の仮病についてまったく別の解釈をしているようだ。（そういえば、サイス中佐はキティ・カータレットの水彩画を隠そうとはしなかったっけ）そのことを思い出して、ケトル看護師は不機嫌になった。

　ケトル看護師は車から降りると、庭師のコテージに続いている小道を重い足取りで歩いた。看護師は鞄を持ってまっすぐ前を見て歩いていたけれど、「まあ、ケトル看護師じゃないの！」と、いきなり声をかけられてびっくりした。

キティ・カータレットがテラスに座っていた。彼女の前には、ティーテーブルが置かれていた。

「こっちへいらっしゃいよ。お茶でもいかが？」

ケトル看護師はお茶がほしくてたまらなかった。さらには、キティ・カータレットに言いたいことがあった。看護師は申し出を受けて、ティーテーブルに座った。

「ご自分でお好きにどうぞ」と、キティが言った。

キティは疲れているように見えた。そして、化粧も濃すぎた。よく眠れているかどうか、ケトル看護師は夫人に尋ねた。

「眠れてるわよ。昨晩は薬を飲み過ぎて、頭が少しぼうっとしているけど。あら、わたしったら、あなたの前で言うことじゃないわね」

「本当に具合が悪そうですよ。そういったことには、気をつけられたほうがいいですよ」

「ほっといてよ」と、キティがいらいらして言った。そして、たばこの吸いさしに火をつけた。彼女の手は震えていた。そのため指を焦がし、悪態をついた。

「落ち着いてください」気が進まないものの、看護師としての意識が彼女に言葉をかけさせた。そして、おしゃべりさせたほうがいいのではないかと思い、夫人に尋ねた。「何をされていたのですか？」

「何をしていたかですって？　今朝、どういうわけか、ラックランダー家へ行かなければならなかったのよ」

　この言葉に、キティのラックランダー家に対する思いが表れていると、ケトル看護師は思った。ラックランダー家を訪れることを、キティは以前からお店にでも行くような言い方をしていた。つまり、とりたてて特別扱いする必要などないと。そして、あの人たちは退屈だと。

「ナンスパードン邸へ行かれたのですか？　すてきな一家ですよね！」そう言って、ケトル看護師はお茶を飲んだ。

「まあ、確かにね」この遠回しな皮肉を聞いて、ケトル看護師はいらいらしてきた。看護師はティーカップをテーブルに置いた。

「おそらく、あなたは高台のほうがお好きなんでしょうね」

　キティは目を見張って、ケトル看護師を見つめた。「高台ですって？」と、キティが繰り返した。「何が言いたいの？」

「ナンスパードン邸の人たちよりも、高台の人とのほうが、あなたは気が合うんじゃありませんか？」

「サイス中佐のことを言ってるの？　あの棺桶に片足を突っ込んでいるようなおじいちゃん？冗談じゃないわよ！」

　ケトル看護師の顔色が変わった。「本当のサイス中佐は見た目とは違うとしたら、誰のせいかしら？」と、ケトル看護師が言った。

「自分の責任に決まってるじゃない」キティが冷淡に言い放った。

「〝犯罪の陰に女あり〟と、昔から言いますからね」と、ケトル看護師。

「何が言いたいの？」

「素敵な男性が一人でお酒を飲んでいたりすると、女につけ入る隙を与えたりするもんです」

キティは値踏みでもするかのように、ケトル看護師を見つめた。「わたしがその女だとでも言うの？」

「そのようなことを言うつもりはありません。ですが、サイス中佐が東方にいたときから、あなたは彼をよくご存じでしょう？」

「もちろん、知ってるわよ」と、キティが同意した。「彼があなたにそう言ったの？　彼は何て言ったのかしら？」キティは半ば自暴自棄のように尋ねた。

「あなたが異議を申し立てたくなるようなことは、何も言いませんでした。あなたがどう思おうと、サイス中佐は紳士です」

「あなたは、本当におばかさんなのね」キティが悲しそうに言った。

「そうかもしれません」

「紳士について、あなたにあれこれ言われたくはないわ。事件のことをわたしに尋ねれば尋ねるほど、あなたはわからなくなるわよ。ジョージ・ラックランダーに目を向けたらどうなの？」キティが残忍そうな笑みを浮かべて言った。

「これだけ教えてください。彼はあなたを愛していましたか？」

「ジョージが？」

「いいえ、わたしが言っているのはサイス中佐です」

「まるで子どものようなことを言うわね。愛していたかですって！」

「ごまかさないでくださいいいいいい」

「あなたは何もわかってないのよ」と、キティが言った。「現実を見なさい！」

「見ているつもりです」

「まあ、いいわ。あなたには、あなたの考えがあるでしょうから。でも、わたしに言わせれば、あなたは何もわかっていないわ」

「何について話しているのか、わからなくなってしまいました」ケトル看護師が心配そうな声で呟いた。

「間違いなく、あなたはわかっていないわ」

「サイス中佐は……」そう言いかけて、ケトル看護師は口をつぐんだ。それで、キティが疑うような目つきでケトル看護師を見つめた。

「あなたのほうこそ、どうなの？　わたしが知らないとでも思っているの？　あなたとサイス中佐のことを……」と、キティが言った。

感情のもっとも繊細な部分を傷つけられて、堰を切ったように、ケトル看護師の口から言葉が溢れ出した。自分でも何を話しているのか、よくわからなかった。サイス中佐への思いは不適切だと、看護師自身もわかっていた。ただ、レディー・ラックランダーが自らの信念と呼んでいることをキティ・カータレットは軽蔑しているものの、本音では恐れていることが、ケトル看護師にはわかった。ケトル看護師にとっては絶対的なものである階級というものに、キティは挑んでいるかのようだった。

「……あなたにとやかく言ってほしくはないわ。サイス中佐がシンガポールであなたにどんな感情を抱いていようと、わたしには関係のないことですもの」ようやく、ケトル看護師は話を終えた。

ケトル看護師の長広舌を、キティは不満に思いながらも、珍しく一言も口を挟まずに聞いていた。ようやくケトル看護師が静かになると、キティはケトル看護師をぼんやりと眺めた。

「なんであなたがそんなに大騒ぎするのかわからないわ？　彼はあなたに結婚しようとでも言ったの？」と、キティが言った。

ケトル看護師はいやな気分になった。「何も言いたくありません。これで、おいとまします」

「彼は世話を焼かれるのが好きだと思うわ。大いに世話を焼いてあげなさいよ。シンガポールで、わたしと彼が友人だったかですって？　だったらどうだっていうの？　さあ、もう行ってちょうだい」

「友人のことを、そんなふうに話さないでください」ケトル看護師が大声をあげた。「あなたは無頓着すぎます。友人というのは〝地の塩〟——社会のなかでもっとも善良な人（新約聖書「マタイによる福音書」第五章一三節より）なのですから」

「あら、そうなの！」ケトル看護師とのあいだに何か遮るものを置くかのように、キティはティートレイを動かした。

「聞いてちょうだい」キティはティーテーブルの端をつかむと、身を乗り出した。「あなたに声をかけてここへ座ってもらったのは、あなたに話があったからなの。そして、あなたなら、たぶん話がわかると思ったから。それなのに、ここの時代遅れの人たちに、あなたは黙って従うだけの人だとは思わなかった。あなたには、がっかりしたわ。あなたが持っていないお金と気どってお高くとまった意識を除いて、あの人たちは何を持ってるかしら？」

「いろいろあるわ」ケトル看護師は毅然と答えた。

「確かに。ねえ、聞いてちょうだい。シンガポールで、わたしはあなたのボーイフレンドと一緒に暮らしたわ。彼はうだつの上がらない男だった。そして、わたしも生活に困っていた。それで、わたしたちは一緒に暮らすようになったの。だけど、彼は、わたしをモーリス・カータレット大佐に紹介してくれた。そして、次の任務のためにシンガポールを去っていったわ。彼がイギリスに帰国してきて、ミセス・カータレットになっていたわたしと再会したのよ。そのような状況で、彼に何ができるというの？　今までどおり、友人として接することができるかしら？　今までのように、わたしを支援することができるかしら？　できないわ！　不潔なものでも見るかのように、彼はわたしから離れていった。そして、お酒に溺（おぼ）れるようになったのよ」

ケトル看護師は立ち上がろうとしたけれど、キティがすばやく止めた。「そこを動かないで。まだ、話は終わってないわ。世間の人たちからは〝いい人〟と結婚したと、わたしは祝福されたわ。けれど、わたしには良くなかったのよ。シンガポールで、モーリスとはうまくいかなかったわ。あの人は先妻とのあいだのローズにべったりだった。あの人は一人前の男というよりは、子離れのできない父親だった。あの人はわたしには合わなかった。それなのに、モーリスを頼ってしまった。だから、わたしはあの人に負い目があるのよ」

「なんてことなの！」ケトル看護師が小声で嘆いた。「かわいそうに、かわいそうに！」

キティはケトル看護師をちらっと見て、続けた。「それで、どうなったと思う？　わたしたちは結婚して、この地へやって来た。カータレット大佐は本を書き始めたわ。そして、彼はいつも娘のローズと一緒にいたの。オクタウィウス・ダンベリーフィンは身なりをきれいにしておくことさえしないし、ナンスパードン邸の太った女――レディー・ラックランダーのことよ――はわたしを一目見て、あてつけがましいくらい礼儀正しい態度をとるようになったわ。ローズは波風を立てないようにしていたし、牧師や彼の奥さんや女たちはサックドレス（女性や子ども用の、ゆったりとした短い上着）を着て、ラバのお尻のように無表情な顔をしていた。連中は陽気じゃないし、面白くもないし、何をするでもないのよ。まるで難破船のように朽ち果てて見えたわ。話すことといったら、生ける屍のような生活についてか、わたしについてだった！」

「あなたはわかってないわ」と、ケトル看護師が言った。

キティは左手で拳を作ると、右手の手のひらに打ちつけた。

「そのような振る舞いは、あなたらしくありません」と、ケトル看護師がつっけんどんに言った。

「生意気なことを言うんじゃないわよ」

「お尋ねしなければならないことがあります！」と、ケトル看護師が言った。「サー・ジョージ・ラックランダーのことです！」

「ジョージのことですって！」と、キティが声を張りあげた。「ここの人たちが望んでいたことを、ジョージは同じように望んでいたわよ。だけど、彼が望んでいたこととは裏腹に、いまや事態はとんでもないことになってしまったけれど。ジョージは准男爵になって、人々の言葉に神経を尖らせているわ。自分でわたしにそう言ったんだもの！　あなたもジョージのことを知れば、わたしの言っていることがわかるわよ。いまやすべてがうまくいかなくなって、わたしはつくづくついてないわ」

いろんな思いが、ケトル看護師の頭のなかで渦巻いていた。すべてを明らかにしたいという思いと、それを押しとどめようとする思いがせめぎ合った。キティがこれ以上取り乱す前に、退散しようと決めた。だが、看護師は会話から抜け出せなかった。キティはその後もとりとめのないことを話し続けたが、ケトル看護師はほとんど聞いていなかった。

「あの人たちのせいよ！」と、キティが叫んだ。「あなたも自分の言いたいことを言っていいのよ。でも、起こったことはすべて、あの人たちのせいなのよ」

「違うわ、違うわ！　どうして、そんなふうに考えるの。いったい、何が言いたいの？」

「何が言いたいんですか？」アレン警部が受話器を置くと、ジョージが尋ねた。「誰と話をしていたのですか？　あなたが先ほど話していた凶器とは、何ですか？」母親のレディー・ラックランダーと息子のマークがやって来たことに、ジョージは気がついた。

「ジョージ」レディー・ラックランダーが口を挟んだ。「あなたとアレン警部が何を話していたのかは知りませんが、あなたは余計なおしゃべりをしないほうがいいわよ」

「事務弁護士を呼んでくる」と、ジョージ。

夫人は机の端をつかむと、椅子に腰を下ろした。顎(あご)の下のぜい肉が揺れた。夫人がアレン警部のほうを向いた。

「アレン警部、これはいったい何ですか？　何が言いたいのですか？」

アレン警部はしばらくためらっていたが、口を開いた。「あなたの息子さんとだけ話がしたいのですが」

「だめです」夫人は太った指をアレン警部に突きつけた。「ジョージに何を話し、何を話すつもりだったの？」

「私が彼に話したことは、カータレット大佐はゴルフクラブで殴り倒されたということです。さらに付け加えるなら、大佐の致命傷は、あなたの狩猟用ステッキでこめかみを突き刺されたことです、レディー・ラックランダー。あなたの絵を描くときのぼろ切れは殺人犯によって、二匹のマスの鱗を拭(ぬぐ)うのに使われました。最初の一撃は、パント船（平底小舟）からです。殺人犯はワッツヒルから目撃されるのを避けるために小舟に乗り、レディー・ラックランダー、あなた自身が小舟からスケッチするときに使っている長い係船索(けいせんさく)を同じように使って、川を下ってきました。小舟は流れに乗って、柳の木立の近くの小さな入り江に辿り着きます。殺人犯は小舟のなかで立ち上がると、土手の端で咲き乱れているヒナギクの花に向かって、ゴルフクラブを無造作に振り回しました。カータレット大佐のほうは、捕まえたマスのほうへもっぱら注意が向いています。さらに、マスを包むために草を刈るのに忙しかった。おそらく、大佐が最後に見たのは、すばやく横切るゴルフクラブの影だったでしょう。そして、大佐はこめかみを痛打されました。殺人犯は、あなたの狩猟用ステッキをカータレット大佐に実に巧みに使いました、レディー・ラックランダー。今朝、あなたが庭の小道で使ったように使用したのです。傷ついた大佐のこめかみに狩猟用ステッキを突き刺して、その上に座ったのです。狩猟用ステッキを抜くときに、引き抜いた跡が残るはずだと、われわれは考えました。そして、確かに刺し傷には後方へ引っ張られた跡がありました。大佐のマスは、明らかに何者かによって踏まれていました。尖った石の上に置いただけなら、魚は石から滑り落ちたでしょう。魚は踏みつけられて、石に突き刺さっていました。魚の皮は破け、靴の踵のスパイクの跡と思われる跡が残っていました」

「すべて憶測にすぎません！」と、ジョージがいら立った声で言った。

「いいえ、憶測ではありません」そう言って、アレン警部はレディー・ラックランダーとマークを見た。「続けてもかまいませんか？」

「どうぞ、続けてちょうだい」と、レディー・ラックランダーが言った。

マークは父親であるジョージ・ラックランダーをじっと見つめていたが、「ぜひとも、続けてください」と言った。

「それでは、続けます」と、アレン警部は言った。「殺人犯はマスを踏んで、皮に靴の踵のスパイクの跡を残してしまいました。川や柳の木立に投げ込んだのであれば、そのような跡はマスには付きません。明らかに、マスを踏んだのです。殺人犯は〝伝説の大物〟がボトム橋に横たわったままなのを思い出し、行動を開始します。大佐のマスとダンベリーフィンの密漁の獲物――

〝伝説の大物〟です――を取り換えるのです。そうすれば、密漁のことでもめているミスター・ダンベリーフィンへ注意を向けさせられる。殺人犯は小舟に乗ったままボトム橋へ向かいます。そして、カータレット大佐のマスは取り除かれ、代わりに〝伝説の大物〟が置かれます。そのときミセス・トマシーナ・ツイチェットが運よく現れて、殺人犯を助けたのです」

「何をばかなことを言ってるんだ」と、ジョージが声を荒らげた。

「誰のことを話しているのですか、アレン警部？」と、レディー・ラックランダーが尋ねた。

「ミセス・誰ですって？」

「ミセス・トマシーナ・ツイチェットは、ミスター・ダンベリーフィンのネコです。ボトム牧草地で、ミセス・カータレットが食べかけのマスを咥えているネコに出合ったと話していたのを覚えておいでですか？　われわれはマスの食べ残しを見つけました。マスには、先の尖った石で切り裂かれた傷跡がありました。そして、紛れもない踵のスパイクの跡がついていました」

「しかし、それは……」マークは話し始めたが、口を閉じた。

「カータレット大佐のマスはネコの餌になったのです。レディー・ラックランダーの絵を描くときのぼろ切れは狩猟用ステッキの先端と、殺人犯の手を拭くのに使われました。覚えておいででしょう、マーク？　レディー・ラックランダーは、絵の道具一式をきちんと揃えておいたとおっしゃっていました。ですが、ぼろ切れだけイバラの茂みのなかから見つかったと、あなたは言いましたね」

「殺人は祖母が家に帰った午後八時十分前から、僕が家に戻った午後八時十五分のあいだに起こったとおっしゃりたいのですか？」マークはしばらく考えてから、続けた。「その可能性はあります。僕が絵の道具一式を持って家路に就くのを、殺人犯は見たかもしれません」

「恐ろしい推測ね、マーク」と、レディー・ラックランダーが言った。

「もう少し科学的な根拠のようなものはないのですか、警部？」と、マークが尋ねた。

アレン警部は、二匹の魚の鱗の重要な相違点について説明した。「カータレット大佐の本に書かれています」そう言って、アレン警部はジョージを見た。「あなたはそのことをお忘れのようだ」

「カータレット大佐の本を読んだかどうかなど覚えていない」と、ジョージが言った。

「なかなか魅力的な本ですよ。それに、ためになる。鱗については非常に正確です。大佐の本によれば、二匹の魚が同じ生涯を送らない限り、鱗が同一になることはないそうです。われわれが調べた二匹の魚の鱗は、同じではありませんでした。九年、十年と、同じ環境で過ごす魚がいます。これを仮にグループA（エイ）とします。それに対して、四年ほどゆっくり成長してから、環境を変える魚がいます――産卵のために海へ下るのです。そして、劇的に成長します。これを仮にグループB（ビィ）とします。そのような魚がチェーン川へやって来ることは、充分あり得るでしょう。何の話をしているか、おわかりですね？」アレン警部がジョージを見た。

「わかりますよ」と、ジョージが答えた。

「そうです。ここの皆さんが〝伝説の大物〟と呼んでいる魚です。ミスター・ダンベリーフィンは〝伝説の大物〟を捕まえました。ミセス・カータレットは、魚をネコのトマシーナ・ツイチェットから取りあげようとしたと証言しています。カータレット大佐は〝伝説の大物〟には触りませんでした。レディー・ラックランダーの絵を描くときのぼろ切れに二種類の魚の鱗が付着していたのは、何者かが――殺人犯です――二種類の魚に触ったことを物語っています。さらに、ぼろ切れに付着していた血痕から、狩猟用ステッキの先端がぼろ切れで拭われたことがわかりました。顕微鏡で調べれば、あなた方のどなたかの衣服から、二種類の魚の鱗が見つかるでしょう。その人物こそ、カータレット大佐の殺人犯です」

「そうなんですか?」と、マークが尋ねた。

「そうです」と、アレン警部が言った。「先ほど、ドクター・カーティスと電話で話しました。彼は魚の鱗を調べていたサー・ウィリアム・ロスキルの調査結果を報告してくれました。彼の報告では、提出されたいずれの衣服からも二種類の魚の鱗は見つかりませんでした」

「だから、初めから言っているだろう」と、ジョージが勝ち誇ったように言った。「放浪者かなんかのしわざだと」アレン警部が片手を上げて遮った。

「えっ? 何? 母さん、何か言った?」と、ジョージが言った。

「黙って話を聞きなさい、ジョージ」と、レディー・ラックランダーが言った。

「ロスキル卿が何を見つけたのか、お話しましょう。カータレット大佐の両手と片方の袖口に、そして、ミスター・ダンベリーフィンのコートとニッカーボッカーに、さらにミセス・カータレットのスカートに、鱗が見つかりました。カータレット大佐の両手と片方の袖口に付着していた鱗はグループA、すなわち普通のマスでした。そして、ミスター・ダンベリーフィンのコートとニッカーボッカー、ミセス・カータレットのスカートに付着していた鱗はグループB、いわゆる〝伝説の大物〟の鱗でした。何か?」アレン警部がマークを見た。マークは何かを言いかけたが、「いいえ、何でもありません。続けてください」と言って、口をつぐんだ。

「私の話はもうすぐ終わります」と、アレン警部が言った。「最初の一撃はゴルフクラブ、おそらく、ドライバーによるものだと、先ほど申しました。ですが、どのゴルフクラブからも血痕は検出されませんでした。しかし、シューズのほうは違いました。シューズもきれいでしたが、カータレット大佐のマスの傷は、あるシューズの右足の踵のスパイクによってできたものです」

「嘘だ!」と、ジョージが怒鳴った。

「このシューズは手作りのもので、靴のサイズは四インチ(二二・五センチ)。かなり使い込まれていますが、間違いなくバーリントン・アーケード(十九世紀に造られ、高級ジュエリー、時計、香水、革製品などの専門店が並ぶ)の、高級靴職人の手によるものです。そう、あなたの靴です。レディー・ラックランダー」

レディー・ラックランダーの顔は蒼白だった。そして、呆然とアレン警部を見つめた。ようやく、夫人が口を開いた。「ジョージ、本当のことを話しましょう」

「ようやく、その気になってもらえましたか」と、アレン警部が言った。

「何が言いたいのですか?」ケトル看護師は繰り返して、キティの顔を覗き込んだ。

「何も!　わたしに話しかけないで!」と、キティは声を荒らげた。

しかし、キティは話し始めた。「あの人も、結局はほかの人たちと同じよ。ジョージ・ラックランダーがわたしを手なずけられると考えていたのなら、大間違いよ。彼がわたしに何をさせたのか知ってる？　夫の机の引き出しを壊して、開けさせたのよ。ラックランダー家に関することで、夫が公表しようとしていたものがなかに入っていると、ジョージは考えていたわ。それで、先になんとかしたかったのよ。だけど、引き出しのなかになかったもんだから、わたしが身に着けているんじゃないかって聞いてきたのよ。わたしはそんなもの着けていないって言ったら、彼はどうしたと思う？」

「わからないわ。それに、聞きたくないわ！」

「いいえ、聞いてちょうだい。ゴルフのスイングのやり方を教えるふりをして、わたしの体を撫でまわしたわ！」キティはむせるような音を立てて、ケトル看護師を見つめた。「そして、今朝、車のところまでわたしと一緒にやって来ると、しばらくは会わないほうがいいと言ったのよ。そういう男なのよ、ジョージ・ラックランダーという男は」

「あなたは悪い女ね。よくもそんなことが言えたわね」と、ケトル看護師が言った。「ジョージ・ラックランダーは、しょせんその程度の男だったんです。ジョージは寡夫です。だから、魔が差したのでしょう。彼が愚かな男なら、あなたが彼を導けばよかったんです。あなたはカータレット大佐と結婚しました。でも、そのことに満足しなかった。あなたはジョージの愛情を得ようとしました。そういうことをすればほかの人たちがどんな思いをするか、あなたは考えなかった。あなたはそういう人です。良くないです。まったく良くないです。あなたなら、やりそうなことだけど」

「どういう意味？」と、キティが囁くように尋ねた。そして、椅子の上で体を丸めてケトル看護師を見た。

「あなたとジョージ・ラックランダーのことですよ。ジョージのことを、わたしがどう考えているかご存じかしら？　彼があなたの夫のカータレット大佐を殺したのよ」と、ケトル看護師が言った。

　ケトル看護師が勢いよく立ち上がった。テーブルが揺れ、載っていた食器が音を立て、コップがひっくり返って、ミルクがキティの膝にこぼれた。

「よくもまあ！」と、ケトル看護師が大声をあげた。「悪い女ね！　悪い女ね！」ケトル看護師は自分の声が次第に甲高くなっていき、それにつれて感情も高ぶっていくのがわかったので、なんとか静かに話そうとした。「言葉は選んだほうがいいですよ、ミセス・カータレット。それで多くの人が失敗するんです。カータレット大佐が殺されました！　ひどいわ！　何を使って、そして、どうやったのか尋ねてもいいかしら？」

　キティもすでに立ち上がっていた。スカートからミルクが滴っていた。彼女もいら立っていた。

「何を使って、どうやったかですって？」と、キティが口ごもりながら言った。「教えてあげるわよ。ゴルフクラブを使ったのよ。それに、ジョージの母親の狩猟用ステッキも使ったわ。ゴルフボールを打つようにクラブを振り回したのよ、簡単だったわ……」

　キティは音を立てて息を吸い込んだ。ケトル看護師を見ていなかった。看護師の左肩の先のほうを見ていた。キティの顔は恐怖で引きつっていた。そして、庭を見下ろしてから、その先の雑木林のほうを見つめていた。

夫人につられて、ケトル看護師も向きを変えた。

午後のかなり遅い時間だった。芝生に長い影を投げかけて数人の男たちが雑木林から現れ、キティのほうへ近づいてきた。少しのあいだ、キティとアレン警部が見つめ合った。それから、アレン警部が前へ歩み出た。警部の右手には、とても小さな使い古した一足の靴が握られていた。踵の部分にスパイクの付いたブローグだ。

「ミセス・カータレット」と、アレン警部が言った。「お尋ねしたいことがあります。あなたがジョージ・ラックランダーとゴルフをしたとき、彼はあなたに彼の母親の靴を貸しましたか？　お答えになる前に、ご注意申しあげます……」

ケトル看護師は警部が述べる権利の告知を聞いていなかった。看護師はキティ・カータレットを見ていた。そして、夫人の顔色が変わるのを見ていた。夫人が顔色を変える前に、看護師の憤りは弱まり、気乗りしないものの、深い同情の気持ちに取って代わっていた。

終章

「ジョージ」と、レディー・ラックランダーが息子に言った。「この件は、もうおしまいにしましょう。マークにまで背負わせるようなことがあってはなりません。いずれ明るみに出るでしょうから。これ以上の言い逃れはやめましょう」

ジョージが顔を上げて、呟いた。「わかったよ、母さん」

「おまえがあの不幸せな女と戯(たわむ)れていたのは知っていました。だから、サー・ハロルド・ラックランダーの〝記憶〟について、とくに第七章について、この女にしゃべってしまうんじゃないかと心配していたんです。キティとの戯れが、彼女の行動に影響を与えたのですよ」

「なんてことだ！　知らなかった」と、ジョージが言った。

「キティはおまえとの結婚を望んでいたの？　おまえは彼女に――たとえば、彼女が自由になったら――結婚しようとか言ったのですか？」

「ええ、言いました」そう答えると、ジョージは情けない顔をして母親を見た。「キティは自由じゃなかったから」

「そして、〝記憶〟についてはどうなの？　〝記憶〟について、彼女に話したの？」

「第七章についてだけ話した。もしカータレット大佐がキティと相談するようなことがあれば、彼女は少しはわれわれの味方をしてくれるかもしれないと思ったから」

「なるほど。話を続けてちょうだい」

「カータレット大佐が外出したとき、第七章の写しを持っていたことを、キティは知っていた。今朝、彼女はそのことを私に話した」

レディー・ラックランダーがわずかに動いた。オクタウィウス・ダンベリーフィンが喉元で音を立てた。

「何か、オクタウィウス？」

ダンベリーフィンは電話で呼び出されたのだが、呟くように言った。「レディー・ラックランダー。私の分別を信頼してくださるなら、第七章のことであなた方にご迷惑をかけるようなことはありませんと申しあげます」

「あなたはけっこう上手に立ち回りますからね、オクタウィウス」

「そんな、私を信じてください」

「いいえ、言葉どおりには受け取れません。あなたはわたしたちに恥をかかせました。ジョージ、続けてちょうだい」

「だけど、これ以上はとくに……」

「それなら、わたしの質問に答えてちょうだい、ジョージ。おまえはキティを疑いましたか？」

ジョージは顔をしかめた。そして、ぼそぼそと話し始めた。「わからないよ、母さん。いずれにしても、すぐには疑わなかったよ。だけど今朝、キティは一人でやって来た。マークが電話をかけてローズを呼んだ。私が階下へ下りると、キティが玄関広間にいたんだ。それで、ちょっと奇妙に思ったけど」

「一階のクロークで、わたしの許しを得ずに、おまえがわたしの靴をキティに貸したとアレン警部が言っているけど、本当かい？」

「どういうことですか？」ダンベリーフィンが突然、口を挟んだ。

レディー・ラッククランダーが自分の靴についてダンベリーフィンに説明した。「わたしがスケッチをしにいくときに履いている靴です。おまえがキティに言い寄ったとき、何かそのかされたのかい、ジョージ？」

「アレン警部が帰って、母さんが家のなかへ入ってから、キティと話をしたんだ。そのとき、警察が第七章を見つけたら、ラッククランダー家の人間が疑われると、キティが言ったんだ」

「なるほど、ジョージ。わたしたちには動機があるわね」

「それで怖くなって、しばらく会わないようにしようとキティに言ったんだ。本当だよ、母さん。本当だよ、ダンベリーフィン」

「ずいぶんとへまをやってくれたね、ジョージ」と、レディー・ラッククランダーが言った。「おまえはだらしのない女に、未亡人になったら、おまえと結婚できるような気持ちにさせたんだよ。だけど、おまえじゃ、カータレット大佐以上にキティをうんざりさせるだけだろうけど。おまえの敬称とお金と、それにラッククランダー家として充分な償いを約束すれば、ダンベリーフィンはわたしたちを許してくれるかしら？　おまえはキティを魅了したのかもしれないね。おまえの魅力を見くびっていたわ、ジョージ。だけど、数日前にもケトル看護師に言ったけど、わたしたちはみすぼらしく振る舞うわけにはいかないのよ、ジョージ。わたしたち自身の基準に従って行動しなくちゃならないの。ほかと混同するようなことがあってはなりません。マークとローズ・カータレットのあいだで、この困難な事態を収拾してくれるといいんだけど」

レディー・ラックランダーがダンベリーフィンのほうを向いた。「この忌まわしい出来事に光明を見つけるとしたら、このことだと思いませんか？　結局、わたしたちには何の償いもできないかもしれないけれど、もうおしまいにしましょう」レディー・ラックランダーが右手を差し出した。しばらくためらってから、ダンベリーフィンがその手を取った。

「結局、オリファント巡査部長が」アレン警部がおそるおそる話し始めた。「最初にカータレット大佐について私に話したことと一致したな。大佐はとてもきちょうめんな男だ。妙に堅苦しくて、恐ろしく丁寧だ。それも、とくに嫌っていたり、仲たがいしている人たちに対して。大佐は、ラックランダー家の人たちと仲たがいを続けていた。そして、今はダンベリーフィンともめている。オリファント巡査部長が指摘したように、最初の傷は石切り工の杭（くい）のようなものか、あるいは、ゴルフクラブのようなものによる一撃だった。そして、殺人犯はパント船（平底小舟）やチェーン川の流れに精通していたように思われる。実際、小舟は柳の木立の入り江——ここは木々に覆われていて、周囲からは見えない——に辿り着いていた。小舟のなかで、ミセス・カータレットの黄色いヘアピンと、多くのたばこの吸い殻が見つかった。たばこの吸い殻のいくつかには口紅が付いていて、残りには付いていなかった」

「間違いなく、男女がいちゃいちゃしていたんです」と、オリファント巡査部長が言った。

「そうだな」と、アレン警部が応じた。「私が小舟に乗って柳の木立の入り江に流れ着いたとき、ヒナギクの花の部分が折れて散乱しているのを見て、何者かが小舟からゴルフクラブのようなものを振り回したのではないか、そして、その何者かは、カータレット大佐がちらっと見て挨拶を交わしたら、その後は自分の魚を包むための草をもくもくと刈れるほど、大佐がよく知っている人物ではないかと考え始めた。おそらくジョージ・ラックランダーにそそのかされて、キティはカータレット大佐に第七章の公表を思いとどまるように頼んだに違いない。だが、大佐はそれに応じなかった。キティが自由の身になれば、彼女との結婚をジョージはほのめかせたのだろう。それで、キティはのぼせ上がってしまった。そして、夫であるカータレット大佐の頭を、ゴルフボールのようにゴルフクラブで強打した。土手にかがんで草を刈っていたカータレット大佐のこめかみにゴルフクラブが命中した。このときから、キティは証拠隠滅に必死になった。大佐のこめかみのゴルフクラブの跡は、丘を下っているときに見つけたレディー・ラックランダーの狩猟用ステッキを突き刺してごまかした。このとき、キティはレディー・ラックランダーを巻き込もうと考えたのではないか。キティはレディー・ラックランダーの靴を履いていることを思い出した。それで、キティは大佐のマスを踏みつけて、マスに靴の踵のスパイクの跡をつけた。キティはボトム橋の上に横たわっている〝伝説の大物〟を見ていないと証言したが、見ている。そして、ダンベリーフィンとカータレット大佐の〝伝説の大物〟をめぐる言い争いも聞いていたに違いない。それで、キティは〝伝説の大物〟を取ってくると、大佐の死体のそばに置いた。カータレット大佐と言い争っていたダンベリーフィンにも容疑をかけるためだ。だが、大きなマスをうまく扱えなくて、スカートにマスを擦りつけてしまった。レディー・ラックランダーの狩猟用ステッキを元に戻したとき、絵を描くときのぼろ切れをリュックサックのなかに見つけた。キティの手は魚臭くなっていたので、ぼろ切れで手を拭いた。ぼろ切れに二種類の鱗が付着していたのは、キティがカータレット大佐が釣った普通のマスと、ダンベリーフィンが密漁した〝伝説の大物〟に触ったからだ。狩猟用ステッキを地面に再び突き刺そうとしたとき、ステッキの突き刺す部分に、使った跡――カータレット大佐のこめかみに突き刺した跡――血痕がはっきりと残っていた。それで、ぼろ切れで拭い取った。キティはぼろ切れを元どおりリュックサックに戻そうとしただろう。だがそのとき、マーク・ラックランダーがやって来るのに気づいて、ぼろ切れをそのままにして、慌てて姿を隠した。キティが再び姿を現したときは、すでにマークがレディー・ラックランダーの絵の道具一式を回収し終わっていた」

アレン警部は、フォックス警部補、オリファント巡査部長、そして、グリッパー巡査を交互に見た。

「キティは家に帰るやいなや、風呂に入り着替えただろう。そして、ツイードのスカートは洗濯に出すことにした。さらに、レディー・ラックランダーの靴を磨いただろう。靴を借りたことを、ジョージは母親に話したりしないはずだ。今朝、キティは自分で車を運転してナンスパードン邸へ向かい、呼び鈴を押さずになかへ入り、一階のクロークに夫人の靴を戻しておいた」

「全員の衣服の提供を求めたとき、ミセス・カータレットは自分のスカートが魚臭いのを覚えていたのでしょうね」と、フォックス警部補が言った。

「そのとおり。キティはスカートをドライクリーニングの箱のなかに入れておいた。われわれが彼女のスカートを入手したとき、〝伝説の大物〟のマスが自分のスカートを擦りつけたことを思い出した。それで抜け目なく、ダンベリーフィンのネコに魚の餌をあげたから、スカートが魚臭いと思うと自分から申し出たんだ。キティは事実を改ざんした。自分からネコにマスを与えておきながら、ネコから魚を取りあげようとしたと言った。もし彼女が殺された――殺したと言うべきか――夫の本を読んでいたら、そんな無駄なことはしなかっただろう。あの二匹の魚は鱗が一致しないのだから」

「サー・ジョージはどうなんですか？」と、オリファント巡査部長が尋ねた。

「母親が指摘したように、彼はへまをやった。そのうえ、彼の息子のマークと婚約者のローズ・カータレットにとっても、難しい事態を引き起こした。彼は自分の味方を失望させたことは間違いない。キティのような大胆な女性にはまるで敵わなかった」

「何を考えているのですか、警部？」と、オリファント巡査部長が尋ねた。

「もしキティの弁護士が優秀なら、そして運が良ければ、彼女は無罪放免になるかもしれない。そうでなければ、罪に問われるだろう」アレン警部はフォックス警部補を見た。「さて、行くとしようか？」

アレン警部はオリファント巡査部長とグリッパー巡査に彼らの働きに対して礼を述べると、車へと向かった。

「警部は何を悩んでいるんですか、フォックス警部補？」と、オリファント巡査部長が尋ねた。

「心配するな。いつものことだ。警部は最初の原因について考えているんだ」

「最初の原因ですって？」オリファント巡査部長が怪訝(けげん)そうに繰り返した。

「根本的な原因と言ってもいいかもしれない。社会や、ある地域に発達した特定の文明といったようなものだ。警部を待たせるわけにはいかない。では、のちほど」


「ねえ、ローズ。僕たちは恐ろしく困難な状況のなかにいる。でも、君と一緒に必ず乗り越えてみせる。この状態を乗り越えたとき、僕たちの愛や絆(きずな)はさらに深まり、強くなる。そうだろう？」

と、マークが言った。

「ええ、もちろんよ」と、ローズ。

「まさしく、雨降って地固まる、てやつさ。間違いなく、そうなるよ」

「わたしたちが一緒でいる限り」

「そのとおり」と、マークが言った。「一緒にいることが大事なんだ」

　そのとき、最後に見たカータレット大佐の顔を、マークははっきりと思い出した。思いやりのある笑みを浮かべていた。

　マークとローズは、一緒に車でナンスパードン邸へ向かった。

ケトル看護師はワッツヒルを車でのろのろと頂上まで登ると、そこで車を止めた。何の気なしに車を降りて、スエブニングス村を見下ろした。夕闇がゆっくりと村を覆い始めていた。いくつかの煙突からは、煙が立ちのぼっている。落ち着いた、静かな風景だ。「まるで絵のような景色」と、ケトル看護師は呟いた。ため息をついてから、看護師はエンジンをかけたままの車へ戻った。運転席に座ろうとしたとき、押し殺したような声を聞いた。驚いて周囲を見回すと、サイス中佐が夕闇から足を引きずりながら現れた。サイス中佐が近づいてくるにつれて、二人の顔が次第に赤くなっていった。ケトル看護師は気が動転して慌てて車に乗り込むと、エンジンを止めてから、再びエンジンを始動させた。「落ち着くのよ、ケトル」看護師は言い聞かせるように呟いた。そして、車から乗り出すようにして、感極（かんきわ）まったような声で叫んだ。「あなたに最高の夜を」

サイス中佐がケトル看護師のそばまでやって来て、運転席の開いたままの窓のそばに立った。動揺しながらも、サイス中佐からお酒の臭いがしていないことに、看護師は気がついた。「ははは」サイス中佐がうつろな笑い声をあげた。「気分が悪そうだけど、大丈夫？」

ケトル看護師は安心した。キティ・カータレットが逮捕されて、サイス中佐がまったく別の反応をするのではないかと恐れていたのだ。

「あなたのほうこそ、どうなの？」と、ケトル看護師が聞き返した。「あ、あ、あ、あなたにとって、少なからずショックだったんじゃないの？」

サイス中佐はそっけない態度で、白いものを差し出した。

「私のことはどうでもいいから」シャツの襟（えり）を引っぱりながら、サイス中佐が言った。「少し時間があるなら……」

ケトル看護師は、サイス中佐が手にしている白いものを見た。巻かれた紙だった。中佐がそれを彼女に押しつけた。「これをあなたに。何も言わないで、受け取ってくれ」

ケトル看護師は巻かれている紙をほどいて、夕闇のなかでじっと見つめた。「まあ」看護師は喜びの声をあげた。「すてき！　なんてすてきなの！　わたしの絵地図ね！　ボトム牧草地でスケッチしているレディー・ラックランダーがいるわ。それに、医者もいて、頭の上をコウノトリが飛んでるわ。そして、わたしも。あなたはいつもわたしに優しいのね」ケトル看護師は車から身を乗り出して、薄れていく光に絵地図をかざした。看護師の体がサイス中佐に近づき、中佐は思わず息をのんだ。ケトル看護師は、絵地図に描かれている人たちを次々と見ていった——地主や、牧師や、さまざまな田舎の名士たちを。ケトル看護師はハンマー農場を見た。庭師の家や彼の子ども、そして、庭で優雅に草むしりをしているローズ・カータレットがいた。さらに家の近くに目を凝らして見ると、ほの暗い明かりでさえも、濃い塗料のようなもので塗りつぶされているのがわかった——まるで消そうとするかのように。（確か、キティ・カータレットがカクテル・シェーカーを持ってガーデン・チェアに座っていたはずだけど）

そして、柳の木立の入り江——ここはカータレット大佐のお気に入りの釣り場だったけれど——も、同じように塗りつぶしてあった。

「私が塗りつぶしたんだ。あなたが私を最初に訪ねてきたあとで」

ケトル看護師が声のしたほうへ顔を向けた。二人のあいだに、静寂が横たわった。「半年ほど待ってくれ」と、サイス中佐が言った。「念のために。そうすれば、大丈夫だろう。待ってくれるかい？」

ケトル看護師は黙って頷いた。

訳者あとがき

松本　真一

ナイオ・マーシュ（*Ngaio Marsh, 1895〜1982*）の『裁きの鱗（うろこ）』（原題"*Scales of Justice*"）をご紹介させていただきます。

ナイオ・マーシュはニュージーランド出身の女性劇作家であり、推理作家であり、そして、演出家でもあります。母方の祖父は、ヨーロッパからニュージーランドへ移住してきた初期開拓民の一人でした。

ニュージーランド大学カンタベリー・カレッジ美術学院（現在のカンタベリー大学美術学部）へ進学して、絵画、演劇を学びます。当初は画家を志していましたが、大学時代に執筆した戯曲が劇団主催者の目にとまり、劇団に参加することになります。そして、マーシュは女優として、また演出家として劇団で過ごしました。室内装飾の事業を手がけるためにイギリスのロンドンへ渡り、母親の病気を理由にニュージーランドへ帰国します。

ロンドン滞在中に執筆した長編推理小説『アレン警部登場』（原題"*A Man Lay Dead*"）を一九三四年に出版して、作家デビューを果たします。アレン警部の名前は、レイモンド・チャンドラーも学んだロンドンの郊外にあるダリッジ・カレッジ（*Dulwich College*）を創立した俳優のエドワード・アレン（*Edward Alleyn*）が由来だといわれています。アレン警部自身が最初は外交官としての道を歩みますが、のちに警察官に転じるという面白い経歴の持ち主です。

物語は、今なお封建的な風習が色濃く残る、イギリスの小さな田舎の村が舞台となります。この村の名士であり、准男爵の称号を持つハロルド卿が「ビック」という言葉を発しながら息を引き取ります。息を引き取る前にハロルド卿は自身の告白ともいうべき原稿をカータレット大佐に託し、公表するかどうかを委ねていました。大佐は准男爵の称号を継いだ息子のジョージにその原稿を見せ、これを公表するつもりだと告げます。ジョージは公表しないように説得を試みますが、大佐は首を縦に振りません。そして数日後、カータレット大佐は死体で発見されます……。

事件を担当するアレン警部の捜査方法は、散らばった証拠を拾い集めて全体像を描くといった手堅い手法です。断片的な事象がアレン警部の捜査を通じて丹念に解きほぐされ、つながっていきます。大がかりなトリックや派手な立ち回りはありませんが、移動したマス（鱒）の謎や殺害方法などが綿密に描かれています。そして、長年にわたって誰もがお互いをよく知っているといった閉鎖的な土地において、貴族としてのプライドや、マスをめぐっての確執、また外部からやって来たものに対する元からの住民の反応など、理性では抑えられないような人間の感情の綾も丁寧に描かれています。

外部との交流がほとんどない空間のなかに暮らす人々の閉塞感。そのようなどうすることもできない状況のなかで、ふとしたことをきっかけに殺意が生じていきます。

原題の“Scales of Justice”にも、ナイオ・マーシュはひと捻り加えています。“Scales of Justice”を文字どおり訳せば「正義の秤」と訳せますが、“Scale”には「（魚の）鱗」の意味もあります。つまり、魚の鱗が事件の謎をとく重要な鍵になっていることを暗示しているのです。

英国推理作家協会 *The Crime Writer's Association*（CWA）はミステリーの普及と推理作家の地位向上のため、一九五三年にジョン・クリーシー（*John Creasey*）によって設立された作家協会で、英国推理作家協会賞（通称ＣＷＡ賞）を主催しています。

ＣＷＡ賞はクロスド・レッド・ヘリング賞（*Crossed Red Herring Award*）として、一九五五年に始まりました。一九六〇年から最優秀作品をゴールド・ダガー賞、一九六九年から次点をシルバー・ダガー賞と呼ぶようになりましたが、ナイオ・マーシュの本作品は、一九五五年のＣＷＡ賞の *Runners-Up*（次点）に選ばれています。

また生涯にわたって推理小説に貢献し、良質の作品を多数発表した功績に対して、一九七八年にアメリカ探偵作家クラブ（通称ＭＷＡ）の巨匠賞を受賞。それより前の一九六七年には、大英帝国勲章（*Order of the British Empire*）を授与され、*Dame*（デイム）の称号（大英帝国勲章を得た女性に対する尊称）を得ています。

ナイオ・マーシュは英米ではドロシー・L・セイヤーズやアガサ・クリスティと並び称されて、当時を代表する本格推理作家の一人に挙げられていますが、先の二人と生まれた年も執筆を始めた時期も近いために、日本では二人の亜流のように見られ、紹介もおざなりにされてきたようなところがありますが、本作品でナイオ・マーシュの魅力を少しでもお伝えできれば幸甚です。

ナイオ・マーシュはアレン警部を謎解き役とした多くの長編作品を残しており、本作品でも名前だけ登場するアレン警部の妻のアガサ・トロイや、息子のリッキーなど、シリーズのなかで配偶者を得、さらには子どもを得と、シリーズものならではの広がりを見せています。このような作品も、別の機会に紹介できればと考えています。

最後になりましたが、出版に至るまでいろいろとご尽力いただきました、風詠社、大杉　剛氏に、この場をお借りして、御礼申し上げます。